翻身嫁對郎

4

文創風 504

方以旋 著

風文創
504

目錄

第四十一章

托羅是遞了西德王帖子上門的，指名道姓要尋蕭瀝。這樣沒有事先約好便直接登門，是件十分無禮的事，好在將門並沒有那樣多的講究。

柳昱身為西德王，掌握一支十分厲害的水師，鎮國公府尚武，對西德王就由衷肅然起敬，然而蕭瀝恰好今日當值，不在府中。

托羅額上冒汗，靈光一閃。「晏仲晏先生可在？」

晏仲是鎮國公的幕僚，行蹤雖然難定，但在鎮國公府，還是能常見到他的身影。

侍衛點點頭，將人請進去。托羅心裡直打鼓，覺得放在胸口的庚帖熱得發燙。

王府裡那位內侍還沒走，雖有王爺撐著，又能支持多久？

托羅坐都坐不住，戰戰兢兢間似乎聽到有轂轆的滾動聲，抬頭一瞧，就見晏仲推了張紅木輪椅出來，上頭坐了一個精神矍鑠、滿頭斑白的老人，長眉入鬢，一雙眼睛如鷹隼般銳利，十分精明睿智。

托羅微微晃神，很快就想到眼前這個老人是誰，他即刻起身，按照大夏的禮節朝鎮國公行禮。

這位老人絲毫不在乎這些虛禮，只請托羅坐下，開門見山。「西德王可是有急事？不妨說給老頭子聽聽，若能幫上忙，定傾力相助。」

托羅聞言便是一愣。今日在他面前的若是蕭世子，托羅二話不說，定然和盤托出，先問過蕭世子的意思，然後回王府回稟，然而現在換了鎮國公，突然又有些難以啟齒。

縱然早晚需要鎮國公決斷，國公爺看起來也不是刻薄之人，開明講理，可怎麼著都算為難，托羅有何自信，篤定鎮國公府上下願意為了他們，開罪聖上？吃力不討好的事，換了他，他也不做。

晏來者未說話，鎮國公倒還耐心，晏仲攢緊了眉，越來越覺得不對勁。

恰恰前頭進來一個黑臉高大的男子，抱拳說：「公爺，縣主聽說是太皇太后開口給她賜的婚，叫了頂軟轎就去宮裡了。」

晏仲瞪大眼。「你怎麼不攔著她！身手這麼好，連個小姑娘還奈何不了？」

男子沒說話，鎮國公看到他臉頰和脖子上有幾道抓痕，瞬間明瞭。

小祖宗若存了心鬧起來，光憑薛陵，拉不住的。

「讓人去宮裡給令先遞個信，別教她胡來。」

鎮國公很是費解。他想不通太皇太后怎麼會允諾這種事……她慣疼伊人這個外孫女，遲遲不給她訂親，也是想物色更好的，可挑來挑去，怎麼就挑到平昌侯小世子身上去了？先不論鄭家條件如何，光說小鄭氏是平昌侯小世子鄭大郎的小姑祖母，又是蕭若伊的繼母，算起來，蕭若伊還是鄭大郎的長輩……這賜婚簡直不可理喻！

不僅如此，伊人對太皇太后的態度也冷淡疏離了許多，甚至不願意任何人說起太皇太后這幾個字。伊人自小不是養在國公府，與他不親近，她又不會去和小鄭氏說什麼心裡話。唯有還能跟蕭瀝講一、兩句，要麼就去柳府尋明氏，要麼就是去西德王府尋她要好的小姊妹。

鎮國公又看向托羅。

托羅開始還以為國公爺已經知道皇上給縣主賜婚的事了，聽了兩句才明白，他們說的原來是蕭若伊。「皇上竟也給伊人縣主指婚了？」

晏仲眸子發緊。「皇上還給誰指婚了？」

細細一想，已然明瞭。托羅是西德王的人，他既然上門，定然是為了王府上的事。

顧婼都和紀可凡訂親了，成定帝再昏庸也不會在顧婼這裡切入，剩下的就顧妍和顧衡之……前不久他才去王府為蕭瀝保媒，要是顧衡之的話，托羅就不必來這兒。

晏仲忍不住想爆粗口了。他大爺的，居然這麼挖牆腳？

托羅不再瞞著，便將成定帝給信王和配瑛縣主賜婚之事大致說了一通。「縣主裝暈暫且矇混過關，只這麼拖著委實不是長久之計。雷霆雨露皆君恩，我們不得不從，可這門親事實在……」

說到這兒話就止住了。其實他們的意思十分明瞭，鎮國公是聰明人，大半輩子戎馬倥傯，戰場上爾虞我詐，彎彎繞繞的門兒清。

蕭世子前頭來提親，他們不應。現在皇上下旨賜婚了，他們不想女兒嫁進天家門，就想起國公府了，還要國公府為了他們去和皇家碰上……你讓人家怎麼想？你們家的女兒矜貴，挑挑揀揀覓夫郎，看不上國公府，不應親事……好，他們認了！

庚帖不換，小定未下，毫無干係的兩個人，不過有那麼個意向，就要他們做這做那？

呵！鎮國公世子是有多缺女人哪，一定要在這麼一棵歪脖子樹上吊死？還要整個家族，為了這棵歪脖子樹，不惜觸犯天顏？這得有多大的面子唷！是西德王府將他們自己擺得太高了，還是將鎮國公府看得太低了？

托羅想到這兒，只覺陣陣羞愧，但他們不願做困獸之鬥，即便希望渺茫，都要試上一試。就賭王爺和縣主沒有看錯人！

「我知道這事是難為國公爺了。蕭世子仁義，願與配瑛縣主結一世連理，王爺惦念著縣主還小，想多留幾年，不願太早定下，才遲遲不給答覆。王府與國公府兩家，本無親無故。今日之事，猝不及防，若非萬不得已走投無路，王爺斷不會命我上門……」托羅硬著頭皮說：「在下雖來大夏不久，也聽聞國公爺忠肝義膽，殺伐果斷。托羅不敢強求國公爺，只替王爺問一問公爺的意思，是否還願意，認下這個親家。」

說完話，托羅也低頭久久，維持著躬身的姿勢，心跳如擂鼓。他已經將意思完全表達清楚了，只等鎮國公答不答應一句話。

任誰攤上這等事都會萬分無奈吧，幫你是情分，不幫是本分，這當中得付出多大的代價，又究竟值不值得？答案呼之欲出。

在安靜中，托羅的心一絲絲沈入谷底。

鎮國公靜靜看了托羅一會兒，突然饒有興致地問：「配瑛裝量了？」

饒是托羅做好了心理準備，這樣突兀的一句話，還是讓他不禁愣了愣，才木訥地點頭。

鎮國公很高興地看向晏仲。「就是你說的很有意思的小丫頭？」

晏仲聳聳肩。人家都急成這個樣子了，虧他還能氣定神閒。

「真想見一見啊……」鎮國公摸著下巴喃喃自語。

顧妍畢竟不比蕭若伊，伊人好歹身上還留著夏侯家的血，任性妄為是慣常的事，又是太皇太后縱容出來的，誰去說她的不是？一、兩句微詞，過去就過去了。

可顧妍是方武帝封的縣主，方武帝都駕崩一年多了，改朝換代的，誰說成定帝還買她的帳？西德王再如何，至多就是個顯貴，和權貴二字還是差之甚遠。不想以後難做，就別想著出這個頭，想來想去，裝量當真是個妙招。

鎮國公嘖嘖稱奇。

晏仲忍不住翻個白眼，再拖吧！再拖下去，你孫子就沒媳婦了！

好在鎮國公沒再說什麼，從懷裡取出一張燙金大紅庚帖，上頭寫了蕭瀝的生辰八字。

「令先的庚帖我隨身帶著呢，你們縣主的呢，趕緊拿出來換了吧。」

晏仲「噗哧」一聲笑，看鎮國公雙眼放光的樣子，無奈地搖頭。

原諒這個年紀一大把的老頭子吧，人家想孫媳、想重孫想得眼睛早都綠了，蕭瀝、蕭泓兩人都沒個動靜，自詡開明的祖父怎麼好強逼孫子成親呢？最器重的長孫在這方面跟個木頭似的，鎮國公不會告訴別人，他悄悄地擔心過蕭瀝要打一輩子光棍……後來聽晏仲說起那小子請人去說媒，高興得整夜沒睡，要不是怕小丫頭被嚇壞，他都要登門拜訪了。

倒不是說他對顧妍有多麼多麼滿意，只是錯過這麼個人，興許就是自己的孫子錯過了一輩子。莫說顧妍是蕭瀝先瞄上的，就是後來者，他也要想法子給人爭取來啊！

蕭若伊和鄭大郎那門親事，鎮國公府是肯定不能應的，而既然國公府注定了要和成定帝頭碰頭，再多加一個顧妍，本質上其實沒有差別。

成定帝那小子……著實太不像話！不問過他們的意願就隨意指婚，先前又沒有半點風吹草動，他簡直以為，天家要拿他們國公府開刀，兩道旨意這麼靠近，無論是給顧妍還是給蕭若伊指婚，都來得莫名其妙。光成定帝一個人，恐怕是整不出這麼多么蛾子的。

鎮國公眼睛一瞇，淡淡道：「走吧，我們得先去一趟王府。」

托羅喜出望外，趕忙從懷中取出顧妍的庚帖，兩兩交換。

鎮國公讓人回房取了個紅木匣子過來，又找了方才的薛陵耳語交代幾句，這才去西德王府。

來宣旨的內侍正渾身乏力地坐在大堂裡，臉色蒼白，捂著肚子叫苦不迭。他就喝了這麼一小口茶，腹中即刻絞痛，已經跑了三趟茅房。正想發作，指責王府的茶水不乾淨，再一看，茶具都收下去了，一點證據也沒有，他說個屁啊！

要不是先前配瑛縣主突然暈倒，這件事不清不楚的，他哪會在這裡受這個窩囊氣？這麼一想，腹中又開始抽疼了，忍了一陣，內侍扶著牆就去淨房，等再出來的時候，柳昱已經在大堂了。

內侍趕緊走過去，拉住柳昱就道：「西德王，縣主可有大礙？若是無礙，就趕緊領了這聖旨，咱家還要回宮覆命呢！」

跑了這麼幾趟淨房，身上多多少少帶了些氣味，王府的淨房是放了熏香的，這一下又是香味又是臭味混雜在一起，就跟一罈放置經年已然發霉的酸菜沒兩樣。

晏仲捏了捏鼻子。「哎喲，你這是掉坑裡了？」

內侍的臉色當即就是一青，覺得晏仲似乎有點面善，再一看堂前坐著的鎮國公，一拍大腿。

這不就是醫術高超的晏神醫嗎？當初鄭太妃還是貴妃的時候，病得險些就去閻王爺那裡報到了，就是靠著晏神醫妙手回春的，他還遠遠見過晏仲幾次。

內侍這下子不好發作了，扯著嘴皮呵呵陪笑幾聲，也不應下，也不反駁。

柳昱拂開被內侍捏住的衣角，轉頭對鎮國公說：「這件事當真難辦，誰知皇上無緣無故的怎會下這麼一道旨意？」

他打開鎮國公帶來的紅木匣子，裡頭是一只羊脂玉鑲紅藍寶的鸞鳥華勝。入手極沈，上頭的寶石分量十足，成色又好，做工精緻，十分華貴。

這是鎮國公帶來的小定禮，按照大夏的婚俗，男女雙方訂親，交換庚帖是初步，接著就會挑選黃道吉日，由男家向女家用飾物作為小定禮，然後書寫婚書，就算是定下了，也不好再悔改。

柳昱很不好意思。「蕭老弟，真不巧，本來你我都約定好了，可現在……」他一個勁兒地搖頭直嘆。「配瑛急火攻心，都吐血昏過去了，我也不知該如何是好。」

鎮國公臉色鐵青，凌厲地看向那個內侍。

內侍本來腹痛難受，感覺又上來了，被這麼一瞪，生生憋了回去。

「皇上下了旨為配瑛和信王指婚？」鎮國公直直看向他。

內侍木訥地點頭。

鎮國公大怒。「皇上難道不知道，配瑛已經和我鎮國公府交換了庚帖？」他拍案而起。「今日我高高興興地準備上門送小定禮來的，皇上就送我這麼份大禮？我究竟是哪兒觸怒了皇上？公公不妨告知一下，也好讓我死個明白。」

明白？鎮國公府早就和西德王府訂親了？我去，他什麼時候知道這些事了？

內侍臉色慘白，一會兒看看唉聲嘆氣的西德王，一會兒又看看怒髮衝冠的鎮國公，覺得眼前陣陣發黑。內侍腿腳虛軟，不由扶住了一旁的桌椅。

鎮國公左右等不來解釋，隱含悲痛地捶胸頓足。「罷！罷！我蕭遠山，祖祖輩輩，一代代為大夏拋頭顱，灑熱血，平邊關，鎮四方。忠誠之心，天地可鑑，折損了萬千好兒郎……皇上莫非還不信老臣忠義？」

鎮國公撐著楞杖走了兩步，右腿虛軟無力，幾近拖行在地上。那條腿，是廢的。十五年前的大戰，他廢了右腿，死了兩個兒子，髮妻悲痛歸天，蕭家軍幾近全軍覆沒……國公府上下損失不計其數，這樣壯烈的犧牲，時隔多年想起，依舊引人悲慟。

再說下去，恐怕就是皇上不體恤忠良，兔死狗烹了……

「國公爺言重了，皇上斷無此意！」內侍趕忙打住，抹了把頭上的虛汗，見鎮國公和西德王兩雙眼睛都直愣愣地盯著自己，他很是無措。

賜婚啊！天大的喜事啊！怎麼就搞出這麼多的麻煩？

內侍欲哭無淚，舔著乾澀的嘴唇，張了張口。

「算了。」鎮國公打住他要開口說的話，回身對柳昱說：「柳老哥，這門親事，咱不能就此不明不白……我得去問清楚，究竟是個什麼意思！」

要他認下這個悶虧，卻是不行的。連帶著蕭若伊的分一道算進去，其實是有人想拖鎮國公府下水而已……他要知道是哪隻鬼手在後面推波助瀾，看他不揪出來剁了！

柳昱十分同意，二人就拉著那個內侍一道進宮。

成定帝還在御花園裡削他的木頭，就有小內侍匆匆跑過來，與魏都耳語了幾句。

成定帝在雕刻製作木器的時候，不喜歡有人打擾，魏都深知成定帝的習慣，但聽到內侍說的話，也不由挑眉，緩步上前。

「皇上，鎮國公與西德王求見。」

成定帝動作一滯，愣愣地抬眸，見魏都點頭，就有些不捨地放下手裡的活兒。「怎麼這時候來了？」他不滿地喃喃說道，旋即想到早上才放出去的兩道旨意，霎時明瞭。「他們是來謝恩的吧！」

為夏侯毅定下親事，成定帝心裡高興，不在乎這時候被人打攪了興致，即刻擺駕回寢宮，換了身衣裳，再去見鎮國公和西德王。

哪知，場面與自己所料想的有些不大一樣，至少，他沒在二人臉上看到喜悅和興奮，相反地，卻是凝重為難。派去宣旨的內侍哆哆嗦嗦地跪在地上，手裡還拿著明黃色的卷軸，顯然便是早前放下去的聖旨。

魏都瞇起眼。鎮國公來求見成定帝他是想到了，平昌侯小世子的品行，成定帝不知道，鎮國公卻不會不清楚。他怎能讓孫女嫁給鄭大郎呢？定然要虛與委蛇想法子來與皇上周旋的。至於怎麼個周旋法，他倒是無所謂，國公府底蘊深厚，有這個資本，皇上興許也會賣個面子。只不過勢必會在皇上心裡埋根刺……但這就足夠了！鎮國公府的顯赫，早該易主了！

可西德王也來湊熱鬧，這就說不過去了吧？柳昱在朝無權無勢，一個掛牌的閒散王爺，他倒是長了膽子，敢以下犯上。

魏都冷眼看著，也沒去管地上跪著的內侍。

柳昱當即跪下來，成定帝驀地一驚。「西德王，你這是做什麼？」

柳昱跪伏在地，大聲道：「臣有罪！」

成定帝愕然，恰好鎮國公也跪下來。

鎮國公有腿疾，早在方武帝在世時就特准他不用行跪禮，成定帝當然將這個規矩延續下去，可現下這麼一來，他就有點坐不住了。

「鎮國公、西德王，你們……」成定帝茫然無措，只好道：「有什麼話起來再說。」

柳昱卻搖搖頭。「皇上聖恩，為配瑛賜婚，臣感激不盡，只是臣，不能接旨！」

魏都眉眼含笑。呵！還真是抗旨不遵，柳昱的膽子，比他想像的要大得多。

感覺到成定帝身子明顯一僵，魏都並不打算開口幫腔。

柳昱繼續說：「臣忠於君上，皇恩浩蕩，臣感激涕零。然而配瑛早前便已與鎮國公世子定下婚約，信諾在前，義字為先，臣左右為難，忠義難兩全，特來請罪！」

鎮國公一併垂首嘆息。「還請皇上體恤。」

鎮國公世子？配瑛早與表叔訂親了？

成定帝睜大雙眼，側過頭看魏都，魏都臉色也不大好看。

難怪這兩個老東西一道來了，原是串通了合夥來給成定帝施壓。這麼一來，成定帝這道聖旨，無異於是逼顧妍另嫁，更是逼西德王背信棄義。

天家是有權威，可豈能亂來？壞人姻緣，有損陰騭，連民間都有句話說，寧拆十座廟，不毀一樁婚。仗勢欺人也要有個度，何況這兩個主角之一，還是平定西北、驅逐倭寇立有大功的小戰神蕭瀝。皇家難免要擔一個苛待忠良的名聲，傳揚出去了，一人一口唾沫星子都能淹死你，更別說滿朝御史還要上疏彈劾……

魏都很意外。鎮國公擺明要認下顧妍這個孫媳婦，不惜觸怒聖顏背水一戰，他以為鎮國公至多便是為自己孫女爭上一爭，若再算上顧妍的分兒，豈不是兩道聖旨都要作廢？成定帝好歹還是皇帝呢，這下臉面往哪兒擺？簡直變相地將國公府推往風口浪尖……至少如果他是鎮國公，在同等情況下，絕不會做出相同的事，甚至連蕭若伊他都不會去管。

這時候，魏都怎麼也得維護成定帝的顏面，板著臉說：「西德王、鎮國公，皇上金口玉言，可不能不作數！你們兩家既然早已訂親，又不是見不得光的事，何必遮遮掩掩？皇上早前不察，如今兩相矛盾，後果要誰來擔？」

還早就訂婚呢！呸！什麼時候定下的，還不是這兩個老不死的說了算？

早就知道成定帝最依賴身邊的秉筆太監魏都，可他們一個王爺、一個公爺，由著一個太監指手畫腳說三道四，心裡能舒服？

柳昱深深地懷疑，今兒出的這些事，都是這沒有子孫根的東西動的手腳！

鎮國公抬眸看了眼魏都，反問起來。「那皇上又為何突然便給配瑛賜婚？事先不曾打聽過配瑛是否婚配，便貿然下旨？」

成定帝昏聵，興許只是一時興起就下旨了，首尾始末只怕都糊裡糊塗，而真正主導的人，該是魏都這隻閹狗。雖然鎮國公不明白，魏都怎麼就突然瞄上了鎮國公府，明明沒有太大的利益衝突……

成定帝聽這話就懵了，他真的是一點都不知道啊！打從一開始，他也只是想給夏侯毅找個適合的妻子人選，既然夏侯毅是中意顧妍的，他就順道賜婚了。

「令先二月末時請了晏仲上王府說媒，庚帖交換於三月，請人合過八字，正是天作之合，今日本該上門送上小定，書寫婚書，皇上卻下了這樣一道旨……」鎮國公緩緩道來，他看向成定帝，眸色深深。「皇上，老臣斗膽問一句，為何？」

為何？

成定帝根本說不上來，他急切地站起身。「祖父在世時，就想過這件事，只是、只是耽擱了……」

聲音慢慢變小，成定帝握緊拳頭看向魏都。這事他只不過聽魏都說過，究竟是真是假誰又知道？方武帝都已經死了。說不定就僅僅是一個突來的念頭，就和今日突然想吃乳酪，想聽戲曲一樣，這時候翻出來說，算是什麼！

成定帝頹然地坐下。怎麼辦？他要怎麼辦？

魏都見勢不妙，轉著眼珠子思考辦法，鎮國公不給他這個緩衝時間了，跪伏在地朗聲道：「請皇上收回成命！」

柳昱同樣拜倒。「請皇上收回成命！」

兩個年近古稀的老人，一個是國家棟梁，軍力的中流砥柱，一條腿廢了卻以最虔誠尊敬的方式跪伏在地上懇切地求情；一個是外姓王爺，帶來一片海外領土歸順大夏，先前被冤枉欺君險些獲罪，成定帝心中對他心懷有愧，兩相夾擊，終於敗下陣來。

成定帝擺手道：「二位起身吧，朕再寫一道聖旨為表叔和配瑛賜婚，先前那道……作罷。」

聲音怏怏無力，這種事要他來決斷，真是為難了。

柳昱和鎮國公頓時如蒙大赦，再三拜謝。「謝主隆恩！」

這麼快地做出決斷，魏都還沒來得及說什麼，便被成定帝打發去擬旨。

身為皇帝出爾反爾，究竟還是丟面子的，所幸事情還沒有傳開，就當一開始便是為鎮國公世子和配瑛縣主賜的婚吧……

成定帝定定地看向案前近乎匍匐在地的內侍，正是那位先前去傳旨的。越少人知道越好，知道的要不就把嘴巴管嚴實了，要不就別再開口了。

成定帝揮揮手，伴隨著內侍尖利的饒命聲戛然而止，鎮國公和柳昱已經走出乾清宮，相視而笑。

「這回你可不能反悔了。」鎮國公揚了揚手裡的明黃卷軸。

蕭家仗義至此，柳昱心中頗有感觸，他想起一件事。「怎麼方才不一道將伊人縣主的賜婚一併提了？」

鎮國公搖搖頭。「伊人的事找皇上是沒用的，癥結可是在太皇太后那裡。」

在鎮國公與柳昱雙雙退下之後，成定帝頗有些茫然。他本意是好，出發點也是為了夏侯毅，可怎麼就演變成現在這樣？

想起上回在御花園中，顧妍因汝陽公主的衝撞扭傷腿腳，蕭瀝緊張的模樣，至少在成定帝的印象裡，還是生平僅見……所以，其實很明顯，也無所謂究竟是誰瞞著誰，不過是他從一開始就沒考慮周全，饒是成定帝不在乎虛名和世俗眼光，這時候面上都有點發燙，一則是為了自己犯錯感到羞愧，二則是身為君王卻被挑戰尊嚴，後知後覺的恥辱。

魏都察言觀色，知曉成定帝這是心裡不舒坦了。他本意是想讓蕭瀝著急窘迫一把，若真能撮合顧妍和夏侯毅，當然是最好的結果，可此事可能蕭瀝還不清楚，兩個老頭子就順勢解決掉了……

要說魏都心裡不鬱悶是假的，當然，也不是完全沒有收穫。

皇上可不就是膈應了？君君臣臣，這個關係究竟擺在那裡呢，該有的尊卑還是要有，輕易拂了皇上的面子，人家再不通人情世故，也不可能沒有丁點兒想法。

這時外頭通傳，欽天監譚監正求見。

既然有意賜婚下去，總還得讓人看過八字。欽天監監正的本事，合個八字還是綽綽有餘。

成定帝不想見他——聖旨都作廢了，管他勞什子八字做什麼？可旋即想想還有蕭若伊和鄭大郎，終究是讓人進來。

然而譚監正並不知內情，跪在地上，張口便急於說起顧妍和夏侯毅的情況。「臣已算過信王與配瑛縣主的八字，恐怕有些不適合……」

成定帝不耐煩聽這個，火氣上來了，就道：「不適合、不適合，你不是挺厲害的嗎？隨便找個法子化解一下還不行？」

本來指婚不成就一肚子氣了，這時候還要過來插一腳！

譚監正心想，要是容易化解，他至於拖到現在才來見皇上？生、克、制、化、刑、沖、合、害。這兩人都是辰時出生的，辰辰自刑，本就不是什麼好現象，若二人命中帶土含金，還能有所補救，可配瑛縣主五行屬水，水助遊龍，更是大忌。八樣之七都有不合，還有什麼好說的？除非把他們塞回母體去，找個良辰吉日重新再生一遍……

譚監正低垂著頭，好一會兒才說：「臣，無能。」

成定帝直接將案桌上的奏摺丟在地上，讓譚監正趕緊滾。譚監正連連道罪，腳底抹油就開溜了。

魏都急著撫慰成定帝，連連說著「息怒」，成定帝就唉聲嘆氣了好幾回。「到底是朕做錯了，天意如此，他們兩個就是天生相剋。」

魏都額角直跳，趕忙說道：「皇上莫要自責，您是天命所歸，凡事自有轉機。」

成定帝點點頭，覺得十分有道理。「合該鎮國公跟西德王來阻止朕，那道聖旨廢得應該。」

這麼一想，原有的鬱卒反倒驅散了許多，甚至興致又回來了，要回御花園做他沒完工的佛像，也沒留心魏都青黑的臉色。

蕭瀝聽聞消息趕去慈寧宮的時候，蕭若伊正指著太皇太后說：「妳這個妖精，冒牌貨，占了我外祖母的身子，還要為非作歹！孤魂野鬼在陽世間是活不長的，不是妳的東西強搶了，是要遭報應的！」

一番驚天言論，連蕭瀝聽了都是一怔。

這些話在蕭若伊心裡憋了多久，存了多久，壓抑了多久，她就有多麼長久的痛苦。太皇太后的「改變」，對於蕭若伊而言，不亞於自己的親外祖母已經逝世。現在這個假貨，頂著她至親的皮子，還往她傷口上撒鹽。

蕭瀝攔不住她，他更敏銳地感覺到，在伊人說出這番話後，太皇太后的臉皮繃不住了，眼裡的錯亂驚慌一片，繼而選擇用雷霆之怒掩蓋內心的恐慌。

她大斥蕭若伊目無法紀，不成規矩，要對她施以杖責之刑。

這種時候，太皇太后的眼裡已經流露出殺機。

杖責？是打算往死裡打吧？

蕭瀝邁步擋在蕭若伊面前，一個眼神已經讓周遭上來的內侍、嬤嬤退了下去。

他淡淡看向太皇太后說：「伊人出言無狀，太皇太后有容人雅量，還望海涵。」

海涵？她要有這個肚量才怪！

自是說什麼也不肯的，還要連蕭瀝一道罰了。

蕭瀝伸手就掐住一個內侍的脖子，將人拎起來。

慈寧宮裡的舊宮人早被清理得差不多了，留下來的，無非都是現在這個太皇太后的親信。

蕭瀝只冷冷丟了一句話。「太皇太后越來越蒼老了，氣色也憔悴許多。」

果然那個女人聞言一窒。

確實，她的身形日漸消瘦，就像是血肉慢慢消融掉，原先中等的體型逐漸呈現出骨感，到了午夜時分，心口還會劇烈地發疼，一日賽過一日。她不知道這種變化意味著什麼，但總歸不是好事。真當變成了皮包骨頭，她的命還有多少？

權勢的滋味才剛剛嘗到，怎能輕易放手？

太皇太后揮手讓人退下，目光灼灼地盯著蕭瀝。「你有法子？」

太皇太后擺正了身形，慢聲說道：「明人不說暗話，既然你們清楚，就該知道，那個人在我手裡，你們如果想她回來，這具身子就不能壞了……」

蕭若伊險些撲上去，哭吼道：「妳無恥！幫了妳，難道妳就願意讓我外祖母回來了？卑鄙！」

太皇太后掩口嗤嗤地笑。「那你們大可任由我待下去啊，反正橫豎，妳的外祖母是回不來了。」

若保留著身子，興許還能有所轉機，可要是這點都沒了，那其他也就別再妄想！他們有得選嗎？

蕭若伊咬牙切齒，蕭瀝拉住她，揚眉淡笑了聲。「看樣子，還是能支持一段時日的……我卻是不急。」

說完，蕭瀝帶著蕭若伊離開慈寧宮，可她一路又哭又鬧，蕭瀝險些將她打暈了扛回去。瞧瞧她都做了些什麼？跑進慈寧宮，對著太皇太后大呼小叫。若是從前也就罷了，太皇太后對她寬縱嬌寵，誰管她做什麼？可現在能一樣嗎？

蕭若伊掙著身子，蕭瀝難得斥她一句。「夠了沒？」

蕭若伊一怔，眼淚立即就像斷了線的珠子往下掉。她蹲下身子，將臉埋進臂彎裡。「我要怎麼辦？我能怎麼辦？」

蕭瀝沈默不語。他不知應當說些什麼，也無法指責蕭若伊的衝動妄為，那個人同樣也是他的外祖母。而話都說開了，蕭若伊心中僅剩的企盼灰飛煙滅了。

蕭瀝雖無法解釋這種怪誕之事，但起碼還知道得失相衡。有違天理人道的事，若沒有一點反噬，怎麼可能？看看太皇太后消瘦下去的身子，就不難猜到了。他也只能先誆騙住這個女人……

「伊人，妳起來。」蕭瀝要去拉她。

蕭若伊拽緊他的衣袖，一雙淚目通紅。

蕭瀝倏然一怔，就聽到蕭若伊低啞的聲音。「你不是說過會想辦法的嗎？不是說好了會把外祖母還給我的嗎？哥哥，我那麼相信你……」

蕭瀝半蹲著，僵挺了背脊，抿緊唇，有一種無力和空虛。

太皇太后大約是被觸怒了吧，所以蕭若伊和蕭瀝前腳剛走，她後腳就找了欽天監擇良辰吉日，將伊人縣主與平昌侯小世子的婚期定下來，還讓公公去國公府門前恭賀，簡直要弄得人盡皆知。

這讓本打算好來尋太皇太后商榷的鎮國公大吃一驚。

怎麼放任蕭若伊去了一趟慈寧宮，就成了這樣？這丫頭，搗什麼亂！放著讓他去解決不就行了？

可見孫女失魂落魄地出現在自己面前，鎮國公連責難的話都說不出來，只問她出了何事。蕭若伊一點兒也不想說，逕自跑開。鎮國公就去問蕭瀝，可蕭瀝的嘴唇抿成一線，再撬不出一個字。

慈寧宮的大門對外緊閉，內侍公公更直截了當對鎮國公說，太皇太后身子不適，需要靜養，不見人。言簡意賅地表達了一個意思，蕭若伊那婚事，沒得商量！

鎮國公只好打道回府。

與此同時，成定帝給鎮國公世子和配瑛縣主賜婚的旨意也傳開了。有好事者將兩年前配瑛縣主與蕭世子一道落崖的事翻出來，不由齊齊驚呼，原來緣分早就定了。門當戶對，郎才女貌，天作之合！只如此一來，注定碎了不少春閨少女心。

小鄭氏急得都要哭了。「怎麼回事？不是說信王的嗎，怎麼成他了？」

蕭祺冷著臉道：「還不是老頭子去宮裡求了聖旨！皇上能不賣這個面子？」

蕭瀝成了親，還能有他的什麼事？這個國公府，以後都是蕭瀝的了……他這個做老子的還沒死呢！

小鄭氏氣惱。「老不死的，淨會瞎搗亂！」

對方要只是個普通的淑媛，也不是蕭瀝看上的，她就暫且忍下，以後再想法子搓圓捏扁就是，可偏偏，就是蕭瀝喜歡的那個死丫頭！她夢寐以求得不來的東西，憑什麼那個小丫頭都能輕而易舉地拿到？

蕭祺見她如此激動，還以為她是在關心自己，便按住她寬慰道：「急什麼？配瑛才十三，婚期可還沒定，她嫁過來起碼還得兩年呢，指不定會有什麼枝節橫生。」

就是沒有，他們也可以創造啊！這種事一回生二回熟，怎麼做還不是他們說了算的？

小鄭氏的臉色總算好看了點。

第四十二章

柳昱回了王府後長吁一口氣，柳氏趕忙問道怎麼樣了，再見柳昱手裡那卷明黃聖旨，面色就鬆動許多，可旋即跟著皺眉嘆了句。「聖旨賜婚，該是板上釘釘了……」

無論他們願不願意，顧妍和蕭瀝，注定要被綁到一起了。柳氏說不清自己現在是什麼感覺，明明前不久顧婼才和紀可凡定下，現在小女兒又和蕭瀝敲定了婚事，就好像兩個女兒一下子都要離開自己身邊了，心裡酸酸又空落落的。

做娘的大約都會如此，但女兒總歸是要嫁人，哪有一直留在家裡做老姑娘的？可這還沒嫁人呢，她就開始捨不得了……

都說知女莫若父，柳昱一看柳氏的樣子，就知道她在想什麼。「妳看看，又開始鑽牛角尖了不是？無論是婼兒或是阿妍，她們嫁了人，難道就不是妳女兒了？和妳之間的母女關係，難道就因此切斷了？要是這樣，不用妳說，我就先把她們掃地出門。」

柳氏哭笑不得。「父親，您說什麼呢！婼兒和阿妍怎會如此？」

「這不就得了？」柳昱聳聳肩，讓柳氏坐下來，淡笑道：「玉致，妳要知道，妳養了兩個好女兒。婼兒持重端雅，阿妍聰慧堅韌，她們都是能幹的好孩子，哪會輕易讓自己吃虧？」

「婼兒年已十六了，這年紀說小可不小了，再留下去說不得真要成了老姑娘，至於阿妍……」柳昱是既感激又唏噓，頓了頓，眼睛睇著慢慢道：「阿妍倒是不急，妳不用那麼早就開始操心。」

柳氏心想也對，釋然一笑，轉而又說起蕭瀝。「現在說這個於事無補，這次將鎮國公拉進來實屬無奈之舉，他能仗義相助我們感激不盡，可終究是阿妍的終身大事，蕭世子……」

柳氏對蕭瀝到底是不瞭解的，哪知道人家是怎麼樣，但柳昱比柳氏多瞭解一點。

柳昱挑眉淡淡說：「所以才不急啊。」

既然阿妍肯開那個口讓他上門去尋鎮國公，心裡應該是願意的。從一開始他就知道，阿妍對蕭瀝那小子，和別人有點不同。原先是想國公府的大環境對顧妍來說，有些複雜了，所以一直防著蕭瀝，可今日和鎮國公深交了一番，好感度倒是大增。

事情到這地步，他們再要反悔，顯然不可能，可真要這樣便宜了蕭瀝……究竟是自己最心疼的小外孫女，怎麼想怎麼不樂意。剛剛還安慰柳氏來著，其實心裡面，他比柳氏還要捨不得。

當消息傳到顧妍耳裡時，她如釋重負，真若要將她與夏侯毅湊成一對，日日對著這個上一世害得她家破人亡的男人，那往後的日子，她也不敢再想了。

幾個丫鬟紛紛向顧妍道喜，這時候她才後知後覺地想起，她以後都會和另外一個人緊密地聯結在一起。他沒有讓她失望……或者說在潛意識裡，她總覺得，他會像以往許多次一樣，解救她於危難之間。

顧妍不知道這份篤定從何而來，她斂住心神，微微地笑，讓衛嬤嬤準備些銀錁子打賞下去。此起彼伏的恭賀聲不絕於耳，心情卻像是糾結成團的紅線，一匝繞著一匝，剪不斷，理還亂。

顧妍晚膳喝了幾口粥，先前舌頭咬得太狠了，阿齊那給她上了點藥，但依舊疼得厲害。沐浴過後，青禾給她絞乾頭髮，拿桃木梳子一下下地梳勻，忍冬與綠繡就為她鋪起床鋪，燃上熏香。她怔怔看向鏡子裡的自己，一時有些恍惚。

聽說伊人也被賜婚了，對象是平昌侯府的小世子……這可真不是什麼好消息。上一世的平昌侯府在成定年間早就敗落了，後來還動過謀反的心思，暗中糾集軍隊。可惜還沒有正式開始呢，就被魏都揪出來，扼殺在搖籃裡。

人人都說魏都做了件大好事，守護大夏的江山，有九千歲在，那是大夏的福氣。然而真相究竟是什麼，普通老百姓根本無從得知。她只有一次偶然聽舅舅和紀師兄說起，魏都曾和鄭氏一族往來十分密切。

狡兔死，走狗烹。上一世的他們沒有太皇太后護著，在鄭貴妃失勢後，苟延殘喘地在夾縫裡過活，十分不易，乘機攀附魏都在情理之中，可等到沒用了，還不得從哪兒來回哪兒去？平昌侯，早晚是要敗落的……

顧妍嘗試著回想上一世蕭若伊的歸宿，最後發現，一片空白。她只知道鎮國公府有一位伊人縣主，可從來沒聽說過，伊人縣主最終花落誰家。至少在她被囚禁起來之前，蕭若伊就跟銷聲匿跡了一樣。

怎麼伊人這世的軌跡變得這麼奇怪？她怎麼可能會嫁給平昌侯小世子呢？又為何沒人阻止？

她怔怔坐著，聽到身後有細微的動靜，疑惑地回過頭。身穿飛魚服的男子正立在窗前，旁邊高几上燭火搖曳，投下的長長影子將他籠罩在暗影裡，看不清楚表情，但她能感受到他的目光灼熱似火。

「你……」顧妍順勢站起來，才口吐一個字，便被來者攬入懷裡，涼涼的冰薄荷香衝入鼻翼，她一瞬全身僵硬。

「別動。」蕭瀝低低地說。「一會兒，就一會兒。」

懷中人溫香軟玉，纖細柔軟，髮絲披散在素白薄衫上，一對翦水雙瞳盈盈，黑白分明。在昏黃的燈光裡，她就是唯一的亮色，美好得讓人覺得不太真實。

今日，她險些與自己失之交臂，蕭瀝感到無力。其實在很多事上，他都既無奈又無措，他哪有多厲害？平凡如是，也是個有血有肉的普通人，也會驚懼害怕，也有七情六慾。

蕭瀝不由將下巴擱在她的頭頂，一點一點地磨蹭著她的髮旋兒，她的頭髮就像一疋上好的綢子，又細又滑，又濃又密，還有一股特有的甜馨芳香。

在從鎮國公口中得知，她險些就要成為信王妃時，腦中某根弦轟然迸裂，一顆心直直沈入谷底，似乎全身被一種巨大的失落包裹，胸口跟著悶悶地發疼，連他自己都沒想到會有這麼大的反應。再震驚，再憤怒，總不至於聞之色變，他本該冷靜下來去尋應對之策……可那時候眼前黑黑白白，根本沒法思考，就像是一塊結在心上許久的痂，早和血肉長在一起，又被硬生生地剖開剜去，那種疼痛是從靈魂深處傳來的，久遠得好像根本不是這輩子的事……

感受屬於她的溫熱，還有在懷裡的充實，好似只要這樣，就能夠撫慰這一天起起落落的心情。所以藉著衝動，做一次一直以來想著，卻又不敢做的事——將她完完整整擁在懷裡。

於是，一會兒之後，顧妍動了動有些僵硬的脖子，蕭瀝又環得緊了點，她覺得都有些喘不過氣了，茫然地眨眨眼，終究還是問道：「你怎麼了？」

趁著他愣神的工夫，她微微掙開，他身上還穿著上衙時候穿的飛魚服，到現在還沒換下，大約是直接過來的。

蕭瀝目光專注，臉色卻發白，半晌沒有說話。

顧妍也不知道該說些什麼，沈默中，便聽到他低喃。「是我的錯。」

「你在說什麼？」

他何時做錯了？又做錯了什麼？

蕭瀝抿緊唇，目光看向別處。「要不是我，不會有今天這麼多事的。」

事後仔細想想，許多端倪就都出來了。鎮國公府獨立不群，且從不與人交惡，魏都卻為何專挑著對付他們？這是得罪人家了吧！他動作太大了，終是引起別人的注意，動不了他，就要拿他身邊的人開刀下手。顧妍是一個，伊人也是一個，縱然在祖父的當機立斷下，讓顧妍迅速抽身出去，可伊人呢？一種深深的無力感席捲上來，他整個人都顯得疲憊不堪。

顧妍讓他坐下。她想到前不久西德王府走水的事，就是蕭瀝去調查的，這件事是誰做的他們都心知肚明，只不過少了些證據。

狗急了還要跳牆呢，魏都這種人，怎麼會讓自己有把柄握在人手裡？隨意給個小教訓，對他而言輕而易舉。

「這能怪你嗎？」顧妍極不贊同。「他本來就是衝著西德王府來的，我們與他有許多宿怨，他哪怕今日不報，明日也是要來的，你只是出手幫了忙，難道我還能恩將仇報，反過來責備你？算起來是我連累你才對，若非王府的恩恩怨怨，伊人哪會無辜被牽連，她才是最冤枉的。」

孰是因，孰是果，一、兩句何以說得清？

蕭瀝定定地瞧著她，自嘲地笑笑。「妳知道是誰放的火嗎？」

她一怔。不是魏都嗎？

他繼續問：「那個人若是主謀，那從犯呢？執行者又是誰？」

見顧妍搖頭，蕭瀝就笑得越發苦澀了。「是我父親啊！」

一品威武將軍，蕭祺……可不就是他的父親！可當事實真相擺在面前，再如何難堪，他也只能認命地接受。

「火油哪是普通人弄得來的？滿京都地找起來，根本尋不出幾桶，一年多前他從西北弄了些回來，一直都存在庫房裡，本打算用來做墨，可慢慢事多了，就忘了，也耽擱了……」蕭瀝說得十分平靜。「他既然有這個膽子做，就定然也會留下蛛絲馬跡，我循著去查，庫房裡的火油已經沒了，誰也說不出個所以然。」

真沒想到，他的好父親，暗中還和魏都有往來！

可蕭祺為何要這麼做？

顧妍險些脫口而出，又陡然靈光一閃地想到了些事。那日趁著走水一擁而上的殺手，雖然混亂，但個個有條不紊地都是衝著她來的，所以蕭瀝一人帶著她，又對付那麼多人，才受了傷。

蕭祺想她死？她和蕭祺遠日無怨，近日無仇，他堂堂一品將軍，何至於跟自己一個小女子過不去？癥結大約就出在蕭瀝身上吧，就在晏仲來說媒不久後，西德王府就走水鬧賊了。

蕭祺不想她和蕭瀝訂親，所以要永絕後患？不，如果僅僅是不想，何至於出這麼陰狠的招數？事情遠比看到的要複雜得多。

蕭瀝苦笑，慢慢低垂下頭顱。「所以，一切的緣由都是因為我……」

這一刻的他，沒有在人前表現的凌厲矜貴，看起來也不過就是個失落受傷的脆弱少年。這才是真實的蕭瀝，是這世只有顧妍才見過他最不為人知的一面。

好像心裡陡然塌陷了一塊，酸酸軟軟地有羽毛輕輕拂過。

「你就這點能耐啊？」顧妍直直看向他。「吃了虧、闖了禍、犯了錯，自我悔改，承擔責任是好事，那之後呢？自怨自艾要是有用，你腦子長來是做什麼的？不想著還回去，光在這兒坐著，事情就能有轉機，能解決了？」

蕭瀝聽到她微不可察地嘆了下。「還有機會補救，是件多麼幸運的事，要知道，有些東西，錯過了，就會是一輩子。」

她是上輩子做了多麼天大的好事，才有機會得來這一次的重生，可以讓她彌補曾經的遺憾？前世臨死前的絕望後悔，才讓她更加珍惜眼前擁有的一切，才會更拚命努力地想要過得更好。

顧妍垂著眼，蕭瀝就只將目光牢牢鎖在她身上，然後低低笑出了聲。她愣然，但見他眉眼都跳躍著歡喜，不由脹紅臉。

真的是……這個人怎麼可能不懂這些？又不是從小養在溫室的公子哥兒，那麼多年風風雨雨都拿去餵狗了？做成這副樣子，還要她來安慰……

蕭瀝其實也不知道自己怎麼突然這麼無理取鬧。情緒低落不假，只是先前藏得好，碰上了她，卻一股腦兒全跑出來，非要她說說話來包容自己，像個小孩子一樣要她來哄著、勸著。這種頑皮幼稚的事，以前可是想都不敢想。

「阿妍。」他喚她的名。

甫一吐口，兩個人都愣了。顧妍只覺得耳朵發熱，這兩個字燙得她坐都坐不住，而蕭瀝卻很快地自在過來，開了這個頭，之後就容易多了。

阿妍……從不知道，一個人的名字，也可以反反覆覆地唸叨上許多遍。他很想多喚幾聲，然而目光卻在一瞬發直凝滯。

手掌捏住她白膩玲瓏的下巴，帶有厚繭的拇指指腹輕擦過她的薄唇。似有一簇小電流從嘴唇流遍全身，顧妍臉色通紅，但他的神情卻很嚴肅。

「妳怎麼了？流血了……」他抬起手，指腹上沾了點血漬，蒼白的唇瓣上隱隱暈紅，看起來刺目極了。

顧妍心想這是先前咬傷的傷口又裂了，方才說那麼多話，她也沒留心，本想張口說一聲沒事，忍冬敲了敲房門就進來。「小姐，齊婆婆讓您喝了藥再睡，已經晾涼……」

話音戛然而止。

忍冬端著藥碗，眨巴了幾下眼睛。看到自家主子正和蕭瀝面對面坐著，蕭瀝的手還捏著顧妍的下巴……

三個人都是一愣。

忍冬迷迷糊糊又退了回去，於是顧妍眼睜睜看著那扇門輕輕闔上，下一刻，又徐徐打開。

蕭瀝慢慢收回手，也沒去在意忍冬的目瞪口呆，定定看了看那只藥碗，黑漆漆的藥汁散發著濃稠刺激的氣味。他攢著眉，接了藥碗遞過去。「妳哪裡不舒服？」

「沒什麼，就不小心咬了下舌頭，不嚴重。」顧妍搖搖頭，不再多說，就著碗小口小口地喝。她先只是淺淺地嚐一口，似乎是味道不好，眉毛跟著皺起來，乾脆放下勺子一口氣喝光，然後不知道從哪兒摸出一粒梅子，放在嘴裡含著，很是孩子氣。

蕭瀝又接過空碗起身遞還給忍冬，忍冬轉了轉眸子，不自覺地接下，而後便轉身出去，還不忘帶上門。

顧妍覺得，忍冬大約還沒緩過神。

果然過了會兒就聽到外頭傳來一聲驚呼，而後就有小丫頭低聲詢問。「忍冬姊姊怎麼跌倒了？」

顧妍扶額，斜睨他道：「你以後別再爬窗了。」

那一眼帶了點小女兒的嬌嗔，她的臉也是粉粉的，好看極了。

蕭瀝不置可否，又坐下來。

顧妍問他。「伊人的親事，就這麼定了？沒有轉圜餘地？」

蕭瀝的臉色沈下來，搖搖頭。「伊人今日當面和太皇太后對峙，將她給激怒了，倒是開口承認了她的來歷……如此也罷，好歹弄個明白，然而她倒是不知收斂，一度堅持，祖父甚至見不著她的面，皇上又斷不會去違逆她的意思。」

這大概是索性破罐子破摔了，她所倚仗的，何嘗不就是沒人抓得出自己的破綻？他能怎麼辦？去揭穿那個人的真偽？算了吧，身子都是太皇太后原主的，根本毫無漏洞。

說她芯子已經換了個人？呵！要不是親眼所見，親耳所聞，願意相信的人應該很少吧。大抵就是如此，他才會一籌莫展。這種光怪陸離的事，哪是一般人力能夠達成的？巫道之術，在上古時是混沌成一派的，直到後來才漸漸分開，阿齊那上回雖說她不精此道，但顧妍還是想仔細問問，於是她讓忍冬去將阿齊那尋來，又讓蕭瀝躲到紗櫥之後。

顧妍笑著說：「齊婆婆的藥真管用，現在也不怎麼疼了。」

阿齊那眨了眨眼睛。「小姐想說什麼，大可以直說，我定知無不言、言無不盡。」

阿齊那十分尊敬顧妍。不光因為她是完顏一族的後人，身上流著部分完顏族的血液，更因為她幫自己尋回了十九殿下斛律成瑾，所以心懷感激。

自遼東一路追隨，昆都倫汗就交代過要阿齊那護著顧妍。許是曾經的完顏小公主身死異鄉，讓昆都倫汗心中始終埋了一根刺，便更不想看到顧妍有丁點兒的不妥。

顧妍便乾脆開門見山。「前幾日在話本子裡看到一段借屍還魂，覺得十分新奇，齊婆婆可知為何？」

阿齊那十分驚訝，但還是耐著性子慢慢解釋。「世間講求天道輪迴，人死後的靈魂，若不入輪迴，依附於他人的肉身活下來，便是借屍還魂。但這事也並非話本中說的這麼容易，必得要身體與靈魂十分契合才能毫無排斥，除卻本體之外，找到這樣一個肉身，萬中無一。」

顧妍皺緊眉。「難道就不能靠其他東西輔助？」

阿齊那深深看她幾眼，才慢慢點頭。「可以，但也需要靈魂與肉身有一定的契合……這已是屬於黑巫術，施咒者會受到反噬不提，若靈肉契合不成功，也要魂飛魄散。」

再往下就越發玄乎了，阿齊那不打算說得太過具體，反而斂容正色起來。「小姐問這些做什麼？」

顧妍斟酌了一下說：「齊婆婆是巫醫，對岐黃祝由都有一定瞭解，這種古老秘術世代傳承至今已十分稀少，恰恰我碰上了一點問題，只能詢問齊婆婆。若是一個人性情大變，分明身子如往常無異，但行為舉止都成了另一個人，這是為何？」

見阿齊那面色驟變，顧妍就知道，她肯定是清楚的，只是不願說。

阿齊那苦笑了下。「小姐不是都想明白了嗎？」

顧妍便不再避諱，直言道：「那齊婆婆可知道，要如何才能破解？如何讓原來的人回來？」

「這是禁術。」過了會兒，阿齊那說道：「布下法陣，尋一個生辰八字一模一樣的人，以血肉為引，引渡靈魂。」聲音又輕又緩，她沈思片刻就搖搖頭。「這種事有違天理，引渡一次要折損十年陽壽，風險極大。」

「那被引渡的靈魂呢？」顧妍急急問道。她並不關心是誰施的咒、布的陣，她只知道，太皇太后一日不回來，伊人的婚事就一天雷打不動。

「也許消失了，也許去了另一個肉身裡。」

這話讓顧妍和蕭瀝的心同時一沈。

消失是什麼意思？魂飛魄散，徹底湮滅在塵世間？

顧妍還記得上一世做鬼魂的時候，日日躲在陰暗處，不敢接觸日光。因為只要碰到一點，就像是渾身被灼燒了一樣，魂魄也會變得越來越淡。真正的太皇太后，有可能那樣嗎？

顧妍趕忙搖頭，應該往好的方向去想才對。「沒有補救的法子？我是說，如果只是去了另一個肉身，那個靈魂還在的話，難道沒有法子讓她回來？」

阿齊那便粲然笑道：「渡魂需要媒介，在偶人身上寫下姓名與生辰八字，埋在陣眼處，等將偶人破壞了，自然就失效了。」

可這陣眼在哪裡，誰又知道？

阿齊那站起身，微微地笑，目光往紗櫥後輕輕瞥了眼。「小姐不用問我該如何去找，我只是個巫醫，並不擅長布陣施咒。」

「時辰不早了，小姐早些休息。」阿齊那行了個禮，轉身就走。

蕭瀝就從紗櫥後走出來，顧妍張口想說些什麼，他突然伸手制止。「這沒什麼。皇城雖大，找個陣眼出來也不是不能。」

他難道還想大張旗鼓？

顧妍低聲提醒道：「還有兩日就是帝后大婚。」

這時候宮裡人多事繁，怎麼著也得等到這之後。

蕭瀝點點頭。「我知道。」

他即便想，也是心有餘而力不足。閉了閉眼，似是忍耐了一下，再睜開時，又回到了那個清冷矜持、為人所熟識的蕭瀝。

顧妍怔怔的，心頭驀地湧上一股惆悵。

沈默了良久，他才低低地說：「夜深了，妳早些歇了吧。」

他轉身到了窗邊。他雖然高大，但也清瘦，仔細算起來，他其實只是個未滿雙十的少年。

「蕭令先。」顧妍不知怎地，口中就喃喃唸叨了出來。已經背過身軀的少年停下腳步，等著她的後文。

她又不知該怎麼說，最後只是淡淡一笑。「萬事小心。」

蕭瀝彎彎嘴角，應聲後，已然翻身而去。

張祖娥的大婚前日，顧妍去了張府，蕭若伊也一道來了。

蕭若伊還是一副沒心沒肺的樣子，該笑的時候笑，該吃的時候吃，還會拿豌豆黃餵阿白，好像絲毫不將先前發生的事放在心上。

張祖娥本想著寬慰一、兩句，但伊人這樣粉飾太平，她又不知該如何是好了。顧妍同樣無可奈何，她先前就試過起一點話頭，然而還未說開，蕭若伊就自發地引開了話題，甚至一口一個「嫂嫂」地喚，鬧了顧妍一個大紅臉。可蕭若伊既然願意貼上這張畫皮，她們便盡力配合。

宮裡的各位嬤嬤、宮娥悉數到位，一會兒說著禮儀流程，一會兒又對張祖娥身上的飾物挑挑揀揀，顧妍也沒能和她說上幾句話，但看張祖娥的神情，是愉悅且歡喜的，比之上一世的平淡從容，終於有了一點新娘子的樣子。

成定帝大婚，聲勢必得浩大，當天更是免除宵禁，還未到雞鳴，張祖娥便起身由著嬤嬤收拾，絞面、梳妝，裡三層、外三層地包裹上了鳳袍。

到了時辰，成定帝派遣來的使官便來迎皇后入鳳輿，更差了魏都親自為張皇后垂放輿簾，鳳輿幾乎繞著燕京城走了圈。

五月的天十分燥熱，烈日炎炎，曬得人大汗淋漓，人頭攢動聚集了許多觀眾，都想一睹這場盛事，透過朦朧的朱紅色紗簾，能瞧見坐在鳳輿裡頭蓋著紅蓋頭的新娘子，也就是他們未來的國母。

聽說張皇后明麗無雙，是位難得的美人，只可惜他們沒能有幸一睹芳容，但朦朦朧朧地，亦能瞧見她端正坐著，身姿婀娜豐盈，不難想像，這定是一位教養良好、姿容出色的女子。

顧婷在酒樓上遙遙瞥了一眼，街道兩旁都是五城兵馬司的巡衛，以保證鳳輿一路暢通無阻，而張祖娥就如同眾星捧月，接受著百姓的愛戴和祝福。她不由癟癟嘴，很想收回目光，可眼珠子就是不受控制地落在那十六人抬著的華麗鳳輿之上。

就連她的舅舅魏都，都只能在張祖娥身邊充當陪襯，為她鞍前馬後……什麼時候，這樣的榮耀也能屬於她？

顧婷想想就覺得熱血沸騰，俏臉不由得泛起興奮的微紅。

「好大的陣仗！」對面的人輕輕嘆了一聲，聲音淺淺的，卻有一種說不出的輕柔嫵媚。

顧婷回過神，移回視線，看向對面而坐的少女。

面容溫婉秀麗，臉上掛著淡淡的笑容，單手托腮，水蔥般的手指輕輕點著面龐，一縷烏髮垂下，迎風而動，俏麗多姿。

「四姊莫不是豔羨？」顧婷挑眉笑問。

豔羨的還不知是誰呢！

顧妤暗暗冷笑，轉過面龐又掛起得宜的笑容。「這世上有哪個女子不想覓得如意郎君，披上大紅雙喜嫁衣出閣的？這時欣羨神往又無不可。」

可算是說到顧婷心裡了。自從魏都得勢，顧家翻身，不僅是李氏地位一路水漲船高，顧婷也成了家中的香餑餑。高傲如顧姚、和氣如顧妤、刁鑽如顧老夫人，一個個還不得捧著她、哄著她？

「四姊連親事都沒定呢，倒是想著嫁人了。」

顧妤笑了笑。想嫁人，有什麼不對嗎？她都及笄了，身子也長開了，怎麼就不能嫁人了？顧四爺和于氏還有顧老爺子，不是沒想過為她定下親事，但通通被她拒絕了。並不是說他們有多不好，只是她的心，已經被一個人完完整整地占據……

顧妤遙遙聽著嗩吶吹奏聲和鞭炮聲，只覺得異常刺耳。她當然聽說鎮國公世子和配瑛縣主訂親了，成定帝欽頒的聖旨，可是多大的殊榮。

顧妍，怎麼能有這樣的好福氣？

顧妤閉上眼，喉口似乎有點點腥甜往外冒，一腔的恨意綿綿不絕就要傾瀉而出。

不行，不能這樣。總要爭一爭，爭一爭的……

「祖父跟四叔都回來燕京供職，四姊這回便留在京都了吧？」

聽到顧婷甜甜地在耳根前問，顧妤旋即睜開眼。

成定帝登基，開設了恩科，顧四爺一路過關斬將，從童試、鄉試、會試、殿試一路考下去，毫無阻礙地中了進士，又順利地考中庶起士，入了翰林。從前顧四爺不想去官場，但不代表顧四爺沒有本事，恰恰相反的，顧四爺比之顧二爺、顧三爺都有主意，他若願意用心，何愁走不出一條康莊大道？

顧老爺子的申調令終於批下來了，因魏都的關係，加之顧老爺子著實有這個資歷，他便順利地入了戶部擔任郎中。

二人都來了京都，顧妤和于氏哪有繼續留在大興的道理？只不過，畢竟分了家，不與顧婷他們一道住在南城顧家罷了。

顧妤笑著說：「是啊，留在燕京，不走了。」

再也不走了。這一別經年，他都與顧妍定下婚約，若任由繼續發展，二人豈不要功德圓滿？不會的，這種事不能發生……

張祖娥的鳳輿繞了一圈，終於從東華門進入皇城，又被抬到景運門。轎夫在這裡停下，換成宮中的內侍抬輦，一路踏著紅毯去乾清宮。

成定帝便是在乾清宮前等候的。按照大夏婚俗，成定帝需要在新娘下轎前向其頭頂發射三枝弓箭，意為趕走黑煞保平安。自然，其中還有另一重意義，皇后未來是中宮之主，身分尊貴，但在皇上面前，還是個奴才，向皇后射箭，代表的是皇后若犯錯，同樣也要接受懲罰。

禮官送上弓矢，成定帝剛接過就犯了難。他不擅騎射……不，應該說他根本不會騎射，他的所有本事都在製作木具上面，萬一不小心射到張祖娥怎麼辦？

成定帝張了弓掛上箭矢，卻遲遲不曾射出，終是臨時傳諭道：「朕箭術不佳，射箭這場儀式便取消了吧。」

雖然終究於禮不合，但想想成定帝的箭術，要是真的射歪了，喜事沾了血就不吉利了，因而沒有人多說一句。

這時鄭淑妃便率了一眾宮娥、女官來皇后轎前膝行跪迎，以示皇后與妃嬪之間的等級尊卑。她纖瘦的身形好似弱不禁風，走路的姿勢也有些彆扭，經過成定帝身邊時，還若有似無地看了他一眼。

成定帝想起昨晚在鄭淑妃宮裡的放肆，到底於心不忍，拉住她說：「射箭禮都廢了，這跪拜禮也免了吧。」

鄭淑妃揚起甜甜的笑容，成定帝也很高興。

張祖娥蓋頭下的眸子跟著閃了閃，放在膝上的手微緊，卻依舊不動聲色。

在王公大臣的見證下，婚儀順利舉行，前兩日還稱病的太皇太后這時倒是生龍活虎、紅光滿面，高高坐於上首接受成定帝與張皇后的叩拜，二人又被引導去坤寧宮的東暖閣，那也是他們今晚的洞房。

正如先前說好的，顧妍、顧婼和蕭若伊在西暖閣裡候著。她們都還雲英未嫁，自然不好跟著去觀禮，卻能等到所有禮儀結束了，成定帝到前殿大宴的時候去陪張祖娥說說話，不巧的是，汝陽公主這時竟也在這裡湊熱鬧。

汝陽公主的臉圓圓的很可愛，只是一雙眸子因為眼疾，習慣性地瞇著，讓她看起來少了些許靈氣。她穿得花枝招展，粉色宮裝襯得她皮膚水嫩白皙，然而汝陽公主這時候有點笑不出來，因為她和蕭若伊竟然穿了近乎一樣的衣裳，顏色與款式都十分相像。

出門在外當然要備著幾套替換衣服，可這替換的衣服和身上穿的又不能差太多，如此一來剛剛好，所有都是煙粉色的，換成哪套都一個樣。

汝陽公主很鬱悶，蕭若伊毫無所察，她就不再說什麼，於是便將苗頭轉向顧妍了。

上回又是拜顧姸所賜，她被成定帝攆回寢宮，夏侯毅甚至百般交代她，不要討厭和責怪顧姸，這使得汝陽公主很不服氣，為什麼所有人都要幫著護著她，明明自己才是名正言順，擁有正統血脈的公主！最氣人的是，皇帝哥哥竟然還給顧姸和表叔賜婚，她最喜歡的表叔，怎麼可以娶這個女人！

汝陽公主低聲罵了句。「狐狸精！」

聲音雖小，但還是讓人聽到了，顧婼面色微變，沒去理她。這時候回應她，還不正中下懷？這種低端的伎倆，也就是汝陽這樣的小姑娘才會使。

汝陽公主見沒人理會，氣得憋了一口氣，狠狠地跺了跺腳。

正巧前頭一陣躁動，幾個小腦袋伸長脖子去看外面的動靜，不一會兒，就急匆匆進來說：「來了、來了，皇上和皇后娘娘過來了！」

汝陽公主便非要出去看，幾個宮娥跟在她身後簇擁著她出去。

顧姸捧了盞茶吃著，能聽到外頭禮官嘴裡唱喏著吉祥話。

大抵過了半刻鐘，汝陽公主就回來了，成定帝跟張皇后進了東暖閣，她什麼都看不到，心裡就癢癢的，再一見屋裡幾人氣定神閒，她越發感到自己和她們不是一路的。

蕭若伊正與顧姸說著話。「張姊姊盛裝的模樣定是極美的，我猜皇上定要被驚豔呆了。」

驚豔是自然的。張祖娥素顏時便已風華絕代，何況再塗脂抹粉好好裝扮？

汝陽公主癟癟嘴。她見過張祖娥的模樣，真的是天生麗質、傾國傾城。若自己也能擁有一雙妙目，將來不也是個大美人？

想起那日表叔是如何袒護著顧妍的，汝陽公主上上下下地掃視她一番，心想到底是哪一點讓表叔看上的？顧妍個子高䠷，但身形削瘦，該有的體態根本瞧不出來，五官十分精緻，肌膚瑩白如玉，尤其一雙美目玲瓏剔透，似是蓄了一汪桃花潭水，一睜一閉間總有水波圈圈漾出。是了，這雙眼睛真是漂亮，比她見過的所有都要漂亮……

顧妍實在不懂，她身上究竟有什麼東西是汝陽公主看中的，為何每次見到這位小公主，她都用這種眼神注視自己。

蕭若伊卻大概清楚緣由。汝陽自小驕縱，因為生來便有眼疾，幾個長輩便十分包容她，她長得又活潑可愛，可以說混得如魚得水。然而這位小公主也同樣劣跡斑斑，蕭若伊曾經以為那只是小性子發作，但在見過她命令內侍將一個小宮娥的眼睛挖出來當響炮踩時，蕭若伊就對汝陽改觀了。

女兒家驕縱些沒什麼，她自己也是一大堆的脾氣，可是小小年紀如此凶殘，蕭若伊就有些難以接受。她甚至覺得，若今時今日阿妍不是縣主，不用說，汝陽早已經命人動手將阿妍的眼珠挖出來了。

蕭若伊眼神一寸寸冷下來，身子挪了挪，擋在顧妍身前，又似笑非笑道：「汝陽在看什麼好東西，也讓表姑開開眼？」

視線受到阻隔，汝陽公主不樂意地說了句「沒什麼」，轉個身快快地坐下了。她其實想跟表姑好好相處的，可表姑打小就不喜歡她，也不和她親近，甚至偶爾還會聽表姑和自己的哥哥說起，不要凡事都慣著自己，寵得她無法無天。

哥哥願意寵她怎麼了？干她一個姓蕭的什麼事？夏侯家的家事，什麼時候輪得到她一個外姓女說三道四？就只會仗著輩分還有太皇太后的寵愛……不，不對，太皇太后已經不寵愛她了！這不前幾天還下了旨將她許給平昌侯小世子的嗎？她身邊的宮娥都說，這樁婚事很不好，一點都不好。

汝陽公主一想，就笑咪咪地去和蕭若伊道喜。「聽說皇帝哥哥給表姑指婚了，汝陽還沒恭喜表姑喜結良緣呢！」

蕭若伊臉色一變，擱在案桌上的手也跟著緊握成拳。見她狡黠得逞的微笑，也知道她是故意的，年紀不大的小姑娘，心腸居然特歹毒。

顧妍握著蕭若伊冰冷發白的手，眸子染上了薄怒，蕭若伊緊緊回握住她，深吸了幾口氣，淡淡笑道：「那表姑就先謝過汝陽，只是汝陽可不能厚此薄彼，配瑛與大哥也被指婚了，怎地不見汝陽也道聲恭賀呢？」

汝陽公主唇邊的弧度就是一僵，蕭若伊難免就出了口氣。

妳既然做初一，就別怪我做十五！當她看不出汝陽是個什麼心思？每每大哥在宮裡當職時，這小丫頭都是恨不得圍著團團轉，花招百出就是要大哥陪著她，一個不答應就又哭又鬧，有時連阿毅都哄不住。

蕭若伊想想都覺得可笑，大哥和汝陽之間差了個輩分，她口口聲聲喚著「表叔」，怎麼就不能給自己提個醒？別說世俗禮教不容了，他們鎮國公府的世子，還不至於窩囊無用到要去尚了一個任性刁蠻還有眼疾的公主！

汝陽公主眼眶都紅了，便隨意抓起桌上一盞茶就往人身上潑過去。

汝陽公主的火爆性子她們幾個人都有領教過，顧婼早提防著了，眼疾手快地就拉了顧妍和蕭若伊避開，一盞溫溫的茶水就這麼悉數潑到了正巧進門的姜婉容身上。

姜婉容是坤寧宮的女官，在後宮中分量極重，日後她會在張皇后身邊服侍。顧妍上一世見過幾次姜婉容，印象裡，她始終不苟言笑，說話言簡意賅，看起來刻板又端莊，然而這樣一盞茶水澆下，模樣怎麼也是狼狽的。

姜婉容面皮僵了僵，汝陽公主「啊」一聲就躲在宮娥身後。

姜婉容用手帕輕輕擦拭去面上滴下來的水珠，依舊恭敬地行禮道：「皇后娘娘請縣主們過去一聚。」

禮儀已經全套做完了，顧妍幾人道過謝便去了東暖閣，汝陽公主也想跟著去，一看姜婉容滴水的模樣，不由縮了縮腦袋。

宮中的公主、皇子們幼時都曾受過她的啟蒙指導，成定帝和夏侯毅也不例外，汝陽公主因為眼疾不用學習詩詞和針黹，但對姜婉容卻有一種本能的畏懼。

姜婉容沒說話，轉了身就去換衣服，汝陽公主這下就拿不定主意了，糾結良久，只好恨恨地跺腳，往招待女眷的場所吃喝去了。

宴請賓客還分三六九等，像汝陽公主所在的，定然就都是些皇親國戚，與尋常家宴一般，她覺得沒有意思，喝了兩杯果子酒，暈暈乎乎地就早早退下。

夜風一吹，原先眩暈的腦袋就有些清醒了，非要鬧著四處走走，宮娥也沒攔著她，只為她開路。

整座皇城都掛上了紅色，看得多也就膩了，汝陽公主揉了揉腿腳，想著還是回去好了，可身邊的小宮娥突然「咦」了一聲。

她問：「怎麼了？」

宮娥指著一個方向說：「那是信王殿下……怎麼一個人？」

汝陽公主呵呵笑道：「哥哥定也是覺得無聊，出來透口氣。走，我們悄悄跟著他，給他個驚喜。」

宮娥無法反駁，小公主要做什麼，她們攔也攔不住，於是就為汝陽公主引路，一直悄悄地跟隨夏侯毅身後。

夏侯毅剛剛喝了不少酒，臉頰微紅，頭腦卻越來越清醒，眼睛十分明亮。今日是成定帝大婚，大喜的日子，大哥如意娶得美嬌娘，他應該為他感到高興的，可這時候卻一點兒也高興不起來。

將才席間，鎮國公與西德王對飲，二人看起來都十分歡悅，文武重臣想到兩家結了姻親，紛紛上前道賀，他當時瞧著心中就很不是滋味，本來成定帝的聖旨是給他和配瑛賜婚的，但因為鎮國公的干涉，生生就被撤換下來……動作很快，以至於所有人都以為，成定帝一開始就打的主意要給配瑛和蕭世子賜婚。

他雖然對大哥不問過他的意思就干涉他的婚姻感到不滿，但如果對方是配瑛的話，他也可以欣然接受。這個始終對他豎起滿身尖刺的姑娘，他多想看看她柔順乖巧是個什麼模樣。歲月這麼長，只要給他時間，他有這個自信能讓她軟和下來……

可心中喜悅還未升起，就被一盆冰水澆了個透心涼，他們都已經到談婚論嫁的地步了，鎮國公再順手一推，那個小姑娘從此與他再無瓜葛……這麼說也不對，他們之間本來就沒有半分干係的。

他怎麼會這麼想？大約潛意識裡，總覺得他們兩人的牽扯應該很深。

夏侯毅仰起頭看向天上皓月，這滿目的紅綢，怎麼都覺得異常刺眼？

「祖娥姊姊真漂亮，她一定是世上最美的新娘子！」

似是有人撐著腦袋，這麼跟他感慨過。

祖娥姊姊？是張祖娥，張皇后？

夏侯毅很納悶，自己怎麼突然想起這麼一句話。他頓下腳步，環顧四周，身後遙遙跟著的汝陽公主趕忙躲起來，拍拍胸口。

幸好，哥哥沒有發現……

「師兄，你說我穿上嫁衣，會不會也跟祖娥姊姊一樣好看？」

夏侯毅一驚，腦子裡又響起這麼一句話。

可周圍根本沒有人！是誰？是誰在說話？誰在那兒裝神弄鬼？

「不對，祖娥姊姊這麼美，我肯定比不上。我呢，應該是只比她差一點點。師兄，就這麼一點點喔！」

夏侯毅幾乎不受控制般地伸出食指和拇指比了個很小的手勢，突然很想笑，想調笑一句。揚起的唇角僵在臉上，他神情變幻莫測。

師兄？

他好像又想起那個摸不著邊際的夢了，那個嬌聲叫著「師兄」的少女。雖然他不知道她喚的是誰，但總有一種衝動想要應上一應。

這次，也是她嗎？

夏侯毅靜靜在原地站了一會兒，可之後就再沒動靜了。好像方才無緣無故冒出來的幾句話，根本就是他的幻聽。

「緋芸，哥哥還在那裡嗎？」汝陽公主悄聲問起身邊的宮娥。

夏侯毅已經在原地駐足許久了，久得汝陽公主都以為是他發現自己的行蹤。

緋芸慢慢探出頭瞅了眼，低聲回道：「動了……往西北角方向去了！」

汝陽公主雙眼大亮，又一次步步跟上。

皇城的道路錯綜複雜、四通八達，時不時還會有巡邏的衛隊經過，只不過今日成定帝大婚，藉著喜氣，所以各方都有些懈怠。緋芸是個玲瓏人，盡都避開著巡衛，以免驚擾了信王。誰知越往後走居然越是荒涼，慢慢地就察覺出一些不同。

「公主，這兒怪陰森的……」緋芸舉著一只乞賜風燈，小聲地說。

周圍已經很暗了，人跡罕至，這個角落是鮮少有人會來的，汝陽公主看不清，便攀附著緋芸的手臂。「哥哥怎麼會到這裡來？這裡是哪兒？」

緋芸又怎會知道，她是公主身邊的體面人，跑腿這種雜事可不是她會去做的，更不清楚宮裡還有這麼一個地方。最主要的是，她們一路跟隨信王來這處，然而僅僅拐了個彎，人就不見了！

似乎有陣陣陰風吹過，緋芸打了個哆嗦，小聲地勸道：「公主，信王也許已經走開了，我們也回去吧。」

汝陽公主只覺得眼前一片漆黑，唯能見到緋芸手裡的燈籠散發隱隱幽光，只好鬱悶地點點頭。

然而她們想的到底是太簡單了，來時便不曾記過路段，汝陽公主在晚間就相當於是個半瞎子，緋芸光顧著躲侍衛了，也沒留心這些條條道道……

「怎麼還不走？」汝陽公主催促了一句。

緋芸只好隨意揀了一條路，想著等看到有人出現了再問問汝陽公主的朝陽宮在哪個方位。

第四十三章

顧妍幾人只待了片刻便從坤寧宮裡出來了，本打算與張皇后說幾句貼己話，一開口便停不下來。

姜婉容規規矩矩侍立在一旁，既沒出言阻止她們，也沒做出什麼表示，眼觀鼻，鼻觀心，就如同木雕泥塑。

張祖娥倒敏銳地察覺到姜婉容心下的不悅。她既已為人妻，還是一國之母，該有的儀態必須要有。姜姑姑這麼嚴苛的人，最見不得有半點瑕疵了……草草地說上幾句話，顧妍幾人便出了東暖閣。

顧婼回身望了眼，低聲說：「姜姑姑是個嚴肅能幹的人。」

「可不是？」蕭若伊聳聳肩，嘖嘖嘆道：「小時候姜姑姑還拿戒尺打過我的手心，一點也不含糊，手都腫了。」

以至於蕭若伊至今看到姜婉容都有了陰影，本能地心虛。但這種畏懼，也是建立在尊敬的基礎上。

顧妍默然，只是淡淡地笑了笑。深宮寂寥，步步驚心，糟心事可從來都不少，前世的姜婉容就是張皇后的左右手，可以說張皇后能一路平安、有未來的造化，姜婉容功不可沒。顧妍每每聽張皇后說起，話語裡從不缺少對姜姑姑的感激。

幾人正要去宴請的前殿，蕭若伊的侍婢恰恰跑過來附耳說了幾句，蕭若伊霎時睜圓了眼。「妳怎麼不好好看著！這麼點小事還辦不好？」

那侍婢什麼都不敢說，顧妍難免問起怎麼了，蕭若伊就哭喪著臉說：「阿白丟了……」

阿白，當初其實是蕭瀝借由蕭若伊之手送給顧妍的，不過被顧衡之要去養著。蕭若伊曾經侍弄過的花花草草都活不長，她不敢再養，倒是阿白難得被她餵食得滾圓，顧衡之去了書院讀書，阿白自然而然交由蕭若伊照顧。

「我要去找牠。」蕭若伊急匆匆要走。

這麼晚了，黑燈瞎火，要找隻小刺蝟，談何容易？

顧妍要和她一道去，蕭若伊擺擺手，說皇宮她比顧妍要熟悉，倒是先行跑開。

「伊人是怎麼了？」顧婼吶吶地問。

顧妍大概是明白的。宴席上還有太皇太后出席，伊人現在過去了，難免對上太皇太后。去找阿白是真，但何嘗又不是一個藉口？眼不見為淨，就這樣吧……

顧妍千萬交代蕭若伊的那個侍婢仔細跟過去，才和顧婼相攜去了宴席。

這邊汝陽公主和緋芸則是越走越偏了，汝陽公主不耐，大罵緋芸做事太不牢靠，緋芸抿緊唇，有苦說不出。

剛剛是誰非要跟著信王殿下來的？追丟了，走失了，迷路了，現在還來怪她……也是，誰讓公主是主子呢？

緋芸癟癟嘴，心想帶著汝陽公主，要尋路也不方便，便道：「公主，先讓奴婢去探探，您在這兒等著可好？」

「妳想把我丟下？」汝陽公主猛地拔高聲音，自是說什麼也不肯的。

緋芸無奈，只好繼續摸索。所幸這次看到有一隊巡邏迎面過來。

「公主……」緋芸長長鬆了口氣，正想向汝陽公主報個喜，眼角餘光一瞥，看到一隻黑漆漆的東西快速往她這兒移動，她驚得大叫，連帶汝陽公主也跳腳。

那東西頓了頓，縮起了身子，團成一團骨碌碌地滾，背刺上一堆枯樹葉紛紛落下，扎著幾只油桃，還有個黑乎乎的玩意兒，緋芸這才看清楚，原來是一隻小刺蝟。

「妳做什麼一驚一乍的！」

聽聞汝陽公主喝罵，緋芸暗暗叫苦。剛從那麼荒涼的地方走出來，就看到這麼個東西，任誰都要嚇一跳好嗎？

「公主，不知道從哪兒跑出來一隻刺蝟。」緋芸移近了燈。

汝陽公主能模模糊糊看到腳邊有一團黑色，心中厭煩頓起，抬起腳就重重踢在阿白身上，將牠圓滾滾的身子踢了出去。「小畜牲，還敢在這裡嚇人！」

阿白低唔了聲，滾開好遠之後，蜷在地上一動不動，汝陽公主這才解氣。又見腳邊落了個黑黑的布偶樣，用腳碾了碾，吩咐道：「看看這是什麼。」

緋芸拾起來，見是一只普通的布偶人，洇濕著，表面還附著土，又酸又臭，髒極了。她耐著噁心拎著，說：「是一只布偶，不知道從哪兒挖出來的。」

連正反面都分不清，誰會做這種低劣的布偶？緋芸自認自己幼時玩的都比這個要好看許多。

汝陽公主瞇著眼睛，似乎看到偶人頭頂上還貼了塊破布。她想也沒想，「嘶」的一聲揭下來。

「什麼破玩意兒？」汝陽公主喃喃自語。

「公、公主？」緋芸目瞪口呆看著汝陽公主將滿手的污泥塗在自己身上。

「這麼髒的東西，居然還讓本公主碰！」汝陽公主一把將布條扔到地上。

誰讓她碰了？還不是公主自己伸的手……

敢怒不敢言，緋芸垂下頭不語，恰恰就瞧見扔在地上那塊髒污的白絹上鮮紅色的字體。緋芸是識得幾個字的，蹲下身子執起來細細看了遍，似乎是生辰八字。

「夏侯林氏素蘭……」緋芸喃喃唸了遍。

夏侯是國姓，任是什麼人，被冠上夏侯，都是身分上了一個等第的。可這條破布上面，怎麼會有夏侯字樣？林氏素蘭？林氏？

緋芸皺眉，驀地就是一驚。她扔下手裡的東西趕忙站起來，面如死灰。

一開始就覺得這東西眼熟得厲害，後宅婦人們給人下降頭詛咒，用的可不就是這種巫蠱偶人？這上頭紅通通、亂七八糟的字，都是用黑狗血畫的啊！

夏侯林氏……有幾個姓林的是被冠以夏侯氏的？太皇太后娘家可不就是姓林！要命，是誰要弄這種邪門歪道害太皇太后？

緋芸駭得不輕，汝陽公主就被她嚇了一跳。「妳作死啊，一驚一乍的！」

汝陽公主沒壓低聲音，巡衛遠遠地聽到，循聲聚了過來。

緋芸這時候簡直都沒法思考，被人瞧見了這東西，事情還不得鬧大？藏起來？來不及了……萬一被人誤會是她們做的怎麼辦？她還年輕，還不想死！

汝陽公主還在罵人，緋芸這時顧不得尊卑了，拉過汝陽公主趕緊跑路。這兒她熟悉，可以迅速避開侍衛回宮，至於往後怎樣，跟她們一點關係都沒有，她們什麼都不知道。

於是巡邏衛隊過來的時候，就只看到汝陽公主的半截身子迅速隱沒在抱廈樓宇間，一身煙粉色的宮裝蹁躚起舞。

帝后大婚，普天同慶，哪個不是吃好喝好，開懷大笑？剛剛那人背影匆匆，腳步凌亂，若是沒鬼，她跑什麼？看那人著裝，不是宮中貴人，就是權貴千金，今日宴請來了諸多女眷，萬一叨擾了哪個得罪不起的，倒楣的不是他們？

手下提了縮成團的阿白走過來，還拎了只破布娃娃。

「衛長，地上找到的。」

巡衛長皺眉看了看奄奄一息的阿白，驀地眼前一亮。

幾個宴會場燈火通明，酒肉香氣四溢，他早饞著了。聽說刺蝟肉質十分鮮嫩，何況這隻刺蝟看起來滾圓滾圓……

巡衛長舔著唇笑，再看向那只破布娃娃時就有些嫌棄。不過他們的皇上十分珍愛自己製作的木偶，對於偶人，他們都不敢怠慢。

「這是什麼東西！」藉著燈光，他翻來覆去仔細打量這布偶，素白紗絹上隱約可見撩亂的朱紅色畫符，破損的地方還有曬乾的黑白草料露出來。

巡衛長有點見識，家中有親戚是師婆，常出入高門大戶為人畫符唸咒、驅鬼除魔，這黑白二葉草又稱陰陽草，是用來給人下降頭的。巡衛長嚇得手一抖，布偶就掉在地上，再看一邊寫了姓名和生辰八字的布條，下意識便嚥了嚥口水。

不說別的，光看見那夏侯二字，也知道不得了了！

「該死！」巡衛長低咒了一句。

怎麼就讓他碰上這種事？不將人逮回來好好問清楚，他肯定倒楣！提起腰間佩刀，他二話不說就往汝陽公主將才消失的方向追過去。

另一廂的蕭若伊一邊疾走，一邊詢問身邊的婢女豆苗。「我不是交代妳好好看著，寸步不離的嗎？阿白這麼乖，妳只要給牠找點吃的就好，這也能弄丟？」

豆苗不敢叫委屈。「奴婢本來是看著的，阿白喜歡吃油桃果子，奴婢就再去拿一盤，誰知轉個身牠就不見了……」

蕭若伊腳下步伐越發匆匆，正巧碰上了同樣疾步而來的巡衛長，險些栽個跟頭。

巡衛長一看眼前出現一個身穿煙粉色宮裝的女子，立即命人上前擋住她的去路，仔細一瞧，竟然還是伊人縣主。

蕭若伊冷聲道：「你做什麼？」

再一看，其中一人手裡正拎著只髒兮兮縮成一團的小刺蝟，大驚失色。「你們做了什麼，阿白怎麼會這樣？」

她撲過去從巡衛手裡搶下阿白。

巡衛長挑起眉毛問道：「這是伊人縣主的刺蝟？」

「不是我的難不成還是你的？」蕭若伊勃然大怒。「老實交代，你們都對阿白做了些什麼，牠要是有點什麼事，你們通通別想好過！」

拿他們跟一隻畜牲比，巡衛長聽著就極不舒服。他上上下下又打量一番蕭若伊，方才看到的半截身子，還有煙粉色宮裝就是這個樣子沒錯！刺蝟是伊人縣主的，她又穿了這樣的衣服，看她急匆匆的腳步凌亂，神色十分慌張……樣樣都對得上。

巡衛長下了定論。是了，剛剛那人定是伊人縣主！

與此同時，大殿上場面一度混亂，太皇太后突然吐血昏迷，讓人紛紛抽了口涼氣。感受最深的無非就是鄭太妃，剛剛太皇太后那一口污血，正是吐在她的身上。

鄭太妃感到很噁心，然而這時候也沒工夫想了，她蹲下身子查看太皇太后的情況。瘦弱枯槁的老人，臉色鐵青，雙目圓睜，正死死瞪著她。

太皇太后貼身的掌事姑姑慢慢移近手探她的鼻息，身子驀地就軟了，哭喊道：「太皇太后薨了！」

滿座譁然。

顧妍不可置信，忍不住往高臺上靠攏，已有命婦開始為太皇太后的薨逝哀傷痛哭，然而更多的還是慌亂驚懼，手足無措。

真的沒氣了？就這麼猝逝在成定帝和張皇后的大婚宴席之上？

早先張祖娥與成定帝定下婚約，本可以早早地舉行婚禮，卻因為成定帝生母的逝世耽擱下來，這其中是誰的手筆，大家心知肚明。

張祖娥那時被人說成命中帶煞，好不容易壓下來，而如今成親當日，太皇太后死了，還不讓人將先前的一道翻出來算？張皇后少不得讓人說是天煞孤星。就算要給鄭昭昭撐腰，何至於選在今天？

顧妍恨恨地瞪向鄭太妃，但見鄭太妃驚愕惶恐不假，她頓時起了疑惑，難道不是她做的？

多虧了太皇太后一路保駕護航，鄭太妃才能至今安然無恙，而她和鄭昭昭往後都還要倚靠太皇太后，怎麼捨得放棄這麼一顆棋子，只為給張皇后一記重創？

賭注太大，得不償失，絕不划算！

顧妍冷靜下來，似乎看見太皇太后的手指微微動了動。察覺這個的不止一人。鄭太妃眼睛一亮，疾呼出聲。「太醫……傳太醫！」

最不希望太皇太后死的人，鄭太妃絕對占其中之一。

等到將太皇太后抬去慈寧宮，太醫院全體出動，連前頭的成定帝都有所耳聞，和蕭瀝一道匆匆趕來。

碰到這種事，相信大多數人的內心都是崩潰的。她們在京中好歹都是有頭有臉的夫人、太太，來吃個喜宴，沾沾皇家的喜氣，倒還險些目睹了太皇太后薨逝，這喜宴是進行不下去了。

月光皎皎如白練，鋪在慈寧宮前的青石地磚上，光可鑑人，一眾有品階的命婦或小娘子肅然而立，只敢怯怯地小聲私語，生怕驚擾了人。

成定帝穿著喜服趕過來，將前殿的應酬推給魏都。他的面頰因為喝了幾杯酒泛起酡紅，而跟在他身後的蕭瀝，面沈如水。

「太皇太后怎麼樣了？」成定帝對著迎上來的鄭淑妃便問。

鄭淑妃抽噎著梨花帶雨。「太醫正在診療，至今還沒有消息。」她看了眼成定帝，幽幽嘆息。「這麼大喜的日子，怎麼好端端出了事？」

成定帝跟著一嘆，心裡也不舒服。這時候反倒來安慰鄭淑妃了。「妳也別難過，太皇太后吉人自有天相，一定會沒事的。」

二人一道去了慈寧宮裡。

顧妍望著這兩人相攙的背影，低下頭盯著自己腳尖。鞋面上繡著的是必定如意，這樣式還是張祖娥前世教她的。這時候，可還有人記得，還有個人，正在坤寧宮的暖閣裡，懷著喜悅企盼的心情，期待著她的洞房花燭？

太皇太后今日能安然無恙還好一些，要真有個萬一……

顧妍亂七八糟地想，蕭瀝立在原地沒有再跟進去，四下望了圈，也不知在想什麼。

這時鄭太妃就出來了，徑直走到蕭瀝的面前。「太醫說太皇太后是油盡燈枯之相，這時束手無策，當初本宮病重，幸得鎮國公府上晏先生出手相救，才能保住一命，可否請蕭世子再請晏先生進宮？」

君君臣臣的關係擺著，蕭瀝必得應下，太皇太后又是蕭瀝的外祖母，於情於理，他都沒有拒絕的理由。蕭瀝雖不想便宜了那個不知從哪兒來的孤魂野鬼，但又不想太皇太后的肉身有丁點兒不妥。

見蕭瀝頷首應下，鄭太妃便鬆了口氣。

顧妍眸光輕閃，驀地追上蕭瀝。「等一下。」

清靈冷澀的音調，顯得十分突兀響亮，眾人紛紛看過去，就見一身著杏黃羅裙的小娘子跑過去，緊隨蕭瀝的腳步。

自然有人識得那位是西德王府的配瑛縣主。前幾日她與鎮國公世子訂親的消息還一度成了人們的話題，配瑛縣主的名頭倒是由此如雷貫耳。
大夏對女子的束縛沒有那麼嚴苛，未婚男女相約出遊都不是什麼不合情理的事，更別提只是在一起說上兩句話。
可妳也得看場合不是？現在什麼時候？緊要關頭還兒女情長，可見是個沈不住氣又眼皮子淺的。
眾命婦臉上不由露出生厭鄙夷，顧妍沒工夫理會她們怎麼想，她只湊近蕭瀝面前低聲道：「忍冬就候在宮外，你讓她去王府尋齊婆婆來，總能多分保障。」
晏仲醫術確實不錯，但太皇太后是被渡換了靈魂，某些東西，唯有阿齊那懂。
太皇太后不能死，至少今天，她絕不能死！
蕭瀝深深看了她一眼，頷首應下。他又往人群處望了望，輕聲說：「伊人不知去哪兒了，妳若見著，千萬勸著她。」
蕭若伊的性子總有些急躁，常常會適得其反，破壞了局面。不用蕭瀝說，她也會去注意。
目送蕭瀝的身影快速離去，她心想太皇太后病危的消息應該很快就會傳遍宮中，伊人哪能視若無睹？
默然回到柳氏和顧婼的身邊，她感到周遭有許多雙眼睛若有似無地望向自己，但充分的涵養讓她們迅速收回視線，唯有沐雪茗注視的時間稍稍長了些。

顧婼有些不悅，迎面對視上沐雪茗。二人之前有些過節，到底還是沐雪茗理虧，弱弱地撇過頭。

鄭太妃轉身正欲回殿中，遠處一陣騷動讓她驀地停下腳步，她睇了眼看過去，就見身穿禁衛軍裝的巡衛長簇擁著蕭若伊過來。

顧妍瞳孔微縮，敏銳地察覺有些不對勁，倒是蕭若伊眼眶通紅，懷裡還抱著縮成團的小刺蝟先急急跑過來直問：「太皇太后怎麼了？」

顧妍張口欲言，倒是被一句脆生生的話語搶在她的前頭。「姊姊莫擔心，太醫們正在診治，大哥親自去請晏先生了。」

說話的是個十四、五歲面若桃李的少女，顧妍對她有點印象，鎮國公府的二小姐蕭若琳，和蕭若伊是堂姊妹。

太醫院的太醫已經搞不定，都需要晏叔出手了嗎？想到將才見到的那巫蠱偶，蕭若伊的神色更顯慌張無措。

顧妍不由就多看了眼蕭若琳。字字句句正中紅心，是要伊人真的別擔心，還是恨不得伊人操碎了心？

來不及細想了，因為巡衛長直接尋了鄭太妃，將方才繳獲的布偶呈上去。「太妃娘娘，這是屬下在御花園附近找到，對太皇太后下詛咒的巫偶，太皇太后病情來勢洶洶，與此脫不了干係。」

鄭太妃一看，面色陡然大變。巡衛長拿出來的是什麼，鄭太妃再清楚不過了，尤其在看到那只娃娃頭頂的布條被撕下時，鄭太妃臉上的血色一下子褪得乾乾淨淨。

那巡衛長毫無所察，依舊振振有詞。「當時屬下帶人巡邏路過，就見伊人縣主鬼鬼祟祟地離開，然後屬下便在現場發現了這樣東西。」

在場之人紛紛倒抽一口冷氣。哪怕不曾親眼見過，她們好歹也有耳聞過。無論在宮廷或是在內宅，都十分忌諱這些髒東西，所以宮中有許多鎮鬼驅邪的法器，而大戶人家裡，也會每隔一段時日請道士上門作法事驅逐邪祟。這事大家通常寧可信其有，不可信其無。

貼了太皇太后姓名及生辰八字的巫偶，針對了誰，可不一目了然？而聽那位衛長的意思，這還是伊人縣主的手筆？天哪，太皇太后可是伊人縣主的外祖母啊！

驚懼的眼神落到蕭若伊身上，蕭若伊氣得面色通紅，反觀鄭太妃，緊繃的身體倒是驟然鬆懈下來，她斜挑起長眉很驚訝的樣子。「伊人，妳怎麼做得出這種事，太皇太后她對妳可不薄！妳怎能……」

蕭若伊眸色赤紅，搶過侍衛手裡的巫偶直接往鄭太妃面上扔。「這東西是從哪兒來的，妳會不知道？現在假惺惺給誰看呢？若不是妳，太皇太后怎會變成這樣，我的外祖母，又怎麼無緣無故性情大變，都是妳害的！」

鄭太妃眼裡霎時閃過一絲冷冽。蕭若伊知道得太多了……

「伊人，胡言亂語也要有個限度！」鄭太妃避開蕭若伊扔過來的布偶，冷下神色。「妳居心不良，被人當場撞破，所以惱羞成怒，繼而出言無狀，我能理解，就不和妳計較了。」

鄭太妃瞥了眼地上殘破不堪的偶人，心中翻滾。

一直都有差人好生看著，不讓人進出那片樹林，難不成它還成了精，自己長腿跑出來的？甚至那張寫了太皇太后生辰八字的布條，還被揭了！

腦子轉得飛快，再一看蕭若伊，鄭太妃就微微笑了，既然局面已定，不如一不做，二不休。

合該妳倒楣，非要撞上這個槍口，我卻是不能暴露的……送上門來的替死鬼，不用豈不可惜？

鄭太妃主意一定，便果決地吩咐道：「將伊人縣主收押，擇日再審！」

眾人不敢有任何異議。對太皇太后下降頭的，還能有什麼好下場？

便見衛長領了一眾侍衛要將蕭若伊團團圍起來，顧妍將她拉到自己身邊，定定地看向鄭太妃。「太妃娘娘，這未免太草率了！僅憑衛長的隻言片語，便給伊人定罪，適當嗎？」

她們彼此都了然這是誰的傑作，鄭太妃分明是想要找一隻替罪羔羊！

蕭若伊的侍婢豆苗當即點頭，急急說道：「奴婢與縣主一直在一起，寸步不離，從不曾見縣主拿過這只布偶，後來還是巡衛長來了，才知道這麼個東西。」

衛長不由冷笑。「妳是伊人縣主的貼身侍婢，當然是幫著妳主子說話。」

顧妍便問巡衛長。「你是親眼看到伊人縣主拿著這巫蠱偶了，還是聽到她裝神弄鬼詛咒太皇太后了？」

巡衛長便是一愣。他確實什麼都沒看見，也沒聽到，甚至一開始與伊人縣主說到這只巫蠱偶時，伊人縣主還很驚訝。

這時另一個侍衛說道：「我們遠遠就看到有兩個人影在那處，扔了東西就跑走，那人就是穿了煙粉色的衣裳。」似是覺得這樣說服力不夠，復又加了一句。「還有那隻刺蝟，在附近找到的，正是伊人縣主所有！」

就這些，便足夠了。鄭太妃滿意地點頭。「人證、物證俱在，還有什麼好狡辯的？」手一揚，侍衛又團團圍上來。

顧妍當即擋在蕭若伊的面前，削瘦的身子看著都十分單薄，可這時候願意站在自己這邊的也只有她了。

蕭若伊驀地紅了眼眶，只聽顧妍低低地笑。「這隻刺蝟其實是我的，伊人不過代為照顧一下，若今日我也穿了身煙粉色的衣裳，又這麼恰好地遇上你們，是不是，我就成了主謀？」

眾人聽著這話有些吃驚，可從沒見過這麼往自己身上攬罪的！但又不可否認，還真有那麼幾分道理。

蕭若琳眸光輕閃，突然有些羨慕。她這個堂姊，明明是個沒心沒肺的，卻能處處都遇到貴人，哪怕這時，還有個顧妍願意為她掏心掏肺……

顧婼這時候便想起了一些事，走近顧妍身邊，附耳說了幾句，蕭若伊離得近，隱隱約約只聽到「汝陽」。

眼看眾人開始質疑，鄭太妃狠下心，這事不能再拖下去，必須速戰速決，又恰恰是這時，夏侯毅領著汝陽也一道趕過來。這時的汝陽公主低著頭，倚靠在緋芸身上，穿了身水藍色的交領襦裙，腳步緩慢。

人人只道汝陽公主有眼疾，夜裡視物不明，殊不知，緋芸扶著的那隻手，根本就是顫抖的。

後來經緋芸說起，汝陽公主才知道自己抓的是什麼東西，再一聽說太皇太后病危的消息，整個人都懵了。慶幸緋芸閃得快的同時，她自己也捏了把冷汗，換了身衣裳，匆匆趕過來看看情況，又恰恰遇上了夏侯毅。

汝陽公主表現得很鎮定，顧妍、顧婼和蕭若伊三雙眼睛不約而同落在她身上。先前她穿著的還是煙粉色宮裝，一會兒工夫倒是換成了別的。

顧婼淡淡開口。「公主這身衣裳真好看。」

聽來不過是一句誇讚的話，汝陽公主一下心虛了，趕忙大聲說：「我什麼都沒做！」

前言不搭後語，聽的人摸不著頭腦，但在顧妍看來，卻是此地無銀。

蕭若伊指著她說：「是妳！」

汝陽公主嚇得退後一步，趕緊搖搖頭。「不是我！」

沐雪茗這時才想起來，汝陽公主先前穿著的正是一套煙粉色的衣裳。她吃驚得微張檀口，大眼睛骨碌碌一轉，目光落在夏侯毅身上，下定決心就走至汝陽公主身邊。「公主您心裡焦急，我們都知道，快冷靜一些，太皇太后定會沒事的……也是難為您了，大晚上的還跑一趟。」輕輕鬆鬆將汝陽公主的胡言亂語歸結於心焦氣躁。

眾人了然的同時，想到汝陽公主素有眼疾，夜間便如同一個半瞎子，都這樣了還來慈寧宮，真是一片拳拳至孝之心。

夏侯毅察覺到氣氛有點不大對勁，什麼時候禁衛軍也在慈寧宮門前守著了？

沐雪茗用唇語說了幾句話，夏侯毅看看被禁軍圍堵起來的蕭若伊和顧妍，又看看身側的汝陽，心中頓時微沈，神色莫名，過了一會兒，卻微微笑了。「汝陽也是擔憂，她一直跟我在一起，聽到消息了，就非鬧著要過來。」

顧妍能感到身邊蕭若伊突然僵硬起來的身子，長長的睫毛輕閃，似是還有些不大能理解現狀。

一邊是表姑，一邊是親妹，孰輕孰重，孰親孰疏，一眼分明。夏侯毅幫著汝陽公主，算什麼稀奇事？

顧妍在心底冷笑，早便知道他在汝陽公主和蕭若伊之間，可以毫不猶豫地作出選擇。哪怕他的結果可能會對其他人造成傷害，那也沒關係了。只要他個人好好的，真相有何干？感情又有何干？

顧妍唇邊的譏誚，無一疏漏地落在夏侯毅眼裡，他忽然有些維持不住面上的微笑，只能匆匆將視線移開。汝陽公主是他的妹妹，這世上大約沒有人比他更瞭解她，方才汝陽的那些反應和神情，夏侯毅都看在眼裡，大致也能猜到一二。他幫著汝陽瞞天過海，表姑勢必要受到責難，後頭也會有數不清的麻煩。可他若是忠於真相，自己唯一的妹妹就要惶恐不安。

蕭若伊是鎮國公的孫女，鎮國公難道還能容許她出點什麼事？連成定帝御賜的聖旨他都能視若無睹，何況只是區區一個巫蠱之術？

夏侯毅承認自己或許有些賭氣遷怒。他只是個閒散的王爺，還沒有這個本事隻手遮天，成定帝軟弱無能，毫無主見，又素來不喜歡汝陽公主，怎可能站在汝陽這裡？

他能怎麼選？他不幫汝陽，還有誰能幫她？只是表姑……那也只能對不住了。

鄭太妃對這結果很滿意。信王是個聰明人，而她就喜歡和聰明人打交道，不將蕭若伊推出去，說不得就要順藤摸瓜摸到自己身上，說什麼也要將蕭若伊抓起來。

外頭動靜鬧得大，成定帝在宮裡頭都有聽聞了。太醫們忙得焦頭爛額，他除卻過問兩句，無事可做。

「這是怎麼了？」成定帝走出來，怔怔問了句。

鄭太妃少不得將原委道來，自是將一切都歸咎於蕭若伊，成定帝聽著便皺起了眉。他鍾愛偶人，對於用偶人行巫蠱害人之術深惡痛絕，然而若說蕭若伊要害太皇太后……

「為什麼？表姑與太皇太后感情深厚，她沒有道理做這事。」聲音有些弱，成定帝試探地問：「是不是誤會了什麼？」

鄭太妃臉皮一繃。「理由？前不久，伊人縣主不是才和平昌侯小世子訂親嗎？據本宮所知，伊人縣主很不滿意呢！因此恨上了太皇太后，有何不可？」

許多人頓時恍然大悟，蕭若伊卻氣得不行。「妳賊喊捉賊，還有理了？」

蕭若伊哽咽無聲，所有人看她的眼神都不一樣了。鄭太妃冷冽得意，成定帝深含痛惡，連一起長大、玩到大的阿毅，這時都背棄她，最後一絲驕傲，讓她抿緊了唇，再也開不了口。

成定帝只當她是默認。

在宮中行巫蠱之術，本就是重罪，成定帝揮手就讓人將蕭若伊帶走，顧妍有心阻攔，可在侍衛面前，毫無抵抗之力，只來得及從蕭若伊手裡接過阿白。她又一次看向夏侯毅，只這一眼，差點將他片片凌遲。

夏侯毅慘然地笑了笑。反正都已經這麼討厭了，再多一點也沒關係不是嗎？

「皇上，茲事體大，還請徹查！」顧妍瘦弱的肩膀放平，背脊直挺，一下跪在冰涼的青石地磚上。

夏侯毅始終不明白，分明她的心是火熱滾燙的，為何對待自己時總是冷若冰霜。顧婼與柳氏見狀紛紛效仿，只懇求成定帝收回成命。

成定帝也不是非要現在就處置蕭若伊，擺了擺手，讓幾人站起來，他只道：「容後再議。」便回了殿中。

直到蕭瀝請了晏仲和阿齊那前來時，太皇太后只留了最後一口氣，阿齊那霎時便被地上的巫蠱偶吸引去目光。

鄭太妃有些擔心，她花了大錢請了巫師渡魂，可巫蠱偶已毀，只怕如今在太皇太后肉身裡的那個人，是先前的靈魂……若是那個老婆子回來了，那她也差不多要到頭了。

鄭太妃心念電轉，打算先看看晏仲的反應。醫術、巫術本就兩碼子事，晏仲雖然在醫術上一絕，對付太皇太后的症狀，恐怕心有餘力不足吧？

果然如鄭太妃所料的，晏仲摸著太皇太后的脈搏，長眉便是一擰。微弱到近乎察覺不到波動，就留了一口氣，又是油盡燈枯之相，還有什麼好說的？他只是個大夫郎中，又不是大羅神仙，還能去向閻王爺借命？

晏仲搖搖頭。「在下才疏學淺。」

起死回生這種事，他還真做不來。

鄭太妃微不可察地一笑，倒是鄭淑妃先哭上了，帶動了一眾悲哀氣氛，反倒顯得如今宮裡的滿目鮮紅異常刺目。

紅事變白事，還是在天家，這回可鬧大了！

顧妍瞳孔猛地一縮。伊人被捲入巫蠱事件，太皇太后又在帝后成婚當天薨逝，對張皇后的影響衝擊會有多大？鄭太妃縱然失了一個助力，卻成功拖了張祖娥下水，一波波接踵而來，竟毫無招架之力！

蕭瀝將才聽顧妍將蕭若伊巫蠱害人之事草草說了，抓了晏仲的手臂直問：「真的沒有辦法？晏叔，你一定好好想想！」

晏仲雖然脾氣古怪，該有的醫德好歹還有，將死人說成活人，起碼晏仲還做不出來，他的沈默已經說明了問題，蕭瀝容色凝沈，耳邊已能聽到有壓抑的哭聲。

這些命婦，人還沒死呢，就開始哭哭啼啼，以示忠心嗎？

顧妍很是煩躁，她瞥見阿齊那還在注視地上的巫蠱偶，就彷彿抓到了最後一根救命稻草。

「齊婆婆！」顧妍一下握住阿齊那的手腕。「齊婆婆，妳有辦法的對不對？」

太皇太后一死，對他們的衝擊會有多大？伊人要擺脫嫌疑並不容易，張祖娥一生只有一次的婚禮被毀了，難道還要被冠以禍國殃民的名聲嗎？

「齊婆婆，妳這麼厲害，一定有辦法的對不對！」她是巫醫，對太皇太后的病症肯定有對策的，現在這是唯一的希望了！

顧妍定定注視著阿齊那的眼睛，阿齊那低低笑了。「小姐就會給我出難題。」

抱怨的語氣，卻讓顧妍大大鬆了口氣。

「陽壽已盡，回天乏術，我能做的，只是延續幾天她的性命。」阿齊那深深看了她幾眼，緩緩說道。

晏仲發誓，這絕對是他行醫以來，最憋屈的一次。

偌大的慈寧宮殿裡燈火通明，不見一個人影，通通都被趕了出去，美其名曰，晏大夫治病時需要人避嫌。

呵呵，治病？他倒是想治啊！扔給他一隻小刺蝟，算什麼？

晏仲跟阿白大眼瞪小眼。這隻小東西不過就是吃得太多了，岔氣之後昏厥過去，兩針扎下去，一下子生龍活虎，現在還能捧著喜餅吃個高興。

晏仲狠狠瞪牠一眼，阿白似有所感地頓了頓，抬起頭用烏溜溜的兩隻小眼睛回瞪他，轉個身繼續啃餅，讓他氣得不行。

這隻小東西，還成精了！

他伸手搶了阿白的喜餅，阿白就咧咧牙要跟他拚命，一人一刺蝟玩得不亦樂乎。

那個駝背的女人已經進去好一會兒了，當時小丫頭拉著他耳語，信誓旦旦地說她有辦法救治太皇太后，要他幫忙配合。

身為一個醫者，晏仲當然知道這話有多麼的不切實際，可他居然腦子一熱就答應了，趕走所有宮人，連成定帝和鄭太妃也一道隔絕在外，只讓那個叫什麼齊的婆子進去……合著最後自己就被扔在外殿跟一隻小刺蝟為伍，外頭那些人還以為他要施展什麼神通呢！

晏仲嗤之以鼻，想想那時候這些人的表情，那叫一個精彩！

鄭太妃一張臉都綠了，一方面百般藉口阻撓拖延時間，一方面又要求自己在一邊旁觀，說著自己不放心、不踏實的話……那個女人，分明是不想太皇太后活著啊！還得裝作自己誠懇關切，這宮裡頭的女人，一個比一個虛偽。真是萬幸，伊人那丫頭，被太皇太后養在身邊這麼多年，居然還沒有長歪！

晏仲不由又往內殿門口瞅了眼。太皇太后這次要是真的西去歸天了，鎮國公大約又得為伊人頭疼一把，可他著實搞不清楚那個婆子都在裡頭搞什麼名堂。不是說他自視甚高，最起碼，在醫術方面，他還是有些自信的，被他判作必死的人，哪裡還能有其他的活路？真想偷偷看一眼……

晏仲的心裡跟貓爪子撓似的，但他們做大夫的，有一個約定俗成的規矩，不是一脈相承的大夫，除非得到了對方同意，否則不能在場旁觀他人行醫。

入夜的宮殿異常寂靜，只能聽到內殿裡阿齊那吟唱著繁雜的古調，悠遠流長。話音戛然而止，一陣窸窸窣窣之後，就見阿齊那滿頭大汗地撩了簾子走出來，她的臉色很蒼白，但令人驚訝的是，太皇太后隨後也走了出來，方才還奄奄一息的人，此時紅光滿面，竟然還能下地！

晏仲暗暗稀奇，只見太皇太后甩袖，揚起一角裙裾，儀態萬方地坐到上首。眉目泛冷，似笑非笑。「將鄭三娘給哀家帶進來！」

中氣十足的聲音傳到殿外，只這一句，便已經造成驚人的效果。

顧妍睜大眼，驚喜連連，成定帝連連稱讚晏仲醫術絕倫，反倒鄭太妃驀地打了個寒戰。

那些原本哭哭啼啼、悲悲戚戚的命婦們，這一刻笑也不是，哭也不是。

慈寧宮又熱鬧起來了，太皇太后既然回來，伊人想必定能安然無恙。

顧妍長長吐出了一口氣，抬起一雙眸子，對視上蕭瀝的目光，眸裡帶上點點笑意。

咫尺之外，夏侯毅默然垂首，汝陽公主就拽著他的袖子低聲地問：「哥哥，太皇太后真的沒事了嗎？」

軟糯的聲音，這時候委實刺耳得厲害，他突然不想理她，表姑說得不錯，汝陽就是個被寵壞的孩子，他越是護著，汝陽只會越來越變本加厲，永遠都不知道自己的錯誤所在。而現在，表姑應該對他很失望了吧？

夏侯毅抿緊唇，輕輕抽回自己的衣袖。汝陽手指騰空，眨著迷濛的眸子，突然紅了眼眶。

沐雪茗見狀，就蹲下柔聲安慰，看著夏侯毅繃緊的下巴，試探地喚了聲。「師兄？」

「不要叫我師兄！」夏侯毅忽地喝道。

他為人一貫溫和，鮮少會有發脾氣的時候，可這樣重的語氣，至少沐雪茗是被嚇了一跳。

汝陽公主「哇」的一聲哭了。「哥哥不要我了！哥哥不喜歡汝陽了……」

她抱著沐雪茗的胳膊哭得撕心裂肺，連沐雪茗都有些難過。「師兄，你不喜歡我這麼叫你沒關係，別嚇到了公主，她還小，還是個孩子。」

找到有人幫扶，汝陽公主便哭得更加大聲。

夏侯毅閉眼長嘆。「別哭了。是哥哥不對……夜深了，讓緋芸送妳回朝陽宮休息。」又看向沐雪茗說：「我剛剛也不是故意的，妳別放心上。」

沐雪茗善解人意地笑了笑。「師兄，沒關係，我都明白的。」

顧妍便歪過頭輕瞥了眼，還未怎麼細看，便被一個高大的身影擋住視線，迎面對上蕭瀝斜挑起的長眉，無非就是說著一個意思——看什麼，有我好看嗎？

柳氏疑惑地看看顧妍，又旋即看了看蕭瀝。任誰都曾有過年輕的時候，柳氏抿嘴輕笑。

慈寧宮裡忽地響起一聲慘厲的尖叫，聽聲音似乎是鄭太妃的。

嗚嗚啼哭不絕於耳，顧婼唬了一跳。「這是怎麼了，太皇太后痊癒了不是好事嗎？」

顧妍搖頭冷笑，有冤報冤，有仇報仇，就是這麼簡單。

太皇太后命人將鄭太妃的舌頭連根拔了，沒有給出任何理由，直接動了手。她眸子如鷹隼般犀利，面色紅潤，絲毫看不出剛剛還是個行將就木的垂死之人。

居高臨下地看著鄭太妃，太皇太后低低笑問：「是不是很疼啊？」

聲音悶在喉嚨口，鄭太妃疼得眼前發黑。

這種血腥的場面，讓不少人捂了眼，鄭淑妃驚愕地瞪大雙眸，待反應過來，「撲通」一聲就跪在太皇太后面前哭嚎。

成定帝心有不忍，幫著說了句。「鄭太妃做錯了什麼？」

太皇太后一眼橫掃，成定帝就縮了脖子，不敢再吭聲。

一年多的時間，竟然發生了這麼多的變化！都是鄭三娘這個死女人……她可真該慶幸，當初沒有被她直接弄死。封嬤嬤對她的凌虐折磨至今歷歷在目，被個孤魂野鬼鳩占鵲巢，假借名義為非作歹，這種屈辱，她若不報，何以對得起自己！

太皇太后眸子充血，一步一步極穩當地邁過去，一腳踩在鄭太妃的手掌上，狠狠碾了碾。「做錯了什麼？」

她蹲下身子，捏著鄭太妃的下巴逼迫她抬起頭來，堅硬的護甲戳進鄭太妃白皙的臉龐。「妳可真有本事，從哪兒使來的妖法，讓個野鬼占了哀家的身體，嗯？命個老嬤嬤對我千刀萬剮，妳怎麼不親自來一解心頭之恨呢？日日對著哀家的肉身，痛恨卻又動不得，心癢難耐吧？」

太皇太后哈哈直笑，展開雙臂。「現在哀家就在妳的面前了，妳有本事，倒是來啊！」

鄭太妃狠狠地瞪她，太皇太后冷笑，隨著「噗哧」一聲，長長的護甲頓時刺入鄭太妃的眼中，尖叫之聲卡在喉嚨，鄭太妃軟倒了身子一動不動。鄭淑妃跌坐在地，險些崩潰，成定帝還搞不清狀況，只能扶著鄭淑妃的肩膀嚥了口唾沫。

太皇太后站起來，拿出絹帕，擦拭掉護甲上沾著的血跡，環顧四周。

這些命婦們皆嚇得不輕，其中不乏有平昌侯府如今的當家奶奶，臉色慘白，卻是不敢多說一個字。

太皇太后淡淡說道：「鄭太妃使用邪術毒害哀家，弄了個假貨，頂了哀家的身子，如今這個，就是懲罰！」

眾命婦紛紛打了個哆嗦，頭皮突然陣陣發麻。

妖術害人，鳩占鵲巢？合著從前那個太皇太后，就是個冒名頂替的？是了，只有這樣的鐵血雷霆，才是太皇太后啊！

也不知是誰先打了頭給太皇太后請安，其他很快紛紛效仿。

鄭淑妃顫抖著身子不能自已，耳邊全是唱喏聲。鄭太妃被完全壓制，她就像是失去了主心骨，一下子找不著依附，正欲悄悄去拉成定帝的袖子，太皇太后一眼橫掃過來，鄭淑妃就嚇得鬆開。

「皇帝早些回了坤寧宮吧，別被這些糟心事影響了心情。」太皇太后極冷淡地說，指著鄭淑妃淺淺一笑。「該去哪兒就去哪兒，今兒是皇帝大婚，可沒妳什麼事。」

鄭淑妃雙眸含淚，然而成定帝根本沒看到，他不敢反駁一句，直愣愣站起身，向太皇太后行過禮，轉身就走，惱得鄭淑妃暗暗咬碎一口銀牙。

慈寧宮中的宮人被大換血，太皇太后可使喚不起，顧念著是大喜日子，只將他們關押起來，擇日處斬，宮中上上下下被清掃一通。

後世史書上記載，皆稱其為「巫蠱之亂」。

第四十四章

晚宴勢必是不能盡興了，眾命婦紛紛告退，姜婉容特意來給顧妍稟告一句，成定帝去了東暖閣，一切安好，顧妍這才鬆了口氣。

蕭瀝去接蕭若伊，顧妍便跟著柳氏、顧婼一道回府，只是在官道上恰被夏侯毅堵個正著。

柳氏不由蹙眉。信王這個人，一開始不過就是一個名字、一個稱謂，從成定帝給顧妍賜婚的那時起，柳氏才算真正留心起這個人，容貌長相雖說不俗，可就憑將才他偏幫汝陽公主，柳氏便對他沒有什麼好印象了。

倒不是說夏侯毅偏幫有多麼十惡不赦，柳氏自己也是極護短的人，只不過伊人與女兒是手帕交，又是明氏的學生，柳氏即便護短也是護著蕭若伊啊！

夏侯毅和他們站在對立面，柳氏心中多多少少會有些不舒服，恭謹地問了一句。「信王殿下有何貴幹？」

夏侯毅微怔，長長揖了一禮。「方才之事，多有冒犯。」

他也不曉得自己為何要出來說這句話。大腦根本就不受控制，從來沒有這麼強烈迫切地想要得到她的原諒。

顧婼見他瞬也不瞬地盯著自己妹妹看，心中十分不悅。阿妍都已和蕭世子訂了親，夏侯毅這明晃晃的眼神又是怎麼回事？不出意外的話，阿妍以後可是他的表嬸，他還要動什麼歪腦筋？

是了，是了，伊人可不就是他的表姑？也沒見人家手下留情不是？

顧婼冷冷地笑了。「信王殿下，您恐怕走錯路了，您不該和我們致歉，而是該去找伊人。」

話中冷嘲熱諷，說得夏侯毅有些難堪。

顧婼的直脾性這些年已慢慢收斂，然偶爾氣急，也免不了怒形於色。夏侯毅這事做得未免太不厚道！他當汝陽公主是妹妹，為她做不在場證明，若事實正是如此，當然無可厚非，誰人會去指摘他的不是？可他睜眼說瞎話，還能一臉的光風霽月，企圖瞞天過海……

想想伊人當時失望的神情，顧婼實在感觸頗深。今日若非晏仲和阿齊那將太皇太后的一條命救回來，伊人勢必要鋃鐺入獄，而這其中至關重要的一步，就是夏侯毅一手造成！好歹還是親人呢，還是曾經一起長大的玩伴，他如此輕輕巧巧一句話，就能把人推入火坑，可曾考慮過後果？可曾在乎過往日情誼？

顧婼絲毫不給面子，恨不得為蕭若伊嗚抱不平，狠狠敲打他一頓，然而無論出於什麼方面，她都沒有這個立場，至多也就是口頭上占一點便宜。

柳氏輕輕瞋了顧婼一眼，顧婼便撇過頭去，柳氏只好無奈地說：「小女出言無狀，還請信王見諒。」

夏侯毅能說什麼？顧婼說得又沒錯，他確實應該好好跟蕭若伊致歉，然而這個時候，他卻更在意顧妍的看法……

見一時沒有再繼續寒暄下去的必要，柳氏帶著兩個女兒便要離開。

顧妍目不斜視，自始至終都不曾抬眸瞧過他一眼，就在即將擦肩而過之際，聽他低喚了聲配瑛，他說：「我想和妳談談。」

談？他們能有什麼可談的？

顧婼聞言就擋在顧妍面前，神情顯得十分防備。「信王殿下，這恐怕於禮不合吧？」

夏侯毅謙和地笑笑。「配瑛與表叔訂了親，說起來我們都能算是一家人，四周來來往往的人這麼多，也不是什麼大不了的，涇渭分明至此，是否太過謹慎了？鳳華縣主都在顧慮些什麼？」

顧婼一下啞口無言。

論口才，十個顧婼，比不上一個夏侯毅。顧妍深知這點。罷了，不過幾句話的事……

顧妍讓柳氏和顧婼先走幾步，和夏侯毅站在十分顯眼的位置。往來人群眾多，燈火通明，一覽無遺，她自認問心無愧，也不用藏著、掖著，躲躲閃閃。

顧妍輕緩地笑道：「信王殿下，我自認與你應該無話可說。」

夏夜的風有點冷了，她偏過頭去。皮膚潤白，蛾眉宛轉，下巴揚起一抹柔和的弧度，有幾縷調皮的髮絲飄在耳側，絲絲縷縷揮之不去，一如曾多次出現在夢裡的，那個在七夕鬥巧節上大放異彩的小姑娘。

夏侯毅沈下聲音。「妳生氣了。」這是陳述的語句。

很明顯的不是嗎？也不知為何要不死心地問上一句。

顧妍卻淡淡說：「沒有。」

確實沒有。生不生氣，也得看是對什麼人，值不值得，至少夏侯毅……她早有過心理準備了，就無所謂錯愕驚訝，甚至大動肝火。

夏侯毅唇邊笑容更加嘲諷了。「我能怎麼做？妳告訴我，我還能怎麼做？」他繃緊著聲音，渾身壓抑到了極致。「妳與表姑交情匪淺，處處幫襯，兩肋插刀，汝陽也是我的妹妹，我不站在她這一邊，還能有誰幫她……我只有這麼一個妹妹，難道要我看著她受罪？」

人都是有私心的，他也只是個凡人之軀，如何能做到鐵面無私、大義凜然？

顧妍「嗤」的一聲就笑了，無比蒼涼。是了，是了，都是有理的。在他眼裡，這所有的一切，就是有情有義的表現。還以為他能有多少長進呢！

顧妍微不可察地嘆息。「你對汝陽公主於心不忍的同時，可曾想過別人？」

她突然想知道，前世的他，是不是也曾經這樣想過？一邊是授業解惑的恩師和一干忠誠義士，一邊卻是自己的性命前程。傻子都知道怎麼選吧？

他有什麼錯？生在皇家可是他的錯？被魏都逼迫到絕境，又是他的錯？他只是單純地想要活下去而已啊……舅舅與一干西銘黨人早就犯了眾怒，魏都要收拾他們是遲早的，若能因此給他提供便捷，保住他的一條命，才是死得其所不是嗎？

所以，他們合該就去死，就該為他的未來鋪路？他們生命的意義，就體現在這處？

顧妍心裡忽地湧起一股難言的酸澀。「殿下，是非曲直，您心裡自有一桿秤，您做什麼，與我無關，也不必和我解釋。」聲音更加冷冽了，她怕自己會忍不住去質問他，儘管這樣根本沒什麼用。話不投機半句多，她無話可說。

「殿下若沒有其他事，配瑛就此告辭。」顧妍福了福身子，轉身便走。

「配瑛！」夏侯毅厲聲叫她。「如果妳是我，妳能怎麼做？手心是肉，手背也是肉，左也錯，右也錯，妳倒是告訴我怎麼做啊！」

他全身湧起一股莫名的憤怒，又突然像是只洩氣的皮球，再支不起一絲力氣。

顧妍背對著他，扯了扯嘴角。「殿下，配瑛何德何能，能有這個榮幸來教你？別再說這些不切實際的話了，這世上，根本沒有如果。」

她苦澀地笑了聲，輕輕一嘆，往前走。

如果……若有如果，她上一世一定會擦亮雙眼，好好看清楚身邊的人；若有如果，她一定不會在那片梅林裡為他迷失自我，將自己和家人推入深淵；若有如果，她大概會選擇，拚著魚死網破的決絕，一劍刺進魏都的心口。再要有如果，她多麼希望，自己從來都不是顧妍！

一步一步蹣跚而行，不知不覺眼前竟然一片模糊，伸手探了探，滿面的水光。

她在想什麼，為什麼會這麼難過？如果她是夏侯毅，她要怎麼做？站在他的立場，是否也會選擇同一條路？

她從沒這樣想過，拚命地暗示自己，拚命地想要躲避這個問題，答案卻呼之欲出。

如果她是……如果她是……

她大概也會如此吧。好死不如賴活著，如果用那麼多條人命鋪築，能夠換回自己一夕安康，說不定，她也這麼做了。

顧妍驀地彎腰捂住了嘴，止住唇齒間險些逸出的嗚咽。

看吧，看吧，他們多像啊，都是這樣自私自利的人！可就是太像了，太像了。

看著他，就好像看到自己的影子。自己最逼仄陰暗的一面，在他面前，就像是一面鏡子，完全被反映出來。她是多麼痛恨這樣的自己！

夏侯毅，原來我能夠理解你。可是，你教我怎麼原諒你？明明無關愛憎怨懟，今生只做一對路人，可你為何非要來彰顯自己的無辜？受盡折磨的我，該以何等罪惡的心態去理解包容，再去賜予你救贖？做不到了，永遠都做不到了！

她彎著腰，有些承受不住這樣的情緒。好似自己對他的理解，對於其他人而言有多麼不公平。舅舅怎麼死的？紀師兄怎麼死的？楊伯伯一家滿門抄斬，舅母屈辱自縊，自己的一雙腿、一雙眼，滿目的血腥，滿地的人頭……這些都不存在了是嗎？

眼淚撲簌簌地往下落，顧妍覺得有些喘不過氣。

身子被擁入一個堅實溫暖的懷抱裡，鼻尖覆蓋了一股冷冽的薄荷香，她聽到熟悉低啞的聲音。「妳怎麼了？阿妍？」

蕭瀝手臂收得極緊，她與他的胸膛緊密貼合。顧妍竭力攀附住他的手臂，結實緊繃的胸膛，一雙臂膀隔絕外頭的寒冷。

「我是誰？告訴我，我是誰？」她顫抖著身體，反覆吶吶地問。

蕭瀝一怔。「顧妍。」大掌輕拍著她的後背，薄唇靠近耳邊，一字一頓。「妳是顧妍。」

「真的？」她猶不相信。

蕭瀝微笑，將她緊緊地擁在懷裡，說得無比認真。「我不會認錯的。」

這輩子，都不會認錯的。

顧妍眼睛發酸發澀。到底，她還是她啊！是那個被他害得家破人亡、抱憾而終的顧妍，是那個曾對他傾心相待，最後又含恨親手掏心挖肝的顧妍，是帶著上一世的腐臭回憶、重生歸來的顧妍啊！

她伸手環住蕭瀝的腰，臉更深地埋進去，任由眼淚順著面頰淌下，在他胸前錦袍上洇濕一大片，這一刻，淚如泉湧。

這條官道上不是沒人經過，只是今日宮中之事衝擊太大，再瞧見這樣的情景，反倒不覺如何。

人家都已經訂了親，這種舉動雖說出格，到底也說不上什麼不是。至多，就私底下說一聲配瑛縣主不檢點罷了……

蕭瀝不知道發生了什麼，但他十分珍惜這一刻軟弱的顧妍。這個小姑娘，凡事都憋在心裡，對外人設防，豎起滿身尖刺，給自己偽裝一層堅硬的外殼，不肯坦露真心。他始終記得，在從沂山人販窩的窖洞裡爬出來時，她在顧修之懷裡哭得多麼慘烈，滿身的污泥和血漬，一把鼻涕一把淚，著實一點都不好看……卻讓他異常地羨慕，羨慕得心裡空落落的，至今仍耿耿於懷，總在想，什麼時候，她也可以像對待顧修之一樣，對自己完全地信任。

蕭瀝輕拍著顧妍因哭泣而聳動不已的肩膀，用下巴蹭了蹭她頭頂的髮旋兒。目光望向遠遠駐足觀望的夏侯毅，可他在接觸到自己視線的同時，便移了目光，匆匆轉身離去。

阿妍剛剛就是從那兒過來的吧？

蕭瀝一時感慨萬千。伊人一事過後，他大約再無法對夏侯毅用從前的目光看待了……小時候還會跟在他身邊轉著，將自己新得的玩具拿出來給他的阿毅，都已經長大了。

等顧妍抽著鼻子抬起頭來，其實也不過就是半刻鐘的事。這小姑娘情緒來得快去得也快，蕭瀝還覺得有些遺憾，但看她眼睛腫成兩只桃子，什麼雜念都煙消雲散了。

顧妍很不好意思地看看他胸前濕了大片，低頭輕聲道了歉。大約是知道他不會怪她的，所以不過是出於禮貌地意思意思。

「一句對不住就算完事了？」蕭瀝指了指胸前一片深色說：「今天剛換的新衣裳呢，就這麼壽終正寢了。」

堂堂鎮國公世子，難道還會缺一件新衣裳？

顧妍愕然，這時候腦子就有點轉不過彎，反倒順著他的話接下去。「那、那你要我怎麼做？」

蕭瀝眼底笑意一閃而過，反倒問起來。「妳絡子打得不錯吧，我記得妳送過伊人一個攢心梅花的絡子。」

見顧妍吶吶地點頭，蕭瀝便說：「妳也打一個給我，隨便什麼樣式都行，就當賠禮了。」

顧妍上下看了看他，給他打絡子，他掛哪兒？

顧妍不理他，掉頭就走，蕭瀝快步跟上。「妳還沒答應呢，我這衣服給妳當了抹布，妳就這麼算了？」

顧妍頓住，抽了抽眼角。「什麼樣式都可以？」

蕭瀝認真地點頭。只要是她做的，他不挑。

「那就蝙蝠的吧，正好驅邪。」她輕聲笑道。

一夜匆匆而過，昨晚帝后大婚免除了宵禁，喜慶熱鬧得連京都小巷裡都深有所感，然而此時談論更多的，卻是昨晚宮裡太皇太后「死而復生」那詭異的一齣。正所謂好事不出門，壞事傳千里。宮裡那麼多人都有耳聞，消息再要傳開還不是一瞬的事？

昨晚太皇太后當即處置了鄭太妃，是夜，就大肆搜查皇城，在西北角的廢棄宮宇裡揪出一個死去不久且體無完膚的女人。

太皇太后太熟悉這個女人了，她在這個女人身上待了一年多，被姓封的嬤嬤折磨得死去活來，還不給一個痛快。至今她反倒感謝起來，鄭三娘心有不甘，給她留了一條活路，否則何來的今日絕地反擊？

至於這個女人是從哪兒來的……翻一翻宮裡的人事簿子，輕輕鬆鬆便能查到和鄭太妃的關聯，甚至生辰八字與太皇太后一模一樣。又有信王夏侯毅佐證，曾在深宮角落裡見過封嬤嬤鬼鬼祟祟，太皇太后不再多說，吩咐了給鄭太妃施以磔刑，千刀萬剮。更藉口平昌侯鄭氏一族亦有參與共謀，拿平昌侯開刀。

當年鄭貴妃深得方武帝寵愛，平昌侯鄭氏一族水漲船高，隨著方武帝的逝世，縱然有部分權力削弱，依舊不可小覷。

眾人只覺得太皇太后太心急了，好像在趕時間，將該做的事通通做下來……鄭氏一族這些年貪贓枉法的事做得不少，更有人暗中收集他們的罪行，趁勢一起揭露出來，太皇太后褫奪了侯府爵位，將平昌侯處斬，更將所有鄭氏男子流放。

鄭淑妃在乾清宮前哭啞了嗓子都沒用，成定帝新婚，正和張皇后蜜裡調油，太皇太后願意管事最好，成定帝恰好樂得清閒，至於鄭氏一族……證據確鑿，他無話可說，也無法為鄭淑妃一人網開一面。

本因為一場風寒錯過成定帝婚宴的小鄭氏，聽聞這個噩耗，當即吐出了一口血。最可笑的是，負責監察平昌侯府抄家的人，竟還是蕭瀝！她的繼子，在她心裡最柔軟不可言說的那個人，抄了她的娘家，她所有的倚靠。

小鄭氏兩眼斜翻，險些一病不起。

這一連串手段下去，當日婚宴上知曉一星半點的人趕緊封了嘴皮子。外頭口口相傳的，也都停留在表層，模模糊糊說的是鄭太妃使了厭勝之術（注），太皇太后病危，晏仲術精岐黃、著手成春……縱然對昨日跟著晏仲一道入慈寧宮的阿齊那深感困惑，但一個其貌不揚的老婆子，實在讓人想不出有何本事。

顧妍不知外頭的風風雨雨。那晚她回府後便病了，也不是傷風發熱，卻渾身發冷，夢囈盜汗。

柳氏覺得那晚宮裡的事太過邪乎，和柳昱商量了一下，要不還是去廟裡求一碗符水。

正好被從書院休假回家的顧衡之聽見，當即制止道：「符水有什麼用？一群欺世盜名的牛鼻子，隨便畫兩張鬼畫符，再唸兩句經文，就能藥到病除了？那晏伯伯也可以捲鋪蓋走人了！」

注：厭勝，古代方士的一種巫術，能以詛咒制伏人或物。

顧衡之還記得當年顧崇琰讓他和顧妍去普化寺喝符水，顧妍想法子把兩碗符水都給倒了，他雖然不清楚這裡面的緣由，也大概知道，那不是什麼好東西。

「好像，還真有這麼點道理喔……」聽到身後有人這麼說，顧衡之回身，就見蕭若伊歪著頭吶吶說道。

他當即抬頭挺胸。「什麼叫有點道理，是很有道理好嗎？」

蕭若伊「噗哧」一聲笑出來，她和蕭瀝一道給柳昱跟柳氏見過禮，就問起了顧妍。「阿妍的身子可好些了？都是為了我，讓她擔驚受怕，現在還病了。」

柳氏哪裡會責怪蕭若伊，伊人自己遭了多少罪還說不清呢！她的臉色，其實比起顧妍只差不好，皆是憔悴蒼白。

「我姊可沒這麼膽小。她還一直說我身體不好，她自己又好到哪裡去。」顧衡之唸唸叨叨的，就要帶蕭若伊去看她。

蕭瀝猶豫了一下，剛轉個身要跟過去，就被柳昱叫住。

那日送顧妍走出宮門，柳昱看見顧妍雙眼腫了，險些抄起傢伙往他身上招呼，好說歹說才算攔了下來，被顧妍搪塞過去，不過蕭瀝大約知道，西德王是不喜歡他的。

也對，自己最心疼喜歡的小外孫女，可不得處處寶貝著，恨不得多留身邊幾年。

蕭瀝恭敬地回身，柳昱斜挑眉道：「聽說你棋下得不錯。」

「還可以。」

還真是不謙虛……

柳昱哼哼兩聲。「有沒有興致跟我下一盤？」頓了頓又說：「我們下西洋棋。」

見蕭瀝沒意見，柳昱滿意地笑了笑，回頭就和柳氏說：「玉致，幫我把書房書架第二層那只棋盤拿過來，我要和蕭世子手談幾局。」

笑容裡多少帶了點算計的味道，蕭瀝突然覺得有點不大對勁。

另一廂，顧衡之領著蕭若伊往顧妍的院落走，感覺曾經活潑喜鬧的人好像安靜了許多，一路跟著他，卻說不上幾句話，通常都是他問什麼，她就說什麼。

這讓顧衡之有點不習慣，不由伸手戳了戳蕭若伊。「妳怎麼了？都不說話。」

蕭若伊眨眨眼，愣愣看著眼前的少年。

顧衡之和顧妍長得很像，可慢慢長大了，許多不同就彰顯出來。比如他的鼻子更挺，嘴唇更薄，眉毛淡而細，面部輪廓更加稜角分明，說話的聲音時而粗啞時而尖細，跟鴨子叫似的，這讓蕭若伊忍俊不禁。

「妳笑什麼？」聲音從嗓子眼裡冒出來，砂礫磨過一樣，有趣極了。

蕭若伊笑而不語，忽然拿手比了比。「你是不是長高了？」

從前只到她肩頭的少年，好像這時都已經到耳際了。

顧衡之一昂頭，得意地笑。「等著瞧吧，有一天我肯定和蕭大哥一樣，比妳高許多許多。」

少年拿手比劃，努力踮起腳尖的他幾乎與蕭若伊齊平，卻伸長手高高舉著。那張白皙俊美的面龐近在咫尺，蕭若伊不由晃了晃神。

「喂！怎麼又走神了？」

聲音嘶啞如裂帛，蕭若伊一個激靈，皺緊眉翻個白眼，食指點著他額頭，把他推開。

顧衡之就怔了下。夏風微醺，帶著院子裡他叫不出名字的花香，額上指尖清涼，輕輕一點就離開了，只留下冰冰的觸感。寬袖抬起，有種沁人心脾的香味從袖口飄散出來，顧衡之正想抽著鼻子仔細聞一聞，聽到她說這話，動作不由頓了頓，蕭若伊已經輕笑著走開了。

「你還是別說話了……」

顧衡之撓撓頭皮，根本沒在意她說了什麼，湊過去笑嘻嘻地問道：「妳身上是什麼味道？真香，比我姊身上的還要好聞。」

蕭若伊身子微震，感到面上有一股熱潮慢慢襲來，心裡怦怦直跳，她側過頭去看顧衡之，見他正笑得開懷，一雙大眼睛晶晶亮亮的，裡頭包含的情緒卻只是一種純粹的讚美，就像他會說張祖娥美麗漂亮，是他見過最好看的姑娘一樣，單純的誇讚，不包含任何情愫。

顧衡之本就比她小了兩歲，顧妍總說他就是個還沒長大的孩子，蕭若伊也一直拿他當小孩子看，這傢伙情志沒開竅，什麼都不懂，說起話來根本就不避諱。可蕭若伊不一樣，她都快及笄了，某些東西總是比他知道得多……

這臭小子！心裡反覆喃喃唸叨這麼一句，蕭若伊咬牙甩袖就走了，弄得顧衡之十分不解。

他說錯什麼話了？誇她的香好聞，這還有錯了？

悻悻地抓了抓頭，顧衡之只好往顧妍的院子去，蕭若伊果然在那兒，坐在床邊錦杌上，拉著顧妍的手說話，神情不大好看。

「怎麼無精打采的，所有事情都解決了，不該高興嗎？」顧妍彎著眉眼笑，輕彈了一下她的額頭。

蕭若伊扯開嘴角，笑得無力。

占著太皇太后的那山魈魍魎走了，最親近的外祖母回來了，鄭氏一族被發落，與平昌侯小世子的賜婚作廢，什麼都好好的，她還有什麼可難過？也許是因為夏侯毅吧。

蕭若伊現在一點也不想提這個人，她強打起精神，瞇著眼睛說：「太皇太后很喜歡皇后，讓她執掌鳳印，處處體貼周到，皇上也對皇后娘娘很好，鄭昭昭可是半點風浪都掀不起來了。」

曾經她們還一度擔心過，鄭淑妃先於張皇后入宮，在宮中打實基礎，張皇后恐怕會步履維艱，然而此番太皇太后迅速地打壓鄭氏，處處給張皇后做起臉面，宮中上下對張皇后敬畏有加，相反的，鄭淑妃卻孤立無援，被東風壓倒了西風。

顧妍長吁口氣。她聽說，張皇后的鳳輿經過乾清宮前時，鄭淑妃得成定帝特許，未曾對張皇后行過跪禮。連士族門閥都講究妻妾之分，更何況還是皇宮大院。事關顏面，對此，有心人不可能不在意。鄭淑妃確實算計好了，可惜再精打細算，終究還是半路夭折。

顧妍笑了笑不再多談，顧衡之早便進來了，歪著頭聽她們講話，既不插嘴，也不打斷，捧著一碗杏仁露咕嚕咕嚕地喝著。

「小子，聲音能不能小一點？」蕭若伊回身瞪他一眼。

顧衡之吐吐舌頭，順道就給顧妍遞了一盞果子露。「姊，說這麼多話口渴了吧，多喝點。」

顧妍吶吶地接過，蕭若伊挑眉等了半晌，都不見他有什麼多餘動作，回過頭一看，居然又吃上了！

「喂，我的呢？」她忍不住叫了句。

顧衡之後知後覺。「妳渴了？」

「……」難道看不出來嗎？

顧衡之撓撓頭皮，「喔」了聲，再沒下文。

蕭若伊氣得肝兒都疼了。她霍然起身，恨恨瞪向他，回頭跟顧妍說改日再來，頭也不回就走了。

顧衡之捧著一只天青蓮花瓣哥窯茶盞，怔怔出神。

「衡之。」顧妍一臉無奈。「為什麼要故意惹伊人生氣呢？」

「我哪有？」顧衡之再三強調，可對於自家姊姊投遞過來的目光，他心虛地低頭不予作答，感覺再也坐不下去，說了聲出去透透氣，匆匆就往外跑。

顧妍一陣好笑。

前院柳昱抽著嘴角看著桌上滿目狼藉，黑白二色棋子涇渭分明，而黑棋深入腹地，白王處於將死狀態。

蕭瀝興致剛剛才上來。這是他第一次接觸西洋棋，有別於傳統棋藝，倒也有趣。

「王爺，還要繼續嗎？」蕭瀝抬起頭問。

柳昱臉色就更難看了。除卻一開始蕭瀝輸了幾場，後面他摸清楚規則，居然次次得勝！不是說第一次接觸西洋棋嗎？怎麼比他這個玩了好幾年的老手還厲害？

再來！再來個屁啊！

柳昱翻個白眼去端茶。

正送茶點來的柳氏就抿嘴笑道：「王爺年紀大了，不比你們年輕人有精力，今天就到此為止吧。」

蕭瀝順勢起身，柳昱不樂意地捋袖子。「怎麼不行？再來！」

柳氏哭笑不得。「父親！」

最終也只得訕訕作罷，蕭瀝轉個身就走了。

至於去哪裡，柳昱用膝蓋想都知道，指著蕭瀝的背影直說：「妳看看、妳看看，也不知道讓讓！」

柳氏卻聽不出這話裡有半點責怪，原本還吹鬍子瞪眼睛的老人不一會兒就笑開了。她坐到柳昱的對面。「他要是讓您幾步，您只怕就不是這個反應了。」

大約還會大罵他虛偽。

柳氏往棋盤上尋思了幾眼，慢慢笑起來。「其實也不是沒有讓，只不過……比較隱晦。」

柳昱哼了聲，癟癟嘴道：「勉勉強強。」

此時，勉勉強強的某人熟門熟路地往顧妍院子去蹭點。

主人家默許了，也就沒人攔著他，然而蕭瀝覺得，還是爬窗來得比較方便。陽光正好，窗邊的一盆鳳仙花開得極豔，紅彤彤的。顧妍坐在窗下躺椅上打絡子，就是先前答應過給蕭瀝編織的。

靈活的手指翻飛，很快絡子就初具雛形，蕭瀝走進來的時候，看見的便是她坐在暖陽下，手指間紅通通的絲線緊緊纏繞，膚色白皙得近乎透明，神情專注。

搗弄鳳仙花汁的婢子們驚了一下，在蕭瀝示意下不曾吭聲，他就立在一旁靜靜看著她編弄。等到一只絡子收尾，鮮紅的顏色擺在掌心，顧妍拎起來細看了看，就被一隻大手奪過去。

「你、你什麼時候進來的？」顧妍睜大眼，轉過頭去看綠繡和忍冬，那兩人目光閃躲，明顯地早就知道。

門庭大開，內室門口的湘妃竹簾高高撩起，清風徐徐拂面。她少有發愣遲鈍的時候，這種迷糊的樣子很有趣。

蕭瀝唇角微挑。「沒多久，看妳忙著，就沒打擾妳。這是給我的？」

朱紅色的絡子，十分鮮豔，底下垂著長長的流蘇，簡潔飄逸。蕭瀝很喜歡，儘管這樣扎眼的顏色和他一點都不相配。

「掛哪裡好呢？」他喃喃自語，想把絡子別到腰間。

顧妍趕緊攔住他。「太醜了！」

「哪裡醜？」他穿了身玄色衣衫，那麼一只鮮紅的絡子墜在腰間，說不出的彆扭。

綠繡抿著唇輕笑，顧妍還想去奪回來，可哪裡是他的對手，反倒被他捉住腕子。粗礪的指腹滾燙，劃過她細嫩的掌心，蕭瀝捏了捏她的右腕，慢慢放開說：「這樣挺好的。」

顧妍沒力氣和他鬧，悶悶坐了下來，便聽蕭瀝說：「我要去關中了。」

關中？

顧妍想了想。「朝廷讓你去剿匪？」

從去歲開始的乾旱演變至今已經越來越嚴重了，燕京感覺不是那麼明顯，但渭河一帶卻民不聊生。朝廷是有發放賑災餉銀，然而這麼一層層剝削下來，能有什麼作用？以至於關中一帶興起大批賊匪流寇，燒殺搶掠，朝廷無法坐視不理。

蕭瀝點點頭。「大多都是農民，武力比不上軍隊，他們走上這條路也是無奈之舉，皇上的意思是，若能招安，就別用暴力解決問題。」

顧妍想到的卻是另外一件事——關中，流寇，賊匪。蘇嗚丞。

她看向蕭瀝，笑道：「招安是好事，和他們的首領好好談談，應該……我是說，也許會有收穫的。」

也許？蕭瀝抱胸琢磨了一下，她說得模稜兩可，又似乎飽含深意。

顧妍別過臉，覺得自己或許不該講這樣多，也不知道他還記不記得當年曾一起關在窖洞裡的少年。

蘇嗚丞的變化……應該還挺大的吧！畢竟只是匆匆一面，餘下的印象，就只剩黑瘦。興許如今他站在自己面前，她也不一定能認得出來。

「我知道了。」蕭瀝不再深究，淡淡地說。他走近兩步半蹲下，與坐在躺椅上的她視線齊平，目光在空中膠著。

綠繡和忍冬紛紛低了頭。

蕭瀝卻也沒多做什麼，他只是勾唇，慢慢說道：「我很快回來。」

顧妍不由微滯，他便掛著那只大紅色的絡子大搖大擺地走了。

流蘇輕擺，捲起流暢的弧度，還在眼前飄飄蕩蕩，顧妍看了許久，依舊忍不住喃喃。

「真醜。」

然而沒人再回應她，掌心經由他手指熨燙過的地方，依舊滾燙，面頰也發熱起來，她將之歸結於是天氣的原因。

又過了兩日，宮中來了懿旨，太皇太后要召見配瑛縣主，顧妍還記得太皇太后上次召見她是兩年前了，那時的她還在顧家，剛從人販子的手中脫險，大病了一場，因為伊人來府探望，太皇太后身邊的韓公公瞧見她的模樣，隨後不久，太皇太后的懿旨就到了。

從外祖父和昆都倫汗的口中得知，外祖母與女真完顏族氏公主是雙生姊妹。完顏小公主嫁入天家，後來就成了方武帝的養母，太皇太后這個生母的地位難免尷尬，心裡痛恨完顏小公主實屬正常，見著一個與完顏小公主容顏相似的人，更難免恨屋及烏，所以太皇太后讓她在烈日下站了許久，還拿護甲戳傷她的脖頸……

那這次呢？又打算如何？

顧妍一路前往慈寧宮的路上都在想著這些事。然而此次，她十分順利地進入了慈寧宮。宮裡很冷清，太皇太后的舊宮人早被那個冒牌貨趕盡殺絕了，如今伺候的不過就是幾個剛留了頭的小宮女，動作小心翼翼，戰戰兢兢。

太皇太后坐在紅木輪椅上，身下墊著細白的貂絨毯，搭著薄被，微瞇雙眼。張皇后捧了卷書輕柔舒緩地唸著，蕭若伊就坐在一邊靜靜地聽著。

太皇太后看起來疲憊極了，幾日的工夫不見，就像是縮了水一樣，渾身迅速乾癟枯萎，形如骸骨。阿齊那說過，至多也就是給太皇太后續上幾天的命，本就油盡燈枯的身體，耗完了氣數，終歸要塵歸塵，土歸土。這是天道法理，也是自然輪迴，誰都違背不得。

蕭若伊重新搬進宮裡，大約是對太皇太后這身體狀況有了心理準備，所以想乘機再多陪陪她。

太皇太后想必心裡也明白的，她前面整飭了這麼久，迅雷不及掩耳，何嘗不是要把握這來之不易的短短數日？

「妳來了。」太皇太后睜開眼睛，看見顧妍頓在那處，抬手揮了揮，張皇后便不再繼續唸下去。

顧妍上前斂衽行禮，太皇太后看了她好一會兒，目光才緩緩移開。「配瑛陪哀家出去轉轉吧，今天的太陽很不錯。」又懶懶地嘆道：「人老了，就該多出去曬曬太陽。」

顧妍無法拒絕，這回連張皇后和蕭若伊都沒跟來，一群宮人都是遠遠地尾隨。

五月的太陽已經很烈了，不如春日或冬日的陽光溫和，顧妍將她推往樹蔭底下乘涼。

太皇太后閉上眼深深吸了一口，長長吐出。她突然間說起話來。「什麼治國大道，哀家根本什麼都不懂。」

顧妍不由一窒。就見她笑得十分自嘲。「哀家從前不過就是一個小小宮女，身為一個普通的良家子入宮，得先帝寵幸，誕下了皇長子，往後才一路平步青雲……若沒有這些，哀家到了年紀，說不定早早就被放出宮，憑著幾年攢下來的積蓄，也可以將日子過得和和美美……」

她沈湎在往昔的回憶裡，眼神迷離而渙散，顧妍一時難以想像，如普通人般過著平凡生活的太皇太后是什麼模樣。

「可這人哪，都是被逼的……有誰天生的能言善道，有誰生來殺伐決斷不留情面？與生俱來的高貴，至少於我而言，委實遠了些。還不是被趕鴨子上架，非得硬撐起來？」太皇太后連自稱都從「哀家」變成了「我」。

方武帝登基時才十歲，彼時孤兒寡母，在朝中無權無勢，有多麼艱難可見一斑。都是些陳年舊事了，太皇太后為何要跟她說這些？

「怎麼都不說話？」太皇太后挑眉問道。

顧妍垂首。「配瑛不知該說什麼。」

太皇太后聞言不免長嘆。「妳和她真是不一樣。她什麼都敢說，什麼都敢做。帶著皇太子爬樹掏鳥蛋，打撈太液池裡的錦鯉放生，還將先帝最喜歡的一匹良駒殺了煮馬肉吃！她是我見過最膽大的女人……可偏偏，先帝喜歡極了她這個樣子，皇太子也是。」

說的是誰，顧妍大約猜到了。完顏小公主生長在塞外，習性和中原人有所出入，哪怕是作和親公主來到大夏，一時也改不去她的習慣。

太皇太后仔仔細細打量顧妍的神情，企圖從她的表情裡讀出一點不同，可她只是安安靜靜地做個聆聽者。這種傾訴的滋味，她有許多年沒有體會過了，很奇怪，對象居然是一個小丫頭，還是一個她曾經那麼討厭的小丫頭。

命運可真是奇妙！

太皇太后有點恍惚。「我羨慕過、嫉恨過、憎惡過……被束縛了翅膀的鳥兒，終於飛不動了，病了、倦了，奄奄一息，我就順便送了她上路。」

顧妍驀地睜大眼。

「怎麼？覺得我很可怕？」太皇太后呵呵地笑。「可不是嗎？人心就是這麼的可怕……」

顧妍悶悶道：「您沒有必要與我說這些。」

無論如何，那個人都是她的姨外祖母，顧妍雖與她素昧平生，但也不樂意聽到這些。

「妳果然還是與她有關聯的。這就是報應，從妳出現在我面前起，我就知道，我的報應來了……不，不對，報應早就來了。」太皇太后閉上雙眼。「我該多謝妳。妳讓那個巫醫給我續命，讓我多活這幾天，我心滿意足。」

顧妍正色。「我並非是為了您。」想了想，又補充道：「您並不值得。」

這是遷怒了……微不足道的反抗，做給誰看？

太皇太后「嗤」地就笑出聲。「妳這性子，令先究竟看上妳哪裡？」

心裡卻想著，合該就是這樣子的。她老了，累了，走不動了。這輩子這麼長，又這麼短，彈指一揮間，什麼都沒了。以後也不會再有了……

那個老婆子出現的時候，她就知道，她連輪迴的機會都沒有。她這輩子害過許多人，完顏霜不是第一個，也不是最後一個，卻是最特別的一個……她就是上天的寵兒啊！卻偏偏終結在自己的手上，所以那個駝背的老婆子來報仇了……用來世，換今生幾日苟活。

說實話，不後悔。真要自己含著一口怨氣，看鄭三娘要風得風，要雨得雨，那還不如魂飛魄散來得痛快！來世？只有今生遺憾，才會期待來世，可等到喝了孟婆湯，走過奈何橋，前塵往事如過眼雲煙，哪還會記得什麼前世今生？

胸口泛起陣陣冷意，她想，應該差不多是時候了。憋在心裡這麼長久的話，吐出來，總算舒服了。

太皇太后已經很累了，顧妍推了她回宮。

當天晚上，就傳來太皇太后薨逝的消息。喪鐘大鳴，從皇城直沖雲霄，這位曾權傾一時的女子，走到人生的盡頭。

太皇太后臨終前遺詔，著喪期一月，無須大肆操辦喪儀。

顧妍扳著手指算了算，顧婼和紀可凡的婚事在八月，太皇太后薨逝若還需國喪，勢必要讓顧婼的婚事延後……她是事先全部都考慮好了？

這一點無從得知，顧妍的心情也有點複雜。

太皇太后的喪儀辦得十分低調，成定帝按照她的遺命，以最普通的規制，將其厚葬入定陵玄宮。

第四十五章

這個月燕京忌笙簫歌舞，忌婚慶遠行，過得十分安靜。等到六月末喪期解除，難免要漸漸熱鬧起來。

白水書院的學生去沂山采風。沂山地勢高，陰面十分風涼，風景獨好，若是幸運了，還能遇上曇花一現，這是文人雅士十分熱衷之事，顧衡之就在其中之列。

白水書院名聲極佳，許多勛貴子弟都會來此地學習，等中了廩生，便入國子監讀書。顧衡之樣貌俊美如冠玉，又是西德王小世子，在學子間十分受人關照，且他課業中庸，既不出類拔萃，也非一塌糊塗，待人謙和，交了許多朋友。

前往沂山別院的路上，顧衡之啃著顧妍給他做的蜂蜜糖蓮子，倒也大方地分給同窗。難免就有人問起，這是哪家買的，顧衡之驕傲地拍胸說：「我二姊做的！」

西德王小世子有兩位姊姊，一位是即將與紀探花成婚的鳳華縣主，一位就是與鎮國公世子訂親的配瑛縣主，顧衡之口中的二姊，當然指的就是配瑛縣主了。

眾人了然，目光若有似無地看向另一輛馬車，裡頭坐的是鎮國公府的二公子蕭泓。

馬車突然一個顛簸，受驚的學子們紛紛探出頭去，就見蕭泓那輛大馬車陷入一個泥坑拔不出來，後頭的的馬車都被擋了去路。

車夫抽打了好幾下馬臀，馬兒依舊不動分毫，他只好下車來，躬身對蕭泓道：「二少爺，煩請您先下個車，等小的先將車軸弄出來。」

蕭泓撩起袍角，倒也配合著下車，走至一旁草地上，有書僮搬來長凳，蕭泓順勢坐下，下頭端茶、撐傘、搧風一應俱全。

顧衡之掀開車簾淡淡瞥了眼，又默不作聲地放下。如同窗所言，顧妍與蕭瀝訂親，西德王府和鎮國公府將結兩姓之好，理所應當地，顧衡之和蕭泓應該交情匪淺，然而他們平素卻未有交集。倒不是顧衡之不與蕭泓為伍，反倒是蕭泓自視甚高，少有人能入他的眼。

外頭車夫的吆喝和馬兒的嘶鳴聲混雜，馬車紋絲不動，日頭越來越烈，儘管有人打著傘，蕭泓的額上也淌下汗，耐心慢慢耗盡。

片刻之後，車夫訕訕地上前。「二少爺，車軸壞了，除非合力將馬車抬起。」

可蕭二少爺這馬車是訂製的，銅皮鐵骨，重量不一般，哪是他們幾個能夠搬得動？

蕭泓勾唇冷笑。「那還采什麼風？不如直接回去好了！」

「小的再去想辦法！」

蕭泓忍耐地閉上眼，身邊書僮掏出帕子要給他擦汗，蕭泓正在氣頭上，反手便賞了書僮一耳光。聲響很大，眾人不由一愣。書僮猝不及防，臉歪向一邊，卻一句也不敢多言。

蕭泓長身而立，極目遠眺，似乎能看到遠遠有一人一騎急速馳來，煙塵四起。

來人穿了身玄色勁裝，頭戴草帽，壓得很低，看不清面容。衣服被汗水浸濕，緊密地貼合在身上，強健身形一覽無遺。

蕭泓覺得這人似乎有些熟悉，便多看兩眼，直到近了，隱約瞥見他草帽之下的面容，不由縮了縮瞳孔。

「修之？」蕭泓喃喃自語，握著扇骨的手指收緊，面色一改，反倒掛上一抹淡笑。

疾馳而來的正是顧修之。他本急著趕路，選了這條僻靜的小道，誰知行至半道，碰上了這麼一樁事，不得已停了下來。

「這是怎麼了？」顧修之翻身下馬，上前詢問。

車夫簡明扼要地說了一通，顧修之急於過路，這時候也不會在意這些細節，搓了搓手心，正欲幫忙將車身抬起，就聽有人喚他的名字。「修之，許久不見。」

是個白淨俊美的少年，氣質風雅，好像有點印象，但顧修之一時想不起是在哪兒見過這個人。

「你不記得我了？」蕭泓似乎有點失望。

顧修之仍然沒有記起一星半點，蕭泓便包容地笑道：「沒關係，總共不過見了那麼一面……」

顧修之不明所以，還是上前兩步，雙手撐在車身上，蕭泓見狀忙說：「修之，大熱的天，你也不用忙活，交給他們就行了，若連這點本事都沒有，我國公府還需要養這些廢物做什麼？」

國公府……

顧修之雙手微頓。燕京城有幾個公侯，一隻手扳著都能數得清，他一開始也是沒在意，再仔細看到車後貼著的鎮國公府標徽，心中陡然十分透澈。他原不過離開幾月，回來時就已經發生翻天覆地的變化——配瑛縣主和鎮國公世子得成定帝賜婚，兩家交換了小定，婚事已是板上釘釘……

他愣了許久，才終於意識到，阿妍要嫁給蕭瀝，便如晴天霹靂，心臟像被活生生剜了一塊，痛入骨髓。

「修之？」蕭泓低喚了聲。

顧修之回過神，終於想起來眼前的人是誰了。

從福建回京，他不願回顧家，是蕭瀝帶他去國公府上留宿。這個人是蕭瀝的堂弟，他在國公府見過。那日蕭泓在林中吟詩作畫，被一條九節翠竹嚇得不輕，顧修之就順道幫他解決了，難怪他說有過一面之緣。

顧修之悶悶道：「沒什麼。」

蕭瀝要娶他的阿妍，顧修之對鎮國公府的人頓時都沒了好感。似是發洩一般，他捋起袖子，雙手把控住車輪，渾身使勁，滿臉脹得通紅，雙臂、脖頸青筋突起，像隨時都要繃裂開。

蕭泓嚇了一跳，想讓他悠著點，就見那輛頗重的馬車在他的蠻力之下脫離泥坑，不知是誰高喊了一句「好樣的」，就響起此起彼伏的掌聲。

「你怎麼樣了？」蕭泓要去看顧修之的雙手。

顧修之避開蕭泓的關切，若無其事地將袖子放下來，抱拳辭別。「已經好了，在下告辭。」

話音才落，就見一個纖瘦少年高喊著「二哥」，跑到自己跟前，顧修之有點恍惚。

「二哥，你終於回來了！」顧衡之的聲音歡喜雀躍。

顧修之淡淡說：「是啊，回來了。」

顧衡之將手裡的一整包糖蓮子都給他，又不知從哪裡摸出來一包花生酥。「都是二姊做的，可好吃了。」

他們好歹從小一起長大，顧衡之十分清楚顧修之的愛好，比如甜食、糖點，更遑論這還是顧妍做的。

蕭泓不是不清楚這二人的關係，如顧衡之與顧修之曾是堂兄弟，再如顧修之其實並不是顧家的孩子，這些蕭泓皆一清二楚，可現在看著二人，總覺得異常刺眼。

「原來修之喜歡這些，改日我去珍味齋買上一些給你送過去可好？」蕭泓彎著眉說，這般殷勤，簡直讓隨行的書僮和車夫睜大雙眼，不可置信。

外頭買的，哪有阿妍做的好？

顧修之搖搖頭，將東西小心包好放進懷裡，又拍拍顧衡之的頭頂，回頭就上了馬。「二哥先走了，你好好照顧自己。」

顧衡之忙讓開道，揮了揮手。

蕭泓微怔，但既已知曉顧修之回京，他倒也不急了。目送著顧修之疾馳而去，轉過身便問：「你二哥這麼急著做什麼去呢？」

顧衡之與蕭泓本就不熟，當然不至於和盤托出，何況他敏銳地感覺蕭泓似乎別有用心，就更加留了個心眼，裝傻充愣，只說自己不知。

蕭泓默然，扯了扯嘴角，不再理他，撩起袍角，逕自上了馬車。

夏風燥熱，吹得人面色潮紅。顧修之身上的衣服被汗液熏騰，濕了又乾，乾了又濕，有一股不好聞的酸臭味。

蕭泓有輕微的戀潔癖，然而那陣氣味縈繞在鼻尖，在他看來，無疑是一種男子氣概……

「修之……」蕭泓閉上眼，反覆唸叨著這個名字。

而被他唸著的人，早已騎上馬，一路飛奔去西德王府，手臂還因為方才用力過猛，痠痛不堪。然而此刻，他已經什麼都不想管了，只想著去見一見顧妍。

分明知道無可挽回，依舊不死心地想要去求一個答案。有時候人就是這樣，不撞南牆不回頭，而撞了南牆，也不一定會回頭，他不知道自己是屬於前者，抑或是屬於後者。

總在慶幸上天的厚待，讓他能在茫茫人海與她相遇，本該是毫無干係的兩個人，卻能同在一個屋簷下生活十載……他驚嘆、他感念，卻同時也遺憾惋惜，他們的關係似乎從一開始就定下了，哪怕她將自己的底細知道得一清二楚，哪怕她心知肚明自己與她毫無血緣，也只將他視作兄長，純粹且單一。

是不是該感嘆一句造化弄人？

顧修之勒緊韁繩下馬，西德王府的門房僕役、對他都十分熟悉，恭敬地將他請進屋內。

顧妍出來見他時，他正坐在前堂默默出神。

「二哥！」驚喜的聲音，一如往昔清脆動聽。

她穿了身煙霞色的衫子，粉面桃花，氣色極好。他先是一喜，接著心中又驀地一沈。高興於她見到自己時的雀躍，也意識到，她根本不曾因為自己的親事定下來而惆悵煩心。

其實，阿妍是願意的吧？

這麼多年，顧修之比她更瞭解她自己，一個微小的神情動作，看在他的眼裡，早已能夠解讀出一重意思。他覺得，自己似乎根本沒有來的必要。

「二哥？」顧妍在他面前揮了揮手。「你怎麼了，好不容易回來，怎麼也不笑一下？」

她伸出兩根手指抵住他的嘴角，讓他的唇向上彎起。

顧修之眼裡終於帶了點笑意。她小時候就喜歡玩這個，越長大越孩子氣。其實，他很希望她永遠長不大，時光停留在他們年少的時候，彼時無憂無慮，他可以將她當作手心裡的寶，捧著、護著，珍視著。

心中狠狠一動，顧修之抓住她的腕子。「阿妍。」

「嗯？」

他或許不該說這些……將這層紗紙捅破，她是否還能用與從前一樣的眼光看他？她將他當成兄長，他卻對她生出不該有的心思。這種情感，縱然在倫理上無可厚非，那在道德上呢？他們做了十多年的兄妹！

顧修之抓緊她的腕子，十分自嘲。

「你的手怎麼了？」顧妍感覺抓住她的手掌止不住地顫抖，順著胳膊捏上去，肌肉僵硬猶如磐石，每碰一下，他的神色就緊一分。「二哥你等一下，我去找齊婆婆。」

找來阿齊那抹了藥油替他搓揉手臂，顧修之就始終皺著眉一聲不吭，顧妍只當他是疼的，忙讓阿齊那下手輕一點。

恰到好處的關心，這時候反倒令人承受不起，顧修之只能苦澀地笑笑。

幾個月不見，顧修之曬得黑黢黢的，濃眉大眼，像是一把開鋒的寶劍，又重新淬鍊了一遍抹上蜜蠟，光芒四射。

阿齊那覺得他越來越像是年輕時的昆都倫汗，比八殿下斛律長極更像他們的父親。她沒問十九殿下這段時日都去了哪裡。

自知曉顧修之是昆都倫汗流落在外的兒子，阿齊那第一時間便向昆都倫汗遞了信，只是那時，昆都倫汗正齊集火力對陣葉赫部落，抽不開身。後來葉赫部落得到大夏的支持，建州女真鎩羽而歸，昆都倫汗再想來尋十九殿下，他卻憑空消失了……不過有顧妍在這裡，十九殿下總會回來的，阿齊那深信這一點。

顧修之終究什麼都沒說。

柳昱摸著下巴問他。「你今後打算怎麼辦？」

自從上次顧修之和安氏鬧了那麼一齣，他的名聲在京都已經臭了，不僅是個生父母不詳的孤兒，還是個吃裡扒外的薄情寡義之輩。本來已經在五城兵馬司謀了份穩定的差事，現在都丟了，日後他要繼續在燕京城落地生根，恐怕不易。

顧修之聞言搖了搖頭。「我還沒想好。」

若非聽聞顧妍訂親的事，他恐怕還不會這麼早回來。

柳昱沈吟了一會兒說：「要不要我幫忙？你在京都或許有些困難，但到外地去尋個差事也不是不行，你也是有真本事的，放哪兒都不成問題，等過了一年半載，前頭的事都淡了，你再回來……」

目前看來是個很不錯的主意，顧妍也覺得挺好的，顧修之卻脫口而出。「不用了。」

堅決的語氣讓柳昱微愣，顧妍蹙起眉。「二哥？」

顧修之反過頭去瞧顧妍，目光十分收斂，死死壓抑著，可柳昱那麼多年的飯也不是白吃的。一開始是沒有往這個方向想，他只當顧修之和顧妍是兄妹，感情比較好，現在看看……有點不大對勁！顧修之這小子……

柳昱眯眼想了想，慢慢笑說：「你也別急著拒絕，看你一路馬不停蹄的也不容易，還是先收拾好自己吧，今兒就好好地休息，等養好精神，再考慮我說的。」

顧妍感覺外祖父這話說得太奇怪了，連態度都有點不對勁。

柳昱微笑，道：「阿妍還愣著幹什麼，還不讓人去將外院客房收拾出來？有妳這麼怠慢貴客的？」

顧妍「喔」了聲，不疑有他，顧修之臉色驀地微白。

柳昱說貴客，他對於西德王府而言，就只是個客人，說白了，便也是個外人。

阿齊那不由抬頭看了看柳昱。這個人，是完顏大公主的丈夫，阿齊那當他是半個主子，平素也聽柳昱的吩咐，但是相較起來，阿齊那難免更偏向十九殿下。

對於顧妍與蕭瀝的賜婚，阿齊那束手無策。她明白當時那種情況，鎮國公願意挺身而出，有多麼難得。西德王感激涕零，顧妍也沒有多說。這麼長久的相處，阿齊那好歹摸清楚了少許顧妍的脾性，大約也知道，對於這個結果，顧妍其實並沒有多少的拒絕……十九殿下，其實就是一廂情願。

緣之一字，素來最是難說，若真能靠人力改變達到，也就失去它固有的珍貴，阿齊那無能為力。

柳昱將所有人都屏退，在一片平靜中淡然開口。「你想都不要想。」

沒頭沒腦冒出來的一句話，聽得顧修之微愣，柳昱又一次重複，琥珀般的眸色淺淡，深深看著他。「你會害了阿妍。」

顧修之沈默地低下頭，擱在膝上的手握成拳，慢慢收緊。「王爺……」剛吐口兩個字，一時再難接下去。

「你也是和阿妍從小在一起長大的，她對你什麼感情，你心裡清楚，但凡她對你有一點點不同，此時你們怕也不是這個關係。」柳昱很理智地給顧修之闡述事實，某些他明明應該很清楚，卻下意識地逃避，不肯面對的東西。

顧修之痛苦極了。「就因為，我是她的哥哥？這不公平！我明明不是的！」

「所以，不甘心嗎？」柳昱笑了，看他的目光就像在看一個做錯事的孩子。也是，在他面前，顧修之根本就是個毛頭小子，哪兒都不夠看的。

「你大可以現在去跟阿妍表白你的心跡，捅開這層玻璃紙，這無所謂。正如你所言，你們毫無干係，你不過就是占了一個兄長的名頭，算得了什麼？世人怎麼看你，阿妍怎麼看你，又有什麼關係？你依舊可以我行我素，不顧所有人。」柳昱端起茶杯，說得很輕緩。「阿妍訂親了，成定帝賜的婚，你不會不知道吧？」

顧修之臉色頓時煞白，柳昱心裡想得更清楚了，不由覺得可惜。

本來挺好的一個小夥子，怎麼就想歪了？若是其他人，他才懶得管，可偏偏是他的小外孫女！

「一開始蕭令先說要娶阿妍，我也沒同意，後來情勢所迫，我就不得不應，可既然應下了，我就沒想過要反悔，這對阿妍來說會很不好……我不認為你的介入能改變什麼，增添的無非就是麻煩，阿妍會苦惱該如何面對你，世人無非只會責備數說她的不是。作為她的外祖父，我著實不樂意見到……而你，應該也不樂意是吧？」

字字句句戳在顧修之的痛處，他怎麼可能會樂意？

柳昱起身拍拍他的肩膀。「我言盡於此，你好好想想，我說的事，你也可以考慮。」說的是為他去京外謀職的事。

顧修之沈默地坐了好一會兒，這才起身往外院去。垂花門處有兩棵石榴樹，石榴花盛開，紅豔豔的似火，顧妍正踮著腳去搆頂上的一朵石榴花，卻總是差了那麼一點點，他走過去順勢幫她摘下。

「二哥？」顧妍需要仰著頭看他。

顧修之將石榴花放到她的掌心。「妳採這個做什麼？」

顧妍瞇著眼睛笑。「聽說你來了，娘親說要多加幾道菜，剛好在做梅汁肉片，加點石榴花，清熱解毒，夏天吃最好不過了。」

顧修之恍惚了一下，咧嘴笑道：「嬸嬸當真偏著我了。」

柳氏與顧崇琰恩義絕，顧修之卻依舊喚她嬸嬸，他覺得喚郡主就顯得格外生分，柳氏亦不拘泥於此。

「娘親將二哥視若親生子，當然是要偏著你的。」顧妍理所當然。

顧修之又是沈默，久久都沒有說話，突然調轉方向，直往大門口去。

「二哥，你去哪兒？」顧妍在他身後叫他，顧修之沒理會。

當顧妍想跟上去瞧瞧，柳昱又不知從哪兒竄出來拉住她。「行了，他都多大的人了，還不知道分寸？妳去湊什麼熱鬧？」

說完，柳昱順勢抽出顧妍手裡的石榴花，舔了舔唇，一拍顧妍的肩膀道：「梅汁肉片啊……走，看妳娘又做了什麼好吃的。」

顧妍就這麼被柳昱連拐帶騙地帶去了廚房。

顧修之出門便上了馬疾馳而去，西德王府與顧家毗鄰，這麼一匹高頭大馬飛奔，瞎子才會瞧不見。

剛下了軟轎的顧四爺抬眸望過去，喃喃了一句。「怎麼這麼眼熟？」

離得近的顧妤勾唇笑說：「父親，是二哥呢，喔，不對，該說是顧修之……」

于氏不由多看了顧妤一眼。「妤兒可看清楚了？是修之？」

老實說顧修之變化挺大，就這麼匆匆一眼，于氏不敢肯定。

「母親還不信我嗎？」顧妤嬌聲嗔了句。

顧修之居然回來了？將顧家搞得一團亂以後，現在還有臉回來？做什麼，等著別人弄死他嗎？

顧四爺不去理會這些，招呼顧妤和于氏一道進去，顧妤就靠近顧四爺說：「爹，您說他怎麼突然就回來了？先頭將大伯母收養他的事捅出去，鬧得沸沸揚揚，顧家倒了面子，大伯母被休回娘家，全是他害的。」
顧四爺慢慢皺眉。「好兒，那些事就別再提了，妳大伯母也有錯，她當年若非隱瞞真相，何至於累及至此？」
顧好抿嘴，不滿地道：「難道他就沒有錯？鬧出這麼大動靜，他自己名聲壞了不要緊，顧家的名聲還要不要了？」
一顆老鼠屎，壞了一鍋粥！他們四房雖然已經從顧家分家出去單過了，可還是姓顧的不是？多多少少還不得沾染到一點？她都及笄了，名聲多重要啊！
顧四爺拍拍她的手。「好了，都已經發生了，還能怎麼辦？看開點……」
于氏上前來拉住顧好，笑道：「就是，別板著張臉，笑一笑，妳祖父看見了也高興。」
顧好勉強勾了勾唇，走了幾步，突然「啊」一聲叫道：「我的帕子掉了……」她回過頭跟貼身的婢子說：「流蘇，幫我回去找找看，一定在路上，銀線收邊繡了龍膽花的，仔細些啊！」
流蘇是顧好的貼身婢子，聰明伶俐，一看顧好的眼神就知道她是什麼意思，倒也裝模作樣地應下，悶聲轉頭就去探顧修之的消息。
顧好便跟著于氏和顧四爺一道去給顧老爺子請安。
顧修之進了一間酒肆，大刺刺地坐下，開口便要了幾罈烈酒，先是一碗一碗喝，後來覺得不夠，便整罈往嘴裡倒。

何以解憂，唯有杜康。他企圖用酒精麻痺心口的悶痛，都說一醉解千愁，可他怎麼就越喝越清醒？腦中漂浮著的，始終都是顧妍那一對澄澈水靈的眸子。

是歡喜，確實是歡喜的，可那種歡喜裡，瞧不見丁點兒其他的東西，這麼地純粹，又單調。

他總在想，阿妍看向蕭瀝的眸子，是不是也是這個樣子？正如西德王說的，他可以不在意自己，卻無法不在意阿妍，不說他的感情會給顧妍帶來困擾，即便是柳氏，這個從小將他視若己出的嬸娘，又要怎麼看待和接受自己？

都不知道該有多好？當作誰都不清楚的樣子，當作什麼都不曾發生過，一切都像從前，他們還可以其樂融融地相處，這樣很好，他寧願自己一個人承受這種痛苦。

顧修之哈哈直笑，直到黃昏，他已喝得酩酊大醉。眼瞧著就要打烊了，夥計與掌櫃的商議一陣，決定不能任由他繼續下去。

顧修之本就不是常客，一來又直接拚命地喝酒，誰都攔不住，現下這麼一頭栽倒，連人姓甚名誰都不曉得，也不知該將人送回哪裡去。

掌櫃的便道：「……總不能讓他這麼待著，就送去客棧吧，等人清醒了再說。」

夥計連忙點頭，將顧修之抬扶起來。

一旁的流蘇一度冷眼旁觀，不作反應。

還以為他能有什麼能耐呢，搞半天就只會在這裡買醉頹唐，一事無成，根本難成大器。

流蘇覺得自己大概可以回去與四小姐報備回稟了。她哼了兩聲，還未踏出門口，便有幾個身強體健的壯漢爭先恐後地竄入，扶起顧修之。

之後來了一個長相斯文的中年男人，與酒肆的掌櫃扯聊，從懷中掏出一只大紅色荷包給了掌櫃，鼓鼓囊囊的，一看便知道裡頭裝了不少銀子，而那掌櫃對待中年男子的態度也是異常恭敬。

流蘇不由頓住腳步，模模糊糊地似乎聽到掌櫃恭謹地道：「原是公子的朋友，怠慢了……」

公子？說的是誰？

流蘇退開兩步，眼瞧著那個中年男子吩咐人將顧修之抬上馬車，又一路疾馳出去。她也迅速上了車，吩咐車夫也趕緊跟上，就發現前頭一路駛向東城杏花巷。

這是京都最有名的一條花街，多的是紙醉金迷，窮奢極欲。多少男人在這裡夜夜笙歌、醉生夢死？

流蘇不願去這種地方，吩咐車夫將馬車停得遠遠的，再去打探顧修之的下落。

天色漸漸暗下來，車夫好不容易打聽清楚回來，立即說道：「一路追問過去，那群人去了隔兩條巷子的槐樹胡同，去了那吉慶班當家花旦穆文姝的宅子裡。」

穆文姝，是個唱戲的名角，說出去了也是個響噹噹的人物。

「怎麼去了他的宅子裡？顧修之什麼時候跟穆文姝扯上干係了？」

穆文姝既是伶人，難免靠那張臉和好嗓子吃飯。說白了，就是做的皮肉生意，給那些喜好龍陽的達官顯貴消遣的。想到方才那個老闆對中年男人說的話，顧修之是什麼公子的朋友……那穆文姝，在戲文裡，可不就被稱作是玉面公子嗎？這兩個人早就相識了？

流蘇光想想就覺得渾身冒起雞皮疙瘩，恨恨地甩了袖子。「回去！這髒地方……」

此時的槐樹胡同裡，正是香煙裊裊，語笑喧闐之時。亭臺水榭，絲竹琴音不絕於耳，輕紗漫舞，有伶人咿咿呀呀，亦有美人紅袖添香。

雌雄莫辨的穆文姝正半倚著給坐在案前的白衫男子添酒，一雙美目柔媚，直要將人的心一匝一匝纏繞起來。

「二少爺許久沒來我這兒了，該不是忘了舊人吧？」穆文姝執杯將美酒一飲而盡。

穆文姝白皙的雙頰染上酡紅，聲音低啞迷離，白衫男子不由轉身看了他一眼，伸手將穆文姝一把攬入懷裡，穆文姝便如小鳥依人般半倚在他的膝上，仰面看著他俊美的面龐，微涼白皙如水蔥的指尖輕觸他的薄唇，卻被他一把捉住。

「我這前腳本來該去采風的，轉頭就來了你這兒，你還說我忘了你……良心呢？」蕭泓笑著拿指頭戳了戳穆文姝的心口，側過臉咬了口他的手指。

穆文姝吃痛地縮回。「你弄疼我了……」

「哪裡疼？」蕭泓斜挑起眉，說著便去撓穆文姝的腰，穆文姝癢得直笑，鬧了一陣才算停下。

這時一個模樣清秀的伶人上前來說：「二少爺，已經為那位公子洗漱更衣過了，餵了醒酒湯，只是醉得太厲害，一時半會兒醒不來。」

蕭泓慢慢點頭，穆文姝眸子一抬，伶人便立即退下。

「二少爺什麼時候換了口味？那位公子長相英武，恐怕不是個會任由擺布的……」

蕭泓端起杯盞淺嚐一口，酒香濃郁，還有點微苦。「吃味了？」

「您今晚本該在沂山普化寺裡參禪悟道，卻來了我這裡，還帶著這樣一個人……您說我該怎麼想？」

蕭泓不由「嘖」一聲，將穆文姝放開。「我以為你會懂的。」

穆文姝茫然地看著他。懂？懂什麼？

「別用這種眼神看我。」蕭泓俯下身子，手掌輕輕覆在他的臉上。

夏夜燥熱，穆文姝的肌膚卻一片清涼。剛喝了點酒，酒意上頭，蕭泓也有些忍不住了。伶人們見狀，紛紛避退，水榭四周薄紗珠簾落下，只餘他們二人。

深夜，穆文姝口渴醒來，房中一片幽黑，他拉了拉薄被，覆住光裸的身影，身旁餘熱未散，卻是空無一人。

都是作戲的，真真假假，假假真真，誰要是真當回事，誰才是真的輸了……

他自嘲地笑笑，連水都不喝，翻個身繼續睡去。

蕭泓隨意地披了件寬袍，胸膛微微袒露。他看起來纖瘦，身形卻也堅實，只是離壯碩尚還差了一截，人人當他是個柔弱公子，也僅僅是拿他與他的兄長相較罷了。

從前蕭瀝在西北，占著國公府世子的頭銜，卻數年不露一面，除卻蕭澈那個傻子，他蕭泓就是國公府的希望，集萬千寵愛於一身。可蕭瀝在西北名聲越來越響，漸漸地關注自己的人就少了，後來蕭瀝回了京，越發地器宇不凡、名聲赫赫……

蕭泓慢慢地深吸一口氣，再緩緩吐出，晨光熹微下，他來到顧修之的房前。

穆文姝問他為何會帶顧修之來這裡？尋歡作樂的場所，來這裡還能做什麼？自然是及時行樂。

顧修之睡得正香，側躺在羅漢床上，眉頭緊鎖。他皮膚曬得黝黑，但是五官深邃，並不能夠遮掩他的俊朗。

蕭泓喜好男風，這點連鎮國公和蕭二夫人金氏都不清楚，他做得很隱蔽，只偶爾來穆文姝這裡消遣，或者便是養幾個清秀斯文的小廝……可見到顧修之，就有種焦躁要溢出來，或許是因為他替自己擋了那條竹葉青，又或許，他只是想試試另一種風趣。從前顧忌他也是有身分的人，但他現在將自己的名聲搞得一團糟，顧修之早沒了可以倚仗的資本。醉得這麼徹底，簡直是天賜良機。

蕭泓纖長的手指拂過顧修之的眉頭，他的面頰泛紅，好像隨時都要燒起來。蕭泓的手指冰涼，顧修之不由往那方向湊過去。

「阿妍……」

低喃從口中逸出，蕭泓的手指驀然一頓。

老人們常說，日有所思，夜有所夢，許是夏夜聒噪，又許是心裡藏了事，顧妍輾轉反側至深夜，才算迷迷糊糊睡了過去。

夢裡有個人一直在哭……是個男人。嗚咽卡在喉嚨裡，想吐卻吐不出，想嚥亦嚥不下。

顧妍始終旁觀，看著他站在高高的山崗上，挺直背脊，慢慢佝下了腰。頭盔被丟棄一邊，藏青色翎羽飄動，赤金鎧甲銅片，在夕陽下熠熠生輝。

人人都說他是金軍的戰魂，是信仰。他們只是看不見他這樣脆弱無助的時刻。

顧妍從夢裡醒來時，天邊已泛起了魚肚白，索性乾脆不再睡了，起身倒了杯茶水，咕嚕咕嚕地灌下去。

「小姐，茶涼了。」衛嬤嬤聽聞動靜過來伺候，看顧妍只穿著寢衣，剛回身拿了件披風，又見她直喝著桌上的冷茶，連忙將杯子奪過來，可顧妍手下不穩，半杯子水灑在地上，碎瓷片四散而飛。

顧妍微怔，衛嬤嬤忙道：「歲歲平安。沒事、沒事，讓丫鬟來收拾就是了。」又將披風搭在顧妍的肩頭。「俗話說冬病夏治，小姐體寒，哪怕夏日也不可貪涼，多仔細著些身體。」

見顧妍有點心不在焉，衛嬤嬤問道：「小姐有心事？」

顧妍坐回榻上，輕笑道：「衛嬤嬤難道不知道？嬤嬤身處內宅，有什麼事不能和唐嬤嬤或是娘親說的，何必要到外院去和外祖父稟明？」

昨日黃昏，顧妍本打算去外院書房裡尋外祖父，卻就是這麼巧地撞見衛嬤嬤從裡頭出來，神色還十分怪異。她說不出自己當時是怎麼想的，本能地就躲起來。後來再問起衛嬤嬤，她卻只躲閃著說哪兒都不曾去過。

外祖父有事在隱瞞她，這點從昨日二哥回來後她便發現了，外祖父對待二哥的態度十分奇怪。

見顧妍沒再繼續說下去，衛嬤嬤心中頓時忐忑不已。她舔了舔乾澀的嘴唇，不知該從何說起。「小姐……」

王爺吩咐的事，她不敢違背。

顧妍便是輕嘆。「嬤嬤看著我長大，合該知道我的脾氣，妳盡職盡責，我感激妳，信任妳，願意交託於妳。那妳呢，妳可願意對我盡忠？」

衛嬤嬤跪在地上，垂下了頭。「小姐，是奴婢的不是。」

主子只有一個，打著為了她好的名義，實際上，何嘗不是一種變相的背叛。

衛嬤嬤只好與她說起昨日與柳昱的談話。「奴婢本來是去銀樓取幾件郡主早先訂好的首飾，回來時恰好遇上一個小跑堂來了王府門口，與門房說他是東市酒坊的夥計，還說有一位公子在酒坊裡醉了酒，迷迷糊糊說起自己是西德王府的人，這才來王府尋人將他領回去。」

她聞言一想，這說的可不就是顧修之？又念著顧妍與顧修之的交情，定是要差了人隨夥計去的，於是賞了那夥計一個紅封，打算回來與顧妍稟報。

「只是半途遇上托羅，直接將奴婢引去王爺那裡。」衛嬤嬤低聲說道：「王爺讓奴婢不要與小姐提起一絲一毫，他自會差人去解決這件事，便不必驚擾小姐。」

就這麼簡單？

顧妍攢緊細眉。「外祖父真這麼說的？」

衛嬤嬤不由看了她兩眼，垂首默然，顧妍這回倒不急著催她了。

「其實顧少爺是被帶去了槐樹胡同，穆、穆文姝的宅子裡。」衛嬤嬤終於咬牙道。「據言穆文姝與顧少爺是舊識……王爺不讓奴婢告訴小姐，怕會污了小姐的耳朵。」

這種事，即便柳昱不交代，衛嬤嬤也斷不會輕易說出口的。

穆文姝的名聲，一點都不好聽。說得好一點，他是個名角；說得不好，他不過就是個賣皮肉的！

果然顧妍怔了好一會兒，不說她從來不曾聽過二哥與穆文姝有什麼干係，二哥可從來不曾有過這方面的丁點兒癖好。

顧妍自是不信。「是那個酒坊的夥計這麼說的？」

衛嬤嬤連連點頭。「夥計看著是個老實人，愣頭愣腦的，不像會說假話。」

不會說假話又如何？還不許被人當槍來使？先不論此事真假，既然知道二哥與王府有淵源，又知曉二哥被帶去穆文姝那裡這種醜聞，聰明人就該將一切都爛在肚子裡……萬一哪天西德王府找上門來算帳，應該推給誰來承擔這個責任？

禍從口出，越是升斗小民，越是明白這個道理，那個酒坊夥計，很明顯是受人擺布。

無風不起浪，有人要拿此說事！要真沒有點底，僅僅就隨意捏造一個謊話，還有什麼意義？難不成還有誰吃飽了撐著，故意整人嗎？可是，二哥怎麼會……

衛嬤嬤見顧妍容色遽變，連忙道：「小姐別多想，王爺說了，他會處理好的。」

顧妍扯扯嘴角，連她都能想明白的事，外祖父怎麼會不懂？有人挖了個坑，正等著他們去跳，難不成他們還就真不反抗了？外祖父說的會去處理，說白了就是不予理會。

第四十六章

天色漸漸亮了，東市早早地便聽到叫賣聲。晨光透進窗櫺，照在顧修之的臉上。

蕭泓靜靜看了他一會兒。剛剛聽到他迷迷糊糊地喚了個人名，聲音太低了，聽不真切，他等了一陣，顧修之卻安安靜靜的不再有動靜。

冰涼的手又一次放到他面頰上，順著臉部輪廓一路下滑。他胸前衣襟微敞，露出精壯的胸膛，左肩上還有一道長長的傷疤。

蕭泓的手指在那道疤痕上流連了一陣，見顧修之眉頭微皺，蕭泓不由頓了頓，隨後便不再磨蹭，挑開他的繫帶，又下滑到他的綢褲上。蓬勃的滾燙蠢蠢欲動，即將復甦，房中香氣氤氳，蕭泓吸了幾口，身體也跟著火熱起來，然而還未曾有下一步，他的手腕便突地被一隻大掌狠狠捉住。

「你在做什麼？」顧修之冷冷地問。凜然的眸子，顯然他已經清醒良久。

蕭泓微愣，他分明下了極重的劑量，怎麼這麼快就醒了？

顧修之狠狠甩開他的手，低下頭看向自己凌亂的衣衫，還有某個已經揚起的物事。宿醉後全身疲軟，頭腦生疼，渾身火一般的燥熱，彷彿要將自己全身撕碎，他聲音嘶啞得全然不似自己。「你對我做了什麼！」

蕭泓剛穩住身子，就聽他這麼問道。

做了什麼？都起反應了，何必明知故問？

顧修之腦中轟的一聲。「你……你這個禽獸！」

禽獸嗎？蕭泓不置可否。都到這個地步了，再說什麼無非都是掩耳盜鈴。他本想著給顧修之下了藥，春風一度後便甩手走人，只管好好享受當下的……左右是在穆文姝這個伶人的宅子裡，鬧得再厲害都無人問津，誰知顧修之怎麼就突然間醒了呢！

顧修之掙扎著想起身，又重重地摔倒在床榻上。

蕭泓不由「嘖」了聲，慢吞吞地挪步過來。「別白費力氣了……軟骨散，藥效起碼還要有幾個時辰，一時半會兒的你恐怕動不了。」

明知道顧修之不會順從的，又明知他功夫不錯，蕭泓若沒有點準備，難道真的找虐？

顧修之強忍著心中的不適，大罵他卑鄙。「蕭家一門忠烈，你祖父、父親、叔伯、乃至兄長，都是忠肝義膽、鐵錚錚的好漢，怎麼會出了你這樣有辱家門的斯文敗類！」

蕭泓慢慢瞇起眸子，他最不喜歡的，就是有人拿他的家世門風說事。鎮國公一片赤誠之心，他父親英勇就義名垂青史，叔伯都是人人交口稱讚的豪傑英雄，蕭瀝更被說成是大夏的小戰神……而他，除了姓蕭，還有哪點像是蕭家人？

蕭泓的目光慢慢變淡了，他突然有些憐憫地看向顧修之。「你為什麼要醒過來呢？」

本是想各自享樂的，完事後處理乾淨就行了，神不知、鬼不覺，顧修之永遠不會知道與他蕭泓有關，只可惜，現在人家兩眼看得真真的。知道得越多，就越是危險，蕭泓從很早開始便明白這個道理。要麼，就從來不知內情；要麼，就選擇遺忘，通通爛在肚子裡……只可惜，顧修之是不會配合的。

冰涼的手指撫上他的脖頸，顧修之用力甩開他的手。

「你現在強又有什麼用？」蕭泓好整以暇，抱胸沈笑。「不難受嗎？只要你配合，我就會教你知道神仙般快活的滋味。」

但至於快活之後如何，那就是另一個說法了。

顧修之目眥盡裂。他何曾受過這種屈辱？從前是長寧侯府的少爺，雖有安氏拘禁著他，好歹還是含著金湯匙長大，裡裡外外尊稱他一聲少爺。他從不後悔與顧家撕破臉皮，但現在這種被當作兔兒爺凌辱的滋味，簡直比殺了他還要難受！

蕭泓解開顧修之的衣襟，一雙修長白皙的手撫上堅實的胸膛，未料顧修之倏然狠狠咬在自己的腕子上，幾乎咬下一塊肉，火辣辣的疼痛讓他慢慢恢復清明，也回復了一些力氣。

顧修之唇角滴下淋漓鮮血，蕭泓驀地一怔，天翻地覆裡，身子就被狠狠地推倒在地，發出「砰」的一聲悶響。

被逼急的顧修之對著蕭泓就是一頓痛揍，清靜風雅的小院裡，驀地響起一聲聲撕心裂肺的痛呼。

「二哥他不會這麼做的！很顯然是有人要對付他，或者就是順帶拖我們下水。不說主動往坑裡跳，難道還不許反將一軍？您就這麼袖手旁觀嗎？」

顧妍拉著柳昱喋喋不休。

她還是無法接受顧修之喜好龍陽這一口，自小與二哥一道長大，對他的性情，顧妍好歹還有幾分瞭解，顧修之絕對一切正常。就算上輩子她死後成了鬼魂四處飄蕩，聽人說起大金秦王斛律成瑾不近女色，那也不過是潔身自好，可從沒聽說過秦王好男風。

二哥肯定是被人算計了！

顧妍心焦不已。昨日黃昏那個夥計就找上門來了，她因為外祖父的緣故被蒙在鼓裡，而如今一晚上過去，能發生多少事誰又知道？他不是喝醉了嗎？醉了神志不清的，還不是由人擺布？生米煮成熟飯，就是白的都能給人抹成黑的。

柳昱打著哈欠，任由她拉著自己衣袖，看了眼更漏，又繼續打個哈欠。

「外祖父！」

柳昱迷迷糊糊睜開眼，無奈極了。「行了、行了，知道了……」

一大早被吵醒，打著瞌睡讓人洗漱完，結果小丫頭就為了這麼點破事找他。

柳昱對顧修之其實不反感，除卻偶爾性子急躁火爆了些，還是個不錯的後生。在此之前，若柳昱不清楚顧修之的身分，只當他是顧妍的堂兄，那他也會器重這個小子的。可偏偏，他和阿妍之間，居然並非親眷。如此也罷，他竟還生出了一些不該有的心思……

柳昱看著顧妍，默默在心底嘆了口氣。他也是個凡人，七情六慾皆全，也會護短偏重。在顧修之和自己小外孫女之間，真要傷害一個，他當然毫無疑問地選擇護著顧妍。

柳昱慢慢揉起眉心。「妳別管，我有打算。」

顧妍靜靜地看著他，捏著衣袖的手指一根一根緩慢鬆開。她垂著頭，聲音顯得格外沈悶。「我從來都是個讓人操心的孩子。」

柳昱奇怪地看了她一眼。

「外祖父應該知道的吧，我小時候，和娘親不親近，和姊姊也有許多隔閡，一心想要討好我那個涼薄的父親……」

漫不經心地說起這些久遠的記憶，恍如隔世。事實上，也著實是上輩子的事了。萬劫不復是她罪有應得。她是蠢，是笨，是被豬油蒙了心，是把腦子餵了狗。

顧妍自嘲地笑笑。「我說不出自己都做過多少離譜事，二哥替我揹了多少黑鍋，現在想想，顧婷和李氏其實老早便居心不良，二哥提醒過我，我不聽，傻乎乎地任由她們牽著鼻子走，他就只好替我擋掉那些邪煞。」

二哥分明是個好玩愛吃的人，遇上好的，總要給她捎上一份。被安氏拘著讀書，只要她偷偷來找，就算被罰也要想盡法子溜出來。後來被打了，她哭著道歉，他就非要爬起來翻兩個筋斗，硬撐著說自己沒事。每次有個頭疼腦熱，除卻母親，最關心的無非是他，哪怕她因驚馬摔落懸崖，肯在崖底不要命地搜尋的，也只有他……

顧修之從小送她的東西能裝滿滿一個箱籠，她沒心沒肺地隨便亂放，後來再記起來想翻找，不過尋出寥寥幾樣。十年朝夕相伴，即便沒有那份血緣的牽引，他們之間也是親人，這一點無可否認。

因為經歷上一世的悲歡離合，所以更加珍惜這一世的擁有。她何其有幸此生不再孤苦無依，可她如此想彌補上一世的遺憾，哪怕一丁點。

柳昱沈默地聽她講完。顧修之的好，作為旁觀者，柳昱還能不清楚？只是這出自何本意，有待商榷，阿妍只是沒往那個方向去想。

「事情沒那麼簡單。」他無奈。

誠然，那個送上門來的酒坊夥計有點問題，柳昱當下就差人小心跟上他了，只是現在結果仍未可知。

既然有人上門說道顧修之的行蹤，管他是真是假，柳昱還是讓托羅去打探了。確實，顧修之被帶去了穆文姝那裡，可與此同時緊跟而上的，還另有其人。

「蕭二？」顧妍愕然。

「要沒有蕭泓在，我尋個由頭把人接出來就是，總有一百種方式讓人封口。可蕭泓這個小子，出入煙花風月場所，到底不是美談，顧忌著我們與鎮國公府的關係，只能擱淺。」

昨日也是天色晚了，樁樁件件不好打理，不過柳昱還是讓人在那裡監視，省得再出些什麼麻煩，倒是顧妍率先等不及。

顧姸忽地想起一個關於蕭泓的傳聞，她前世似乎聽過，蕭泓喜好男風，這也就不難解釋，為何蕭泓會在那種煙花之地流連忘返。

顧姸沒空去搭理蕭泓，可顧修之無緣無故被帶去穆文姝那兒，她便覺得匪夷所思。若說二哥與蕭瀝還能有些淺薄的交情，那和蕭泓又能好到哪裡去？至於和他一道去槐樹胡同尋歡作樂？她只能想到，顧修之是被蕭泓「請」過去的，又恰恰被人撞見了，就由此拿來說事。

正想著，外頭忽然一陣騷動，托羅急急忙忙地進來。「王爺，出事了！蕭二少爺在槐樹胡同裡出了事，顧公子將人打傷了，鎮國公震怒，出動了護衛將顧公子擒拿，現下都被抓進大理寺了！」

只簡單交代了一個梗概，顧姸與柳昱大驚失色。

柳昱忙問：「那蕭二呢？傷勢怎麼樣？」

托羅輕嘆道：「只剩一口氣了……」

顧姸腦子裡轟地一響，柳昱頓時氣得拍案而起。「他都在做些什麼！」

顧修之到底還有沒有點腦子？對方是誰啊，他做事之前不想好後果。鎮國公府的二少爺，顯赫之家的貴公子，他一個落魄子弟，不知道低調一點，在那裡顯擺什麼？

蕭家二房就這麼根獨苗，蕭泓有個好歹，鎮國公還能善罷甘休？五馬分屍都不夠還的！

顧姸腦子空白了好一陣，回過神來，喃喃道：「他不會無緣故這麼做的，一定是蕭泓做了什麼……」

托羅看了顧妍好幾眼，柳昱不耐煩地道：「行了，有什麼，一次都講完！」

托羅抹了把頭上的汗。「據言蕭二少爺昨日本該是去普化寺的，行至半道臨時起意就不去了，駕了馬車回來，也沒回府，反倒先去了槐樹胡同……鎮國公將穆文姝抓起來，私下審問過原來蕭二少爺從前隔三差五都要到穆文姝那兒去聽曲，他們二人往來久矣……」

穆文姝幹什麼勾當，滿城沒幾個不曉得，蕭泓和這麼個伶人交往密切，難不成還是表面上看到的無關風月？說出去幾個人會信啊？

蕭泓喜好龍陽的名聲一夜都傳開了。

「昨日跟著顧公子的人說，宅子裡一晚上絲竹琴音靡靡不斷，今晨雞鳴，還看到蕭二少爺去了顧公子的房裡，隔沒多久就傳出驚叫，蕭二少爺就被打了……」

那麼淒厲的叫喊，整個胡同都聽到了，直到後來蕭泓被鎮國公府的人抬回府，看見他滿頭滿臉的血，顧修之又被大理寺帶走，才算終於有點眉目。

各種說法漫天飛舞，說得最多的，無非就是鎮國公府二公子要欺辱良家男子，然而男子誓死不從，心起抵抗之意，於是就將人往死裡打……

饒是柳昱見多識廣，這時候都忍不住要爆個粗口了。聽多了富貴公子強搶民女的，可沒聽過還有人想著對男人下手……蕭泓簡直就是有病！到底哪隻眼睛長歪了，怎麼就看上顧修之了呢？就顧修之那樣的體格，直接能把人撂倒，他還非往上湊！怎麼就沒被人打死呢？

柳昱氣憤歸氣憤，卻也知道這事是難辦的，甭管是誰理虧，現在有事的到底是蕭泓不是？遭受損失的也是鎮國公府不是？蕭泓萬一有個三長兩短，顧修之這條命就別想要了。

別說柳昱不會醫術，在這事上幫不了忙，到底人家家事，柳昱一個外人插不了手，再加上顧修之和西德王府或多或少的關聯，勸導什麼的就別多想了，鎮國公沒遷怒已是萬幸。他就算想幫，那也心有餘而力不足啊！

面對顧妍巴巴的眼神，柳昱深感無力。

「妳在這兒杵著也沒用，還不如回去好好祈禱蕭泓那小子平安無事，他活得好好的，我才有機會想法子保住顧修之。」

很淺薄、很現實的道理，不用柳昱提醒她也能明白。只是柳昱能站在理性的方向分析，顧妍卻不得不感性。

被抓入大理寺的人是她的兄長！大理寺那鬼地方是人待的嗎？哪個人進去了不是脫層皮出來的？那些獄卒知道顧修之得罪鎮國公府，就算是變相討好，也要想法子往死裡整人。

要是蕭泓從不曾動過邪念，何來的今日種種？錯不在二哥，他只是那麼剛好的，被蕭泓連累進去……就因為他的弱小，所以就要遭受這些苦難，所以蕭泓能欺到他頭上！如果他不是顧修之呢？如果他現在是斛律成瑾，他們是不是還會毫無顧慮地為所欲為？蕭泓在動手之前是不是就會掂量一下自己有沒有這個本事？

權勢，多麼可怕、可敬又可畏的東西。

顧妍木然地轉身，背對著柳昱，深深吸口氣，而後一鼓作氣跑開。

柳昱默然了片刻，到底還是讓托羅去打探消息。

顧修之這事確實始料未及，若非今日鬧開，他想破腦袋也不會想出這麼個結果。若說此事僅僅是個巧合和誤會，那昨日黃昏上門來的酒坊夥計是怎麼回事？難不成還能未卜先知，料到了事情始末，所以特地上門來提個醒？可惜他沒放在心上，然後上演了這麼一齣好戲，讓他白白錯過了一次補救的機會？

呵呵，真要有誰操控這樣一手好戲，就真要成仙了。

柳昱敏銳地察覺這裡面還有點不對勁。他喚人進來，一身玄衣男子翩然落下。

若顧妍在場，定然就能識出，這個人就是蕭瀝的隱衛冷簫，曾經還供她使喚過一陣。只是這次，蕭瀝將他託給了柳昱使喚。

甭管出自什麼緣由，免費的高能勞動力，柳昱不用白不用。從昨日察覺到蕭泓和顧修之進出同一地後，他就讓冷簫去監察了。比起別人查到的東西，也許鎮國公更相信自己人。

「把昨兒的一切，原原本本再說一遍。」

自從一大清早蕭泓被抬進府門，鎮國公府二房就徹底鬧開了。

蕭泓面如金紙地躺在床榻上，渾身滾燙，神志不清，蕭二夫人哭得昏天黑地，蕭若琳就陪著母親低聲抽泣。小鄭氏面色不耐，蕭若伊端坐椅上，神情端凝，鎮國公更是一言不發。

耳邊絮絮叨叨都是金氏和蕭若琳的哭聲，金氏口口聲聲說著自己如何對不起亡夫，蕭泓要是出一點兒事她也不活了，蕭若琳淚水漣漣，連忙拉住她寬慰，惡狠狠地揚言要將顧修之碎屍萬段。

鎮國公臉色越來越青黑，蕭若伊感覺到祖父的壓抑隱忍，不由往金氏和蕭若琳的方向看一眼。偏生小鄭氏是個沒眼力見的，一邊安慰金氏吉人自有天相，一邊又大罵顧修之，還不忘將顧妍一道罵進去。

「不是一家人，不進一家門，這顧家就沒有好貨色，瞧瞧都養出了些什麼東西？有些人自以為和人家撇得乾乾淨淨就完事了，這骨子裡流的血還在，狗始終改不了吃屎！」

含沙射影、指桑罵槐，聽得蕭若伊一陣惱火。太皇太后去世讓她難過傷心了一陣，但她知道外祖母心中大快，趁著有生之年處置了平昌侯鄭氏一族，將小鄭氏的靠山連根拔起。

那時候蕭若伊被誣陷使用厭勝之術，是顧妍毫不動搖地維護她，後來太皇太后突然迴光返照，她雖不大瞭解情況，但看晏仲的意思，只怕也是阿妍身邊那個婆婆的功勞。莫逆之交，莫過於此！

「蕭夫人，捕風捉影的事還是少說為妙，您在這裡講講也就罷了，若在外面，少不得說您胡言亂語邪門歪道。」

鄭太妃在宮裡行巫蠱之術戕害太皇太后，揭露之後連累族人，鄭氏由此衰敗，蕭若伊與小鄭氏的關係越發水火不容，而這事簡直就是小鄭氏的逆鱗，當下惱得直指蕭若伊。「我是妳的母親！長幼尊卑，都被妳餵了狗？」

「德容言功，您也該重新學學了。」蕭若伊反唇相稽。

小鄭氏被噎得說不出話，蕭若琳忽地靜靜看向蕭若伊。

她的親兄長如今還生死不知，她們就在這裡吵些無關緊要的事……

鎮國公沈聲喝道：「都別吵了！」

恰好太醫從內室裡出來，一眾人忙擁上去。蕭若伊和蕭若琳都是姑娘家，不好摻和，這時只能留在隔間。

俗說家醜不外揚，蕭泓這傷本該是交到晏仲手上，只是上回晏仲被誤會了將太皇太后「起死回生」後，坊間關於他的傳聞便越來越離譜，晏仲煩不勝煩，心裡將顧妍從頭至尾、由內而外罵了個遍，到底是沒有出賣她將真相說出去。只如此一來，他便乾脆離了京都去躲上一陣子，誰知恰好蕭泓就惹上這麼件事？只得退而求其次，去請了太醫院的院判。

郭老太醫抹了把頭上的汗。「肋骨斷了兩根，現在是接上了，可臟器大出血，一時還止不住，藥都餵不下去，老夫一時無能為力……」

鎮國公臉色鐵青，金氏「哇」的一聲哭出來。郭老太醫這話，無異於蕭泓是沒救了。

鎮國公府傳承到現在，子孫輩已人丁單薄，兒子這一輩，唯獨一個蕭祺還活著，其餘盡都馬革裹屍。二房唯有蕭泓一個嗣子，要是蕭泓死了，二房就徹底絕後了。

鎮國公深深吸口氣，讓郭太醫盡力吊著蕭泓的命，郭太醫唉聲嘆氣地回去了。

金氏在床前痛哭，走出內室便恨道：「父親，今則遭此橫禍，您萬萬不可姑息！」

金氏口中的令則，自是指蕭泓。
鎮國公沈默了一陣，問道：「那妳說要如何？」
「以彼之道，還施彼身！」
鎮國公默然瞧著，突然覺得悲哀。他拄著枴杖挺直身子，聲音十分低沈。「妳說令則怎麼就招惹上這場禍事呢？」
金氏倏然一窒。
「前幾日令則還說得好好的，說要和同窗好友一道去沂山采風，夜宿在普化寺參禪悟道，還要尋一緣大師討論佛經……妳說，令則怎麼就躺這兒了？」鎮國公又一次問道。
要不是一大清早鬧出了這麼大的事，他估計還以為，蕭泓仍在沂山賞景遊玩。戎馬倥傯大半輩子，一切都看穿了，他也不求子孫個個成龍成鳳，能平安康泰生活，哪怕平凡過一輩子都是好的。他甚至覺得國公府風頭太盛，需要及時隱退。
蕭泓能安逸清泰地過日子，縱然各方面都不出色，鎮國公也不介意，對這個孫子十分放心。可就是這麼不操心的孫子，居然在那種花街柳巷裡出了事！
金氏心中亦是一緊，蕭泓和穆文姝的關係，金氏並不知情，她一貫不拘著兒子，也一直以為蕭泓謙遜有禮，哪知他會有這樣不堪的一面！
「令則的為人，父親難道還不知道嗎？他最孝順知禮了，一直都是好孩子。」金氏始終不信自己兒子會沾染這種惡習。「說不定就有人故意栽贓陷害，想要毀了他！清者自清，您明察秋毫，哪能隨著外頭的人胡言亂語？他們多半是眼熱國公府，故意往黑裡說。」

鎮國公面無表情。刑偵逼供他也會，要從人嘴裡挖出些什麼並不難，是真是假他自有評判準則。將蕭泓身邊的書僮、隨從問了個遍，他還能不明真相？只可憐天下父母心，在他們眼裡，自己孩子都是最好的。

鎮國公一時不想跟金氏多言，拄著枴杖就要出去。

金氏以為鎮國公就這麼放任不管了，急得在後面直喊。「今日如果躺在這裡的是令先，您可還會置之不理？」

鎮國公渾身一震，金氏不依不饒。「令先是您的孫子，令則難道就不是？他也姓蕭，也是蕭家嫡出的子孫，也是您的骨肉後代，就因為他不如令先優秀，您就要這樣對待他？國公府哪裡還有我們的容身之地啊？您要是不管我們了，我們走就是，免得還留在這裡給您堵心！」

小鄭氏忙拉住金氏，開始勸導，金氏順勢依著小鄭氏哭得又凶又急。

「夠了！」鎮國公捏著枴杖的手越收越緊。「自古慈母多敗兒，妳若是明點事理，令則也不至於這樣……」

蕭泓就是被金氏寵壞了，掛著精緻的面具，矇騙過別人……鎮國公想想都覺得心中陣陣生寒，縱使心中悲憤不已，到底也還是可憐悲哀這個孫子。他老眼含淚，連輪椅都不坐，一瘸一拐地離開。

小鄭氏不嫌事多地跟金氏耳語。「妳不該將令先扯進來的，國公爺最看重令先了，妳這麼說，他肯定不高興。」

聽到外頭吵鬧的動靜，蕭若伊與蕭若琳都在隔間沒出來，只是蕭若琳心中同樣生了根刺。

蕭泓與蕭瀝，她和蕭若伊，二房與大房，在國公府縱然沒有明確的界線，人人心裡自有一桿秤，他們和大房的人比起來，還是差了一大截的。

鎮國公府出了這種醜事，簡直在京城炸開了鍋。眾說紛紜的無非是家門不幸，出了蕭泓這等敗類，有辱門楣。相反的，顧修之被蕭泓逼迫，反倒成了那等弱勢個體，人們總同情弱者，何況蕭泓是自作自受。

因果循環，報應不爽，人人罵他活該。

鎮國公很惱火，他一方面雖心痛蕭泓表裡不一，可另一方面，又不得不為他討公道。到底是他的親孫子，是他已故二兒子留下來的骨血，現在生死不明，他還能不心疼？

金氏說的話即使沒道理，然手心手背都是肉，縱有所偏重，又能差多少？

顧修之，終究不能輕易饒了他！

冷簫將自己所見所聞，原原本本向柳昱稟報了一遍，眾所周知的無須再重申，冷簫要做的，不過是將表面看不到的一層完整呈現。

柳昱挑起一邊長眉。「姓顧的？」

原來那酒坊夥計是受人所託，前來西德王府報信，對方自稱識得顧修之，給了夥計兩角銀子，讓他跑腿。冷簫跟著夥計，就見他去與一個婢子回覆，那婢子竟還是個警覺的人，在胡同裡七拐八拐，就怕有人跟蹤，險些將他繞暈過去。

「是今年恩科的兩榜進士顧崇琅的府邸，那婢子是顧四小姐的貼身侍婢流蘇。」冷簫徐徐說道。

柳昱冷哼。「陰魂不散的東西！」

當初柳氏被顧家折磨，柳昱對顧家上下都有個大致瞭解。顧崇琅正是顧老爺子唯一的庶子顧四爺，至於那個顧四小姐，無非就是他的獨生女顧好。

顧四爺在顧家也算十分低調了，他那個閨女還常常被人稱道得體明理，原來都不過是表相！合該的……顧婼和顧好曾私交甚好，而今卻不相往來，能是為何？瞧瞧看，人家這在背後使刀子的本事可不小，這種人，不再往來也罷！

當然，柳昱還不至於以為顧好有這個能力引起什麼作用，她頂多也就是隔岸觀火，順帶來噁心噁心人。

冷簫繼續說：「今日一早槐樹胡同裡鬧得沸沸揚揚，一方面縱然是由於此事本身驚世駭俗，另一方面，也是有人在胡同裡大肆宣揚說穆文姝將一位公子哥兒帶回宅子，眾人存著看熱鬧的心態，反倒見證了一場大戲。」

而這場大戲的主人公，從本來的顧修之，最終變成了蕭泓。什麼叫自作自受？顧妤的初衷無非是要顧修之再添幾筆醜聞來噁心人，結果反倒誤打誤撞沾上了蕭泓。這樁醜事若說顧修之功不可沒，顧妤卻少不得有推波助瀾的意味。

吃不著羊肉惹上一身騷！惡人自有天收，柳昱這回反倒放了心，該煩惱的，是如何將顧修之搭救出來。

他正敲著桌子尋思，托羅滿臉羞愧地進來。「王爺，縣主要去大理寺，屬下攔不住……」

柳昱笑了笑。「你若是攔得了，我何至於在這裡頭疼？」

顧妍這倔脾氣，也不知道是隨了誰。

柳昱擺手說：「去柳府請暢元走一趟大理寺吧，她現在大抵就聽她舅舅的話了。」

大理寺的牢房又暗又潮，混雜了一股霉味和血腥氣，紀可凡領著顧妍去關押顧修之的牢房。

「修之重傷蕭二少爺，按照大夏律例，肯定是要追究刑責的，何況蕭二的身分不一般，大理寺卿不敢妄下論斷，怕鎮國公會不滿意，所以移交上頭，等待定奪。」

紀可凡是新科探花，卻沒走翰林的路子，而是先去了刑部觀政。大理寺是他常來的地方，顧妍運道好，遇上他，省卻了許多麻煩。

顧妍只問：「他有沒有受傷？」

「顧理正本來想先打他幾十板子，然而畢竟尚未定罪，動用私刑有違公道，就被擱置下來。」

也就是說，顧修之至少這時還沒受刑。

顧妍鬆口氣，想起顧理正說的是如今的大理寺正顧二爺。顧修之和顧家的恩恩怨怨釐不清，顧二爺無非是想要公報私仇！

「最裡面一間，我就不過去了，妳儘快些。」

紀可凡守在迴廊口，顧妍道過謝，便匆匆往裡去。

幽暗的牢房高高地開了一扇小窗，日頭照進來，慘白慘白的。顧妍只看到一個穿了灰白囚衣的少年靠坐在牆邊，怔怔地望著頭頂上方那截日光出神。

顧修之轉過頭，顧妍看到他面上青一塊紫一塊，驀然頓住。

顧修之匆匆別過頭。「妳來做什麼？」聲調拔得高高的。「回去！」

顧妍一言不發，固執地站在原地，兩人都是沈默。

終於是顧修之敗下陣來。「妳來做什麼，妳何必要來？」

「哥……」顧妍壓著嗓子，顫抖地吐出一個字。

顧修之渾身一震。「我很好，妳走吧，這裡不是妳該來的地方。」

「哥。」

「我讓妳走啊！」顧修之猛地站起身，扒到牢門木杆上恨恨地瞪向她。「妳一定要這樣嗎？給我留最後一塊遮羞布不好嗎？妳看看，妳看看我這個樣子。」

他指向身上髒兮兮的囚衣，蓬亂的頭髮，凝固的傷口，頹唐的模樣……像是一隻鬥敗的公雞，被拔光身上的羽毛，失去了所有的驕傲。

「妳都瞧見了，滿意了？」

顧妍眼眶微濕，雙腿灌了鉛一樣再邁不開一步。她使勁地搖頭。「不是的，不是這樣的……」

「不是哪樣？」顧修之沿著牆壁緩緩坐下來，埋到陰影中。

她不願見他自暴自棄的模樣。「二哥，別這樣，也不是那麼糟糕，凡事總有轉機……」

「阿妍。」顧修之突然低低喚了句，打斷她。他舔舔嘴唇上冒出的血珠子，又腥又苦。

「別管了，就當我求妳……長這麼大，我從沒求過妳，這一次，聽我一回吧。」

顧修之扒了扒頭，低低笑起來。「分明我是哥哥，妳才是妹妹，妳就永遠躲我身後好了，我們像小時候一樣，誰欺負妳，我幫妳揍他，妳想要什麼，我盡力滿足妳……為什麼要變呢？」他突然平靜下來。「妳知道我最討厭妳哪裡嗎？」

顧妍一瞬不瞬地看著他，目光平靜柔軟，顧修之「嘖」一聲。

「瞧瞧看，就是這樣……從什麼時候開始的？那個驕縱任性的小丫頭怎麼變成這樣了？那個會跟在我身後跑著，要這要那的小丫頭，怎麼突然性情大變了呢？自以為是，自作主張！」他雙目霍瞪。「妳以為自己是誰，什麼都能一手扛起？妳的小肩膀，我一拳砸下去就能碎了，滿口的大道理一套一套的，活像個老婆子！小姑娘就該有點小姑娘的樣子，別總以為自己什麼都能解決！」

顧妍還是定定看著他，看得顧修之撇開目光。

「我是清醒的。」掩飾般地抓了根稻草擺弄，他淡淡說：「揍他的時候，我的理智還在，可我偏偏要把他往死裡揍。」

顧妍道：「你瘋了！」

顧修之哈哈大笑。「對，我就是瘋了！所以，顧妍，幫幫忙，妳何必要理一個瘋子？」

顧妍走近兩步。「你只是不喜歡束手束腳。」

「別總一副妳很瞭解我的模樣！」顧修之跳腳。「我要的是什麼、我喜歡什麼，妳知道嗎？妳只看到我的表面，何時肯看看我心裡都在想什麼？我就是個平平凡凡的人，這輩子就沒想過要有什麼大出息，妳勸我強大起來，我去做了，然後把蕭泓打殘廢。我身世不明，如果不明真相，興許就這麼渾渾噩噩過一輩子，妳讓阿齊那找到我，讓我知道自己的養母，是殺害生母的凶手，然後我搞成如今這副死樣。妳把我害成這樣了，這時候還要做什麼？顧妍，我求求妳，放手吧！生死有命，富貴在天，我禁受不住了。就當做回善事，大發慈悲。是好是歹，都是我咎由自取，妳好好做妳的縣主，過妳的日子，這樣不好嗎？」

顧修之長長地說了一串，顧妍臉色倏地慘白。

窗口的日光打到她瑩白的小臉上，顧修之將那張精緻的面容一一映在眼裡。雙眸含上水光，她睜大眼，好像只要這樣，眼淚就不會掉下來。

二哥說得不錯，一切都是因為她。沒有她的話，二哥還是顧家的嫡孫，還在做著他的少爺，不會經歷這些膽戰心驚，是她將他拖到了這一步，空有好心，卻全然在辦壞事。

顧妍難過得直落淚。她一個勁兒地道歉，眼淚順著面頰落下，接連不絕。「對不起……對不起……」

「妳走吧。」顧修之淡淡說道，轉過身背對她。

腳步聲拖沓著走遠了，那細細如小貓叫的嗚咽聲也沒了。

他猛地轉身。

空無一人。只有靠近木杆處放了一只小繡囊。

顧修之連忙撿起來，裡頭裝的是一包窩絲糖。他拈起一粒放進嘴裡，甜得發膩，發澀，發苦。順著牆壁緩緩坐下，他張嘴狠狠咬在手臂上，血滴一點點落在乾稻草上。

阿妍，我不怪妳，妳幫我找到了我自己，妳不知道我有多感謝妳。我應該告訴妳，妳精明冷靜的模樣，有多迷人。

妳也不知道，我有多喜歡妳。

第四十七章

幽暗的廊道盡頭是一片慘白日光，顧妍踉蹌著跑過去，嘴裡像咬了一顆青梅子，一路酸到心裡。她慢慢蹲下身子，只看到不斷聳動的肩頭和極細極輕的抽氣聲。

守在門口的衙役面面相覷，紀可凡無奈，只好讓青禾扶著她去室內休息一會兒。再等紀可凡交代過外頭不許多嘴後回來，就見顧妍已經止了淚，微紅著眼，安安靜靜地坐著，既不哭也不鬧，乖巧得厲害。

「分明小小年紀，總讓人看得分外心酸……我倒寧願她還和以前一樣任性乖僻些。」

紀可凡想起顧婼曾與他這麼說起過自家妹妹，他有點難以想像，顧婼口中所說的顧妍，曾經是個讓人分外頭疼的小姑娘。突然感同身受，若他也有這麼個妹子，肯定捨不得她受一點委屈的。

相信修之的心情也是如此，所以，才會有剛剛那樣一番話。

青禾不免開始鳴抱不平。「小姐不過是關心他，顧公子真是，曲解了小姐的一番好意不說，還反過來責怪您。事情還不是他整出來的，不檢討自己，怎好都推到您身上？」

顧妍默然無聲，紀可凡便走近了，輕咳兩聲。「妳別太放心上了，修之的本意並非如此。」

「我知道。」顧妍吶吶說道：「他到底還是為了我好。」

欠債還錢，殺人償命，天經地義。法理常在，她能有什麼天大的本事，繞過了律法去？對方若只是個普通人，想法子私了便也罷了，可蕭泓的身分在那兒，是是非非根本沒法說斷則斷。說了那麼多狠心話，無非是不想她管他的事，不想她為他操心，不想她尋法子來給他脫罪……

她都懂，可依舊免不了自責。細想上一世的二哥，雖然在京都富貴圈子裡翻不起一個水花，但至少前期生活無憂，唯有後來一意孤行去參軍，「戰死」在遼東的土地上，搖身一變成了大金秦王。

這一世，他能有今天，何嘗不是自己一手促成？仗著有上輩子的記憶，自認是對他好，所以勸說支持他去福建從軍，掙了軍功回來，又透過蕭瀝結識了蕭泓。自以為理解他的內心，鼓動阿齊那告知他的身世……重情如他，怎會當作什麼都沒發生過？

顧修之今日得的果，都是她間接推動種下的因！顧妍何嘗不會內疚難過？按著上一世的發展不是很好嗎？他終將名垂千古，成為歷史的寵兒。人人只稱道大金秦王驍勇威猛，絲毫不會將他與大夏一個中等侯爵家的公子少爺聯繫到一塊兒。而現在，全毀了。全被她毀了……

顧妍仰起頭，啞著嗓子問：「就只能這樣嗎？」

紀可凡微怔，緩緩搖了搖頭，顧妍的眸子一瞬便黯淡下去。

紀可凡深知自己多說無益，想著大理寺不是她能長留的地方，便道：「妳出來這麼久，王爺該擔心了，早些回吧……修之這裡，除卻看上頭的意思，一時別無他法。」

顧妍隨著紀可凡走出大理寺衙門，季夏日頭毒辣，刺得她睜不開眼，只隱隱約約能看到一個赭色衣袍的男子迎面走來，便聽到身旁的紀可凡行了禮。「信王殿下。」

顧妍渾身一震，匆匆低垂下頭。

夏侯毅也未曾料到會在這裡遇見顧妍。自上回成定帝大婚時宮中一別，他便再未見過她。不僅如此，他也再未與蕭若伊有過聯繫。

夏侯毅大概知道，與表姑的交情大致就到此止步了。顧妍說得不錯，這世上從未有什麼如果，他既然作出了選擇，後果也該承擔，無所謂理解寬容，無所謂誰對誰錯，他們各自都是站在不同的立場。

可心裡的空洞隱痛日漸加深又是為何？反反覆覆出現在夢裡揮之不去的人又是怎麼回事？

夏侯毅只深深看著她，總覺得她與那個影子，慢慢重疊起來。直到紀可凡都察覺不對勁了，低低提醒了一句「信王」，夏侯毅這才猛然回神。

他是個閒散王爺，成定帝又讓他隨便領個散職。說是成定帝的意思，其實無非是魏都暗箱操作。吏部、戶部、禮部、工部，滿眼的肥差，早不知被魏都塞了多少人進去，相較而言，刑部冷清許多，訴訟審理自有一套，夏侯毅只需三天打魚，兩天曬網。

顧修之和蕭泓的事鬧得那麼大，顧妍大概是因為這個才來的。

氣氛沈默下去，顧妍和他無話可說，草草地行過禮，便對紀可凡道：「紀師兄，我先回去了。」

原不過尋常打一句招呼，夏侯毅卻雙目霍瞪。

紀可凡頷首，自主地退開一步，然夏侯毅卻不由上前抓住她的腕子。

顧妍猛地一驚，手上一片溫熱，略帶薄繭的指腹，緊緊扣著她纖細的手腕。有一種陌生又熟悉的感覺傾瀉而出，激得她渾身冰涼。

「你做什麼？鬆手！」顧妍厲喝。

「妳剛剛說了什麼？」夏侯毅抓得更緊，指向紀可凡。「妳剛剛叫他什麼？」

顧妍不明所以。「我喚他什麼與你何干？信王，請注意您的身分！」

夏侯毅渾然不覺，固執地盯著她看。「妳剛剛喚他師兄，妳稱呼他師兄！」

師兄！

輕輕柔柔的語調，一下酥軟到心底。那一瞬，耳邊唯剩那兩個字。他不會聽錯的，和夢裡那個女孩一樣，那個女孩就是這麼說的！

夏侯毅頗為激動。他始終覺得自己都是在作一個毫無邊際的夢，折磨了這麼久，在身邊反覆尋覓那個聲音的主人，他幾乎都要放棄了……

難怪從第一眼便覺得顧妍熟悉，他們早該神交久矣，這就是佛道中常說的緣。

顧妍驀地掙脫開他的手，後退好幾步，青禾忙擋到她的面前，紀可凡涼涼說道：「殿下，您逾越了。」

逾越不逾越，夏侯毅沒空管，他目光清透，一一落在顧妍身上。「配瑛，是妳，那個喚我師兄的就是妳對不對？」

顧妍心中猛地一緊。她是曾經喚過他師兄，可那都是上輩子的事了，他怎麼可能知道！

「我聽不懂您在說什麼。信王，不說我們總共只打過幾次照面，您與我非親非故非友，我怎麼可能無緣無故喚您師兄？您的老師，是文淵閣大學士沐非沐大人，而我與沐大人可沒有任何師生關係……」顧妍按捺住內心的躁動不安，冷笑起來。「殿下想必是糊塗了，您的師妹，應當是沐七小姐才對。」

夏侯毅神色微變。確實，顧妍說得一點都沒錯，他們二人，怎麼會是師兄妹？

夏侯毅的錯愕、驚疑通通落在顧妍眼裡，顧妍終是慢慢鬆了口氣。他沒有前世的記憶，這一點她可以肯定，若是記得，他沒必要這時還做出一副不知情的模樣。可為何，他會想起來他曾經是她師兄？

夏侯毅忽覺頭疼欲裂，臉色發白。支離破碎的片段一幅幅拼湊，又消散，斷斷續續地。似是有個女子喃喃低語。「下輩子，我不要再遇到你。」

夏侯毅剎那失神。

「阿妍。」

大理寺前慢慢停下一輛馬車，柳建文從馬車裡走出來，目光輕掃一圈，觸及到夏侯毅時頓了一瞬，倒是很快地行禮問安。「叨擾殿下了，阿妍頑劣，不知是否給殿下帶來麻煩？」一邊說，一邊喚著顧妍。「給殿下賠個不是，殿下寬宏大量，不會計較的。」

顧妍按著柳建文說的給夏侯毅賠禮，夏侯毅卻僵著身子不知如何是好。

「殿下寬容，配瑛將才無狀，還請恕罪。」

少女清亮的聲音一字字落在夏侯毅耳中，刺得他陣陣悵然。他很想和她好好談談，然而瞥了眼柳建文，最後吐出口的，還是一句「無礙」。

顧妍再福一禮，轉過身便跟上柳建文，上了車馬，慢慢走遠。她靠坐在車壁上，懶散無力，像是一瞬被抽走了全身的力氣。

柳建文撚著手裡的一串佛珠，淡淡說了句。「唇薄眉淡，尾端上翹，前額不夠寬敞的男子，注定的薄情寡義，優柔寡斷。」

顧妍歪在窗口。「舅舅什麼時候還會看面相？」

柳建文輕笑。「這不是看面相，是大致識人知事的本事。」

顧妍終於抬起頭看過去，舅舅平和的目光，恍似包羅萬象。她長長吸口氣說：「我作了個夢。」

雖然從未對舅舅坦白過前世，但他們彼此心知肚明，舅舅從不過問她，她也從不多言。但這一刻，她卻突然很想將一切都傾吐出去。

「娘親病逝，姊姊遠嫁，衡之慘死，我跟著舅舅、舅母生活，一直到十六歲那年……」小姑娘淡淡敘述著前世，面色如常，彷彿全然事不關己。

柳建文猜測過她前世的遭遇，然而現實與想像，終究還是有很大的出入。比原先還要震驚。

「信王拜在舅舅門下，尊您為師長，您也曾經和我說過，他的面相不好。」顧妍笑起來。「到底刀子不是割在自己身上，娘親耽於情愛，葬送自己，我卻還執迷不悟，不知悔改。」

「阿妍。」柳建文低喚。

「舅舅知道我都做了什麼嗎？」顧妍紅著眼，抬頭看他，伸出一雙瑩白如玉的纖纖美手。「我這雙手，沾了好多人的血……」

她似乎總在不斷地給人添麻煩。前世種種還不夠，得了教訓，今生還是沒長腦子！她都在做什麼？都做了些什麼？心裡有道坎，始終過不去。

一個浴血歸來的人，她可以對傷害過她的人事物迎難而上，毫不手軟，但對待身邊的溫情物事，總是心懷忐忑，惴惴不安，生怕一個不留神，被老天收了回去。這種心情，數年來雖慢慢變淡，但從未消散，直到今日顧修之出了事，藏於心底的膽怯無助，一瞬間全回來了。

柳建文沒讓她繼續說下去。「其生若浮，其死若休。」他伸出手，拍拍她的腦袋。「莊周夢蝶而已，妳是將這一切看得太重。」

「看得重……不好嗎？」顧妍茫然無措。

柳建文嘆道：「無所謂好或是不好，日子都是自己過的，夢裡的一切，沒辦法成為阻擋妳人生的絆腳石。從很早以前我便想與妳說的。傻人才有傻福，都道慧極必傷，妳執迷不悟，無非還是庸人自擾。」

顧妍沈默了很久。「若是庸人就好了……」

「看吧，還是很有自知之明的。」柳建文失笑。「阿妍的不平凡，天知地知，妳知我知。老天爺沒讓妳博古通今，妳就該燒三炷高香了。」

見顧妍破涕為笑，柳建文肅容道：「既然是夢，有這個機會重來，就不是要按著夢裡的軌跡按部就班。它可以是妳的優勢，卻不能成為妳的限制，人活在當下，最重要的是成長與學習……」他想了想又說：「去我那兒住些時日吧，我慢慢教妳，正巧妳舅母也挺想妳的。」

顧妍無精打采地道：「二哥的事，還沒解決呢。」

冷不防被人敲了個爆栗，顧妍捂著額頭。「舅舅？」

柳建文白她一眼。「就妳這點小能耐，管什麼用？還是老老實實待著吧！」

顧妍卻聽出了點別的意味。「舅舅，你是不是有法子？」

「我能有什麼法子？」柳建文賣起關子。

顧妍就盯著他看，柳建文只得擺擺手，壓低聲音說：「鎮國公決定私了，這件事還不至於鬧大。」

顧妍十分驚訝，那蕭泓可是鎮國公的親孫子啊！鎮國公怎麼可能如此不重視？

柳建文搖頭說：「妳別問我，我也不曉得是為什麼。」說到這裡不由頓了頓，滿含深意。「也許，妳應該去問問那個巫醫。」

顧妍這才想起來，自從蕭泓那件事傳揚出來，就再沒見過阿齊那的身影。她自己就為二哥的事焦慮，哪有空還去在意阿齊那的動向？

顧妍心思千迴百轉，隨著馬車停下，她率先跳出，急急跑進王府，柳建文淺笑，撩開簾子，遠遠瞅了眼。

都還以為重生是件多麼了不起的事，占著未卜先知的能力，趨利避害，但於個人而言，何嘗不是折磨？阿妍也是陷進去了……

顧妍火燒火燎地往正堂去，柳昱正半倚在太師椅上，眼尾一斜，瞥見遠遠疾走過來的人，捧起一盞茶就慢條斯理地喝著。「捨得回來了？」

「齊婆婆呢？」

柳昱無奈，氣悶地乾脆不說話了，柳氏搖搖頭，表示自己也不知。

顧婼便拉過她坐下來。「一早就沒見人，景蘭去她房裡看了看，東西歸置得整整齊齊的，除卻帶走兩套換洗衣物，卻是什麼都沒動。門房倒是有看到她提了包袱離開，原還以為是妳吩咐她做什麼事來著，便沒有多問。」

如此看來，阿齊那是走了？她跟著自己一路從遼東來到燕京，二人雖稱不上主僕，然關係亦非一般，怎不打聲招呼便離開？

顧婼低聲問道：「二哥怎麼樣了？」

「還能怎麼樣？一條小命保住了不是？」柳昱放下茶盅，淡淡開口。

顧妍難免要詢問到底發生了什麼。

柳昱聳聳肩。「我也不知道，托羅剛差人去打探來著，這案子本來是移交給上頭，誰知鎮國公突然就差人去將申訴撤回來……這態度擺明是沒打算鬧開。大約蕭泓傷得不重，鎮國公又不想鬧得家喻戶曉，人盡皆知蕭泓是個斷袖。」

若阿齊那沒有莫名其妙失蹤，顧妍大抵也會這樣想。外祖父他們到底還是不全知曉阿齊那與顧修之之間的牽連。

反觀鎮國公府裡又是一陣雞飛狗跳，郭太醫本來都放棄希望了，再次被請來會診時嚇了一跳。蕭泓的傷勢都好了，表情平靜，既沒有高熱，脈象也沒有異樣。

「竟、竟然好了？」

居然一點兒事都沒有？是什麼樣的醫術，能讓一個將死之人起死回生？這太過匪夷所思了！

郭太醫跟見了鬼似的，鎮國公卻長長鬆了口氣。「真的沒事了嗎，你要不再看看？」

「老夫這點還是看得準的……」郭太醫剛剛已經看過很多遍了，還狠狠掐了一把自己的大腿。他眼睛晶亮。「究竟是哪位聖手，有這種本事？老夫不才，想請教一二。」

鎮國公諱莫如深。「恐怕不大方便。」

郭太醫深知這種高人都有某些怪癖，雖然遺憾，但也不多勉強。

金氏感動得落淚，雙手合十，感念亡夫在天之靈，激動了許久，回過頭便與鎮國公道：「父親，您絕不能放過顧修之！」

鎮國公臉色端凝，轉個身就回了外院。

那是個駝背的老婆子，聽見動靜了，抬眸望過去，淺笑了笑。「可滿意了？」

「妳有這麼好心？」鎮國公坐下。「昆都倫汗十五年前既然答應了罷手，這時候妳再來做什麼？」

阿齊那像是聽到極好笑的事。「大汗既然答應過您，勢必是會遵守承諾。」

鎮國公不置可否，阿齊那目光陡然落在他那條虛軟無力的右腿上。「鎮國公的腿傷還沒痊癒嗎？這些年了，是治不好，還是不想治？當年叱吒風雲、呼風喚雨的大將軍，今也垂垂老矣，不得不說真是歲月不饒人了。萬幸的是，鎮國公後繼有人……」

「妳也不是來敘舊的，有什麼事就快說！」鎮國公不耐地打斷。「這裡到底是大夏，不是你們女真的地盤，顧修之一條命的去留，我想我還是可以說了算的。」

阿齊那容色微凝，慢慢就笑開了。「您若當真想要了十九殿下的命，何至於此時與我多言？罷了，這個不提也罷。大汗正在重建金國，諸事繁忙，無暇顧及其他，又奈何思子心切，眼下又出了點小麻煩，十九殿下不肯聽我的……正想請鎮國公幫個小忙。」

乍聽說昆都倫汗的意欲，鎮國公倏然一驚。

恍恍惚惚的，似乎有個人說：「即便沒有你蕭遠山，我斛律可赤有朝一日，照樣可以令天下俯首稱臣！」

關外殘陽如血，風聲赫赫，那駿馬之上的人，拍著胸脯，信誓旦旦地承諾，而後揚長而去。

他不屑，他嘲笑。

一個蠻子，還妄圖一統中原？十五年前的他不信，只當作笑話來聽，所以自甘廢去一腿，成全那人的恩情，所以這麼些年他從不與女真正面交鋒……而今十五年過去了，那個人如當年所言日漸強大，可他依舊不信。

阿齊那看清鎮國公眸中的輕蔑，神情也不復原先的客氣。「鎮國公，蕭二少爺已經無礙，於您而言並未有何損失，至於所謂的聲名受損，無非是他自作自受，您只能認了。」

見鎮國公臉色有點不大好看，阿齊那不再多言，順勢站起身。「鎮國公，我言盡於此，三日之內，希望能看到我想要的，如若不然，蕭二少爺會如何，我可不敢保證。」

語畢，便頭也不回地往外頭去，將將踏過門檻時，她聽到鎮國公低聲問了句。「你們究竟想要什麼？」

見她驀地頓住，鎮國公以為她不會再說話了，卻在她身影消失的剎那，語音輕緩地響起。「您成全您的忠肝義膽，我們謀我們的萬世太平。」

萬世太平……即便高祖在世，恐怕也沒有這個自信創萬世太平。斛律可赤，好大的口氣！

大夏的皇帝碌碌無為，醉生夢死，而區區蠻夷，還能有此雄心壯志。鎮國公不知是該感到可笑還是嘲諷。

顧修之最終被判發往遼東充軍，金氏對這個結果十分不滿，害她兒子遭這麼大一個罪，最後卻只判充軍，不是太便宜了他？金氏說什麼也要為兒子討個公道。

「公道？」鎮國公冷笑不已。「妳若嫌令則還不夠丟人現眼，就只管去！最好鬧開了，讓所有人都好好看看，我蕭家的二少爺，是個喜好龍陽的紈袴！」

金氏被噎得不行，偏偏無法反駁，蕭泓身邊的小廝、書僮都纖弱秀美，可她從未往這個方面去考量，然而自從這件事惹出來，金氏大概就曉得怎麼回事了。

這般一想，臉色驀地煞白，她剛剛發落了蕭泓身邊的幾個書僮，直接賣去了倌館，蕭泓知道後一聲不吭，始終盯著一個方向。

身為母親，孩子的某些小習慣她還是清楚的，金氏知道他不高興了，心裡就是一沈，恨不得揪了蕭泓打一頓，可到底是捨不得，只說要去將穆文姝那個令人發落。

蕭泓眼皮微抬，道：「母親這麼做，恐怕不適合。」

金氏氣得肝疼。「一個伶人我難道還左右不了？你是太看不起你母親了，還是捨不得？」

蕭泓沈默了一陣說：「母親好歹是個夫人，和一個伶人計較，未免自降身分……自然，母親可以不聽我的，我無所謂。」

無所謂！無所謂！要是真的無所謂就好了！

金氏甩袖就回去，她寧願兒子將來恨她，也不想留下這麼個後患，將來羈絆了兒子的前路。

後有聽聞穆文姝暴斃於自家宅院裡，死因如何，全憑各自揣測，此為後話不提。

蕭泓好男風的名聲終究還是宣揚出來，這種事在富貴圈子裡並不少見，不過人家都是背著偷偷養一、兩個孌童，真要是大白於天下了，面子上哪裡還過得去？看熱鬧是人的天性，鎮國公府出了這樁醜聞，少不得成為京中人茶餘飯後的談資，更少不得拿蕭泓與其他人比較。

就算不提及鎮國公府先輩的豐功偉績，或是蕭泓父輩的忠勇大義，便說蕭泓同輩的堂兄蕭瀝，如今人家還在關中剿匪，為君分憂解難，而同為蕭家子孫的蕭泓與之相較，高下立現，說的話自是不怎麼好聽，金氏痛心疾首的同時，又無可奈何，急於去尋個宣洩口。

恰恰冷簫前來稟報蕭泓出事當日的相關事宜，從前晚有人前往西德王府通風報信，到次日天明有人在胡同口大肆宣揚，鬧得人盡皆知，再到蕭泓被抬出宅院引人側目……金氏一字一句聽得分毫不差。
冷簫是蕭瀝的護衛，是自己人，鎮國公當然樂意相信冷簫說的話，何況還有憑有據。
「是誰！」金氏沈聲問道。
這是有人要給她兒子下套！不對，一開始或許是針對顧修之，可是偏偏帶累了她兒子。若是沒有那人從中作梗，與許蕭泓這樁醜事還有可能瞞天過海。
人總是這樣，對於現下不滿，就開始悔恨，假設莫須有的東西，不管合不合理，只為得到自己心中期待的那個結果，金氏恰恰便是如此。
柳昱深知這點人性，剛好利用起來，而冷簫出現的時機，也正是他算好了的。既然有人想法子來噁心他小外孫女，他就自有辦法噁心回去！自己造的孽，就得自己去承擔。
金氏毫不費力地知曉了顧妤的存在。說來金氏與于氏還有些淵源，金氏是中山侯家的嫡女，于氏與金氏的母親是表姊妹，二人說來也算是表親，只這層關係已經十分淺薄。可這麼乍一說起，金氏還是有印象的。
尤其是上回顧三夫人李氏的兒子佪哥兒的抓週禮，小鄭氏回來後曾與她提起顧家的四小姐顧妤，當著眾人的面還稱呼小鄭氏為姨母，金氏笑兩聲就揭過去了。
打秋風的親戚到處都是，她沒必要和一個小丫頭計較太多。如今看來，不計較不行！
金氏怒氣沖沖的同時，顧妤也已經失眠了好幾日，天知道她只是想教顧妍難受一陣子而已，誰知道就這麼剛好地觸霉頭，撞人家槍口上……那個蕭泓，沒事出來瞎鬧騰什麼！

事情鬧開，她縱然是為顧修之鋃鐺入獄而欣喜，可也後悔自己為何要進去插這麼一腳！萬一人家追究責任的時候，把她也拉進去了怎麼辦？鎮國公府的人要怎麼看她？她以後該如何面對蕭瀝？

顧妤甚至不敢跟顧四爺和于氏說起這件事。她悄悄地讓流蘇典當了首飾，拿著銀錢給先前自己安排參與這事的人，讓他們通通閉上嘴，又日日吃齋唸佛，祈禱老天保佑自己諸事平安順利。

等過了幾天，沒有任何風吹草動，顧妤大大鬆了口氣，然這慶幸不過轉瞬，便聽說于氏的兄弟，新任順天府尹，被查出了貪墨而遭大理寺收押。

前任順天府尹，因為誣衊栽贓西德王被查辦罷職，這新上任的于府尹，正是于氏一母同胞的兄長，上任至今，不足半年。都道是新官上任三把火，于府尹不搶著做出點成績來，反倒是先貪上了！人只道他吃相未免太難看。

于氏悚然大驚，她兄長可是個老實人，熬了多少年才熬出頭，怎麼可能一上任便貪墨？

顧二爺已是大理寺正，于府尹被抓入大理寺，勢必有卷宗記載，顧四爺只需和顧二爺打過招呼，便可知曉前因後果。

顧四爺翻看了一下卷宗，最終確實是貪墨無疑。「怎麼會這樣？我舅兄的品行我還算是清楚的，他為官清廉……」

顧二爺似笑非笑地斜睨著他。「老四，當官的，哪能真的纖塵不染？只要不是做得太過分，大家各自心照不宣，能不能好好的，但看有沒有人揪著你的小辮子不放。你舅兄貪得也不算多，比他荒唐的大有人在，怎麼就偏偏查到他的身上？」

顧四爺沈吟了一會兒。「是他得罪了什麼人？」

「除此之外，也沒有其他解釋了。」顧二爺愛莫能助。「把貪了的錢吐出來，然後免職還鄉吧，這件事不麻煩。」

顧四爺別無他法，只好照辦。

于氏便唉聲嘆氣起來。「大兄自己也不知是得罪了哪路神仙，他處事小心謹慎，何況對方定是大人物，他哪能不給臉面？」

顧四爺哪裡知道，遇上這種事，只能自認倒楣。

于氏家族並不興旺，兄長算是中流砥柱，現在兄長垮了臺，對于氏娘家而言，是一重擊。

原以為這樣就算是完了，第二日東城興泰賭坊又出了一起小鬧劇——一個喝得爛醉的賭徒輸得精光，還嚷嚷著說自己有錢。他握了一位富貴小姐的把柄，要多少錢，人家就得送多少來。

這種吹牛皮的人屢見不鮮，大家原也沒當回事，誰知他脫下鞋子，取出了一對羊脂玉的木蘭耳墜道：「看到沒？這就是那個小姐給的！」

羊脂玉成色十分好，外頭鋪子裡賣的上等貨色也不一定比得上，這麼一來大家反倒是有些信了。不免追問是哪家的小姐，又有人問是什麼把柄，那人就透露說是北城顧家的姑娘。

這北城姓顧的也就那麼幾家，顧老爺子一家子早便遷往南城，唯有分出去單過的顧四爺留在北城。排除篩選一下，不難鎖定目標。

顧好開始陸陸續續收到原先典當出去的首飾，通過門房送還到她手裡，于氏勢必會知曉，問她是怎麼回事，顧好苦著臉說不出話來。

顧四爺下了衙，就回來問顧好。「外頭說妳什麼，妳知道嗎？」

顧好極少見父親這麼氣怒的模樣，顧四爺扔了一對耳墜出來。「這是妳娘送妳的，玉料還是我開庫房找出來，請了師傅雕刻完成的，上頭的花紋獨一無二，妳說我會不會認錯？」

顧好嚇得臉色慘白。于氏送她的東西數都數不清，這麼一對耳墜看著普普通通，充其量就是玉料好了些，值些銀子，她哪裡還記得這麼多。

顧好轉著眼珠子，想尋理由解釋，顧四爺頓時恨鐵不成鋼。「好兒，妳一直都很乖巧，也極少讓我失望，我是該引以為豪，可是妳瞧瞧，妳都做了些什麼事？」

顧好一下跪在顧四爺面前，于氏見不得女兒傷心，忙拉她站起來。「好孩子，妳快說說，妳都做了什麼，怎麼就惹上了這些事？」

顧好沒法子了，只好一五一十通通講出來。「我真的沒想這麼多，也根本不知道蕭二會在裡頭，更不知道本來是該顧修之出來丟人現眼的，怎麼就突然換了個人。」

顧好難過極了。「娘，我真不是故意的，這都是意外！」

顧四爺攢著眉心頓感無奈，大斥道：「糊塗！好兒，妳什麼時候變成這樣了？人家做什麼干妳何事，妳何必去橫生枝節？顧妍、顧修之過得好不好，妳去在意做什麼？再如何，妳還能越過他們，也成了縣主去？做人的自知之明呢？妳是越來越異想天開了！」

顧四爺大動肝火，顧妤抿緊唇，憋著眼淚，倔強地抬頭。「是啊，我讓您失望了，我越活越回去了！父親難道不明白嗎？即便沒有我從中作梗，您以為這件事就不會發生了？就不會有人知曉了嗎？」

顧妤嗚嗚啼哭。「那就是蕭泓的命數！是他活該，憑什麼還要怪我啊！」

顧四爺閉上眼。「我現在是和妳說這件事嗎？不要避重就輕！」

顧妤一窒，霎時沈默了。

于氏不忍道：「好兒也是難過的，你就不要再逼她了，快想想法子怎麼解決吧，好兒好好的名聲，哪能隨意讓人壞了？她未來還是要嫁人的……」

顧四爺長嘆。「妳們歇著吧，我去尋父親拿主意。」

幾乎顧四爺的身影一消失，顧妤就撐不住地大聲哭出來。「她們多了不起啊？人家有個當王爺的外祖父，人家是先帝欽封的縣主，我能有什麼呀？我哪裡比得上？」

顧妤一個勁兒地抱怨，于氏聽著霎時心酸不已。

這是在責怪他們做父母的沒本事嗎？她知道女兒心高氣傲，想著要比別人活得更出色她也能理解，可為父為母的，自認為將最好的給了她，她卻視作雞肋，說心裡不難過那也是假的。

顧四爺去了顧宅，就直奔顧老爺子的書房，將來龍去脈說了一通，羞愧道：「原是好兒不懂事，畫蛇添足，如今就遭人記恨，都尋釁上了門。雖然沒有指名道姓說是好兒，可北城姓顧的就那麼幾戶，免不得就有人對號入座。好兒及笄了，聲名重要，哪能容人敗壞？鎮國公也是一介好漢，怎地能這樣陰損。」

顧老爺子冷笑道：「你覺得是鎮國公做的？人家吃飽了撐著來對付一個小姑娘？這種招數一看就是內宅夫人慣用的伎倆，國公府難道就一個鎮國公撐起場面了？其他人都是死的？姑娘家的名聲有多重要？人家擺明是要毀了好兒！」

顧四爺渾身一震。「您是說……蕭二夫人？」他有些難以置信。「蕭二夫人與我們還有些拐著彎的親戚關係，這麼做，未免太狠了！」

「你兒子要是出了這岔子，你狠不狠？」顧老爺子怒喝。

顧四爺沈默許久，說不出話來。

顧老爺子搖著頭說：「好兒太莽撞了！」

莽撞行事不說，在出事後居然想著自己解決，還給人揪住了尾巴。

顧四爺尷尬得不知如何作答，只好催促道：「父親快想想法子，如今看來，于氏的兄長貪墨被抓也是因為這個。」

顧四爺就這麼一個女兒，顧老爺子就是不幫也不行，沈吟了許久才道：「現在也只有一個法子了。」

至於是什麼法子，顧老爺子只請了李氏過來一趟。

過沒幾日，就傳出汝陽公主要在京都貴女中尋一名德藝雙馨者做伴讀。能侍奉在公主身邊，沾一沾皇家的運氣，那也是了不得的事，多少人擠破腦袋想要得到這個資格。

然而上頭輕飄飄一句話，這個名額便落在顧妤身上，眾人一看簡直不得了。

顧妤？不是前段時日還有人說，顧家四小姐聲名有垢，和什麼亂七八糟的人有了首尾嗎？怎麼眨個眼的工夫，人家就成了公主伴讀了？能成為公主的伴讀，這品格及才能方面若沒有一點過人之處，必然是不合格的，皇家又怎麼可能允許一個名聲不好的人擔任伴讀？肯定是誤會了……

頓時紛紛唏噓不已，這樣誣衊人家小姑娘，委實太說不過去！原先的謠言四散而飛，反倒是對顧四小姐的讚揚溢美之詞絡繹不絕。反觀先前那個賭徒，被人亂棍打死在街上，據說，是因為偷竊了哪家的東西。如此一來真相大白，都是這個惡棍在胡說八道！

于府尹貪墨一案被判冤枉，官復原職，先前的損失這下全部討了回來。

顧妤興奮不已，一聽說全是靠了李氏的功勞，便更加勤快地往顧宅跑，與顧婷好得堪比親姊妹，對待佪哥兒更是無微不至。

李氏將一切看在眼裡，不過一笑置之。

第四十八章

顧修之與其他犯人一道充軍的那日是個豔陽高照天，毒辣的日頭炙烤，曬得人眼暈。

顧妍站在高高的城牆上望過去，長長的隊伍綿延到遠方，戴著枷鎖的犯人浩浩蕩蕩出發，個個身著灰白的囚服，乍一看過去，只餘密密麻麻的人頭，黑壓壓一片。

顧妍只盯著其中一個看了半晌。他僵直著身子，拖著沈重的腳鐐，卻始終沒有回頭，但他一定知道自己正在看著他。

蕭若伊撐著傘，走近了幾步。「妳就不去道個別？」

顧妍沈默了一下，搖搖頭道：「不必了。」

她將他的人生搞得一團亂，這時候再去給他送行，還有什麼意義？再說二哥不會希望自己狼狽不堪的一面被她看了去的。他其實，也有他的驕傲……

顧妍轉過身，不再去看。

蕭若伊快步跟上，猶豫了一陣道：「阿妍，其實顧公子大可以不至於此，這事本也是我二哥的錯，何況他現在完全好了，身體根本無礙，顧公子也是受害人……」

顧妍腳步不停。日頭炎炎，照得她眼睛乾澀，睜也睜不開。

蕭若伊先前與她說，國公府來了個醫術了得的郎中，將蕭泓給治好了，郭太醫被嚇得一愣一愣的，佩服得五體投地……聽下人說，好像還是個老婆子。
一個醫術高超的老婆子，顧妍下意識便想到阿齊那。也是，二哥有難，阿齊那怎麼可能還會袖手旁觀？從知曉阿齊那無故失蹤之後，她便猜到了，可阿齊那既然出手，又怎會眼睜睜地看著二哥發配邊疆？
顧妍忽地笑了，低悶的沈笑從胸口發出來。
「阿妍？」蕭若伊驚愕。
顧妍抹了把臉，什麼都沒有。從一開始就清楚的。阿齊那的本事不小，她不過是藏鋒罷了，離開昆都倫汗卻到她的身邊來，縱然沒有惡意，又豈是表面上看起來的單純？
二哥被發配充軍，怎麼不去西北，而去遼東？一切早就算計好了……
顧妍搖頭悶笑。「都結束了。」
阿齊那達成她的目的，二哥也乖乖去遼東，毫無反抗，興許以後還會有關於他的消息，又興許他們日後還會有機會再見。
可那個時候，二哥還是不是二哥，顧妍便已經不肯定了。
天氣漸涼，入了秋，顧婼和紀可凡的婚期也近了。柳氏忙裡忙外為女兒操持，柳建文則依言將顧妍接去柳府。
中秋將近，顧妍便去將前年釀的桂花酒起出來。全靠她一個人挖土，柳建文吩咐過不許讓人幫她。顧妍一直以來負擔太重，需要的是一個發洩口，許多事憋在心裡難受又說不出來，就透過消耗體力來達到宣洩作用。

蒔花弄草，澆水施肥，這些活兒全是顧妍親手去做。明氏看著心疼，還悄悄埋怨過柳建文，可看著顧妍日漸開朗的面容，也不再多說什麼。

白日勞累，晚間泡過澡後沾床便睡，顧妍已經許久未曾再作過那些噩夢了。清晨睜開眼的時候神清氣爽，氣色也比從前好了許多，等累了的時候，就靠著樹休息，真的許久沒有這樣輕鬆快意過了……

高暖的秋陽映在臉上，突然卻被個一塊陰影擋住了光亮，她微微睜開眼睛。

高大的男子站在面前，逆著光看不清他的面容，沈潤綿長的目光緩緩落在自己身上。眼前晃晃蕩蕩不斷的，是他腰間綁縛著的那根蝙蝠絡子，紅豔豔的。

顧妍一時無比驚訝。

「妳在做什麼？」低啞的語調，悶笑聲憋在胸膛，輕柔和緩。

好像有個人也這麼問過自己。

同是在柳家的宅院花園裡，卻是個雪後放晴的日子。早兩年和夏侯毅一起埋的雪水到時候了，她想到師兄和舅舅最喜歡喝雪水煮的茶，便興高采烈地親自來挖。

前世的自己一身寒症，碰不得涼的東西，可那次偏偏一意孤行。累了、倦了，直接便靠著樹坐下來。冬日的陽光很暖，舒服得讓人昏昏欲睡。

半夢半醒間，有個人擋住她的陽光。

她睜開眼，看到的是個俊美無儔的男人，有點面善。

迷迷糊糊地聽到那個人低聲詢問：「妳在做什麼？」

回憶一時湧上來，顧妍只覺得，那個人的身影彷彿與眼前人合二為一。

「怎麼了？」蕭瀝看她呆愣，不由伸出手，在她面前晃了晃。

半彎著腰，那垂著的絡子晃得更厲害了。

「真醜……」顧妍伸手拉住那只絡子，仰起頭看他。「你就是這麼一直戴著？」

蕭瀝點點頭。他從關中歸來，將一切交接完，去西德王府找她，卻得知她在柳大人這裡，又一路找過來。就見她倚在樹邊，像是一隻曬著太陽的小貓，迷糊又可愛，使他疲乏倦怠的心情好了許多，他忍不住湊近了少許，想看看她什麼反應。

她驚是有的，喜卻不見得，他心裡多少有點失望。

顧妍拽著自己編的那個絡子，默然了一會兒，猛地抬頭，卻因太著急了，頭頂磕到他的下巴。

蕭瀝悶哼一聲，不免失笑。「妳就是這麼歡迎我的？」

「你怎麼樣？」顧妍急急忙忙起身，有些無措。「你怎麼突然就出現了？」

這回就輪到蕭瀝沈默了，他看了顧妍一會兒，好笑道：「怎麼？沒睡醒？我都站這兒好一會兒了……」頓了頓，便低下頭，望進她一雙黝黑的眸子裡。「剛剛夢到我了？」

顧妍怔了好一會兒。俊美的臉近在咫尺，溫熱的鼻息噴灑在臉上，莫名地面上發燙，不由自主後退了一步。「我根本沒睡著，怎麼會夢到你？」

說著這話，卻是有些窘迫。她只是，突然間想起了一些事……

蕭瀝直起身子，看到她微紅的耳郭，淡淡彎了唇。

老槐樹下挖開了一個土坑，旁邊四散著一些工具，顧妍剛坐的地方旁還有一把小鐵鍬。

「妳在挖什麼東西？」他抽著鼻子聞了聞，濃郁的桂花香，還有點酒香，便笑問：「是桂花酒？」

蕭瀝拿起小鐵鍬，繼續著沒做完的工作，顧妍想來幫忙，被他揮揮手趕去一邊。「這個我來就好了，妳去那邊坐著。」

顧妍只好往石桌旁走去，慢慢坐下，看著他小心又仔細地挖著酒罈旁邊的泥土，一種似曾相識的感覺湧上心頭，挾帶著畫面浮上腦海——

「妳在做什麼？……抱歉，我是不是打擾到妳了？」

放眼望過去，眼前都是一片白茫茫的，漫天雪光刺得她眼睛生疼。

高大的男子披了件猞猁皮大氅，俊眼修眉，輪廓剛毅。

「你是誰？怎麼會在這裡？」

擾人清夢，顧妍的語氣也不怎麼好。

那個人默了片刻，拱手說道：「在下蕭瀝，是來找柳大人下棋的。剛路過的時候，看到這裡好像有人坐著……冒犯姑娘了。」

謙和有禮的模樣，顧妍卻不買他的帳。

蕭瀝，她聽說過這個名字。西北的小戰神，曾經是多少人心目中的英雄豪傑？卻做得出將幼弟推入池塘溺斃的事情！為此，他丟了世子之位，還去西北避風頭。這樣狠心的人又怎麼會是表面上看起來的謙潤？

顧妍皺著眉，站起身抖去身上的碎雪，按著最基本的禮數行過禮，便指著梅林深處道：「舅舅的書房在那裡，你沿著這條小徑直走就到了。」

心裡卻在嘀咕，舅舅為何會無緣無故找他來下棋？師兄身為舅舅的門生，想和老師手談一局尚且尋不到機會，而這個人，憑什麼得到舅舅的青睞？

顧妍心裡在為夏侯毅抱不平，蹲下身繼續開鑿雪下被凍得硬邦邦的泥土，堅如磐石。手指隱隱痠痛，全沒力氣，握著小鐵鍬的手拿都拿不穩。

已經走開幾步的人復又返回，看了看她。「需不需要我幫忙？」

長年習武，蕭瀝的體格強健，體力也定然比她要好上許多。她本只想自己挖開雪水給師兄烹茶，可現在看來，癡人說夢了。

慢慢放下鐵鍬，顧妍搖搖頭道：「你是客人，哪有讓客人動手的道理？我去找家丁來就行了。」

蕭瀝默了瞬，彎腰將鐵鍬撿起來，自顧自地挖土。很奇怪的人。這是顧妍的第一感覺。

蕭瀝很快幫她挖出那罈雪水，用砂土將口封得死死的，裡頭的水似乎是被凍住了，搖一搖沒有半分動靜。

顧妍道過謝，他頷首之後便自行離開。

等顧妍將雪水化開烹了茶，夏侯毅淺淺嚐了口，淡淡地笑，也不說是好或是壞，彷彿與平日裡用井水烹煮的茶別無二致，她滿心的期待陡然落空，本想著去舅舅書房請蕭瀝喝上一盅，然而她到的時候人已經走了，唯剩下案桌上一盤殘局。

黑白二子交錯，她大致數了數，平分秋色，談不上誰更勝一籌。

舅舅摸著下巴，還在研究棋局走勢，表情十分愜意，還有讚賞，大概是覺得，蕭瀝是個很好的棋友。

她才想起來，上次好像也是在舅舅的書房裡見到蕭瀝，難怪方才覺得他格外面善。

陷入回憶的人恍惚了好一陣，直到有人在她面前打了個響指，顧妍才回過神。

沾滿泥土的酒罈被擺上桌面，他好笑道：「怎麼又走神了？」

顧妍默然，忽地抬頭仔細地盯著他瞧，從眉至眼，從挺立的傲鼻到薄唇，再到堅毅光潔的下巴。她發現，其實從沒有好好看過他，不知道他的入鬢長眉尾端微翹，他笑的時候，左邊臉頰上有一個很淺很淺的酒窩，不知道原來他的睫毛那麼濃密纖長。

蕭瀝被她看得臉熱，伸出手抹了抹臉，不自在地咳道：「我臉上有東西？」

顧妍驀地問道：「想喝茶嗎？」

蕭瀝微怔，她淺笑說：「突然間想烹茶，不知蕭世子能不能賞臉一品？」

蕭瀝當然樂意。

顧妍找人送來茶具，淨手焚香煮茶，烘烤茶餅的時候，她抬頭望了他一眼。「很順利？」

從離開燕京去剿匪至今日回歸，不過三月有餘，她原先的預料，覺得起碼要半年。

蕭瀝挑起一邊長眉，想起臨走前顧妍與他說過的話。似非而是，模稜兩可。一開始他並未放在心上，可真到了關中，遇上那夥農民團伙的首領，不僅要感慨命運之奇妙，也會偶然莫名想到顧妍當初說的話。

意外收穫……確實是了不起的收穫。

「妳是不是早就知道什麼？」蕭瀝不免問道。

顧妍神色如常，將烘乾的茶餅取出來搗碎，篩成細末。「你指的是什麼？」

水蔥一樣嫩白的手輕輕晃動，目所能及皆是那一抹亮白。

蕭瀝笑了笑，不再追問。若有一日她願意說，自然會完完整整地傾吐。「妳可知我遇到了誰？」

顧妍心中有數，只是這個時候，卻順著他的話問。

「妳還記不記得蘇鳴丞？當年我們墜崖，被一起關起來的那個人？」蕭瀝的眼睛微亮。

這些年他最慶幸的，無非就是當初接住了從馬車裡橫飛出來的小丫頭。分明是個嬌嬌弱弱的人，面對那種險境，還能不哭不鬧，神情坦然，直到他抓住了她，才終於有一點點怕。

她的膽子很大，或者說，有時候她的反應實在是慢了半拍。

顧妍擰眉細思。「蘇大海？那個黑瘦的少年？」

蕭瀝的面色變得有點古怪。「嗯，是他沒錯，不過現在他有些……壯碩，一開始我並沒認出他來。」

顧妍覺得好笑，他大概是想說，蘇鳴丞現在胖得連他娘都不認得了。

蕭瀝便將在關中的事大致說了一通。

兩方談判的時候，蘇鳴丞盯著蕭瀝看了半晌，突然便一掌拍在他肩膀上，稱兄道弟。蕭瀝感到莫名其妙，聽他自稱大海，總算有點印象，又上上下下打量了好幾遍，勉強還能夠從他的輪廓裡識出這個人。

怪不得蕭瀝眼拙，實在是……蘇鳴丞的變化頗大。原先竹竿子似的人，體型翻了好幾倍，挺著肥碩的肚子坐下來，還要人扶著。

既然是老熟人，要談起事來就方便許多，同時也省去了許多冗雜的步驟。

蘇鳴丞被逼至此，著實並非本意，關中大旱，鬧起蝗災，農民顆粒無收，朝廷的賑災餉銀發下來，經過層層油水的剝奪，根本沒剩多少，要不是被逼得沒法子了，怎麼可能會帶人起義？都是些農民，不過就是求個溫飽。

紅泥小暖爐裡的茶水沸了三遍，一杯亮黃色的茶湯倒在他面前的杯裡。

蕭瀝端起來嗅了嗅，卻遲遲不肯喝。

顧妍好笑道：「你做什麼呢？再不喝就涼了……還是怕我下毒呢？」

他有些不好意思。「我不懂品茶，也說不出好壞。」

相較於那些文人雅士，他唯一拿得出手的，大約就只有棋藝，至於其他的，也許用武力方式解決更痛快。

顧妍不由一怔。她上輩子欠了他一杯茶水，所以這時候來補上，而她上輩子為夏侯毅煮了多少次，最後都是人走茶涼，從未被這樣尊重地對待過。

「沒關係，不需要你懂。」她坦然地笑。「茶水無非是用來解渴，在乎那麼多文謅謅的做什麼？我也沒有那些個只為知音烹煮的破規矩，全看心情……」

香味習習，溫熱的茶湯潤過喉嚨，入口微澀，細品回甘。說不出好壞，卻比以往喝過的都要特別。

顧妍又問起剿匪的事。「所以，你不費一兵一卒，就把蘇鳴丞招安了？那些被吞了的銀子呢？中飽私囊的都揪出來了？」

蕭瀝點點頭。「整理了一份名冊，已經呈上去了。」

這不是得罪人嗎？如今的成定帝可不管事，甚至連大字都不識得幾許，每每去御書房批閱奏摺，也無非就是給人做做樣子。對著滿紙天書似的玩意兒，還有個能幹的在身邊指點說道，成定帝當然懶得管，扔給魏都去，自己樂得清閒自在。

張皇后偶爾有些看不下去了，奉勸上一、兩句，成定帝倒也聽，然而不過是轉個身的片刻，便又通通丟到腦後。張皇后即便有心要效仿賢后激勵奉勸，可惜成定帝根本就是個扶不起的阿斗，她也無能為力。冰凍三尺，非一日之寒。這種狀況並非一、兩日形成的。

成定帝的懦弱無能，魏都的狡黠詭譎，注定了此大勢所趨，而柳建文對此只說了四個字。「順其自然。」

廟堂之高，終究還是離她太遠，半點心急不得。顧妍縱然心有不甘，斷不可能這個時候越過層層阻隔去對魏都做些什麼。

這些日子的心境也算是慢慢改變許多。她並不是一個拿得起放得下的人，相反的，她既念舊，又記仇，可是再刻骨銘心的東西，隨著時間流逝，都會慢慢變淺變淡。反倒是從前被忽略掉的種種，那些不經意間就從指縫裡溜走的東西，卻讓她想要一一撿起來收藏把玩。

顧妍的目光緩緩落在對面捧茶的蕭瀝身上，他正目不轉睛看著暖爐裡沸騰的爐水，咕嚕咕嚕地冒著泡泡。

顧妍福至心靈。「你渴了？」

蕭瀝微怔，眉峰向中心微攏，不禁抿了抿唇。他確實是渴了，可還沒有到難以忍受的地步。茶具中的杯子就那麼點大，能有多大的容量？潤唇還不夠的。

顧妍喚來綠繡去取幾只茶盅，忽然樂得笑出聲來，聲音清亮如銀鈴，十分歡快。

他不明白她究竟在笑些什麼，卻感覺到她變了許多，比從前樂觀開朗多了。他喜歡看她瞪圓眼睛跟他置氣的模樣，像是被惹毛的小貓，豎起渾身漂亮雪白的毛髮齜牙咧嘴，色厲內荏，有趣又可愛。

蕭瀝跟著彎了唇。

兩人說了一會兒話，顧妍差人將桂花酒收起來，帶他往內院去。「伊人在舅母那裡，你回來了應該還沒見過她吧？」

蕭瀝默然。在他去關中期間發生了不少事，太皇太后病逝，平昌侯垮臺，蕭泓險些被打死，顧修之被發配遼東……他雖然不在京都，卻不代表他不清楚這些。

太皇太后年紀大了，早前便有過險死還生的經歷，他們有了心理準備，並非難以接受。蕭泓自作自受，連鎮國公都擱置一旁不予理會，畢竟是二叔唯一的骨血，打不得罵不得，罰了他閉門思過、冷靜反省。

可顧修之被發配遼東，顧妍又是用什麼樣的心情去面對的？蕭瀝想從她的神色中找出一些不同來，卻毫無破綻。

蕭瀝任由顧妍帶自己去內院，他先去拜訪柳建文，與他下了局棋，又順便去精舍找蕭若伊。沒看到明氏，倒是見著了顧衡之。

蕭若伊甩了個香囊給他。「看你的都舊了，掛著出去也不嫌寒磣！」

顧衡之低頭看了眼，繡了垂絲海棠的香囊灰撲撲的，著實老舊了。這還是幾年前顧妍給他繡的，那時候大冬天，他身子弱出不了門，又想見垂絲海棠，所以顧妍特地給他繡了個。這幾年已經很少佩戴，可還是老了、舊了，湊近去聞，香味都所剩無幾。

顧衡之喃喃說：「我覺得挺好的。」

又比對了一下蕭若伊給他的，繡工明顯都不在一個等級上。

好醜……顧衡之在心裡默默加了句。

蕭若伊臉色鐵青。「我聽見了。」

這個豬頭！根本就說出來了好嗎？還嫌棄她繡得醜！

蕭若伊伸手就要去搶回來，顧衡之趕忙背到身後。「送出去的東西，哪裡還能要回去，這是我的！」

「本姑娘還就樂意了，你管得著？」

顧衡之左躲右閃，身形靈活，奈何小辮子被一抓，只能乖乖被拉回來。蕭若伊開始扳開他的手指拿香囊。

顧衡之扯著嗓子就喊。「救命啊！搶劫啦！來人啊，搶劫啦！搶劫啦！」

「別嚎了！」蕭若伊鬆開手，整了整衣襟，送他一個白眼。「你也不嫌丟人！」

顧衡之嘿嘿直笑，拿起香囊，湊到鼻尖聞了聞。雖然繡工不怎麼樣，可這香味，卻十分沁人心脾。他趕忙放進懷裡收起來，傻笑道：「謝謝啊。」

蕭若伊「嗤」一聲，轉過頭的一瞬又忍不住彎起嘴角，只是上翹的弧度在看見院中站著的那個人時，僵在半途。

「蕭大哥！」顧衡之蹦躂著跑過去。「你什麼時候回來的？」

「剛回。」蕭瀝失笑，伸手拍拍他的肩膀。「長高了。」

顧衡之立即挺身抬頭，拍著胸脯道：「當然，再過不久就能和你比肩了。」

「得了，你先高過我再說吧。」蕭若伊懶懶地說，往他身邊一站，顧衡之比她還矮了個天靈蓋。

他乾脆踮起腳尖比劃。「妳看，這不就比妳高了？」

「幼稚！」

互相逗趣的兩個人樂此不疲，蕭瀝神色輕鬆地看著他們。原先因為久別而產生的那一點點陌生感，這個時候似乎煙消雲散了。

蕭瀝帶著蕭若伊回國公府，鎮國公要為長孫接風洗塵，缺了主角可不行。

小鄭氏便悄悄將蕭瀝看了一番，暗暗攥緊了帕子。數月不見，她發現自己居然十分想念這個人。聽說他回府，便換了身衣服，重新梳妝打扮去迎接，卻被告知世子爺已經出門了，晚上回來的時候是和伊人一道回的。

明氏是蕭若伊的老師，她每隔幾日便會去柳府，不用說也知道蕭瀝去了何處。據說，顧妍那個小賤人近期也是在柳府住著。

她不用腦子想也知道蕭瀝幹什麼去，小鄭氏頓時氣得心肝直疼。可她不能夠表現出來，心裡明明十分在意，此時卻只能以繼母的身分，表示恰到好處的關心，不能過分殷切……就像是心裡梗住一般，直讓人想嘔血。

恰逢蕭澈想要吃擺放很遠的東坡肘，拉著身側的乳娘要給他挾，乳娘便給他挑了個最大的，蕭澈開心地笑，大大咬上一口，糖汁沾了滿嘴。

蕭澈如今快十歲了，心智卻只是個三歲孩童，小鄭氏極不待見他，又見他滿嘴油膩，不由狠狠瞪他一眼。蕭澈便打了個哆嗦，慢慢放下豬肘子，扳著手指，不敢再碰，十分委屈。

蕭瀝皺起眉，鎮國公不免呵斥。「妳這是做什麼，孩子吃個東西還不准？」

「哪能呢？父親您想太多了，我是怕澈兒吃得太急了噎到。」小鄭氏臉色有點不大好看，說著，便起身到蕭澈身邊，拍了拍他的後背，十分慈愛的模樣。「澈兒是我十月懷胎生下的，身上掉下來的一塊肉，我心疼他還來不及，哪裡捨得糟蹋他？」

蕭澈睜著一雙和小鄭氏一模一樣的丹鳳眼，怔怔地盯著面前這個女人瞧。

小鄭氏心裡莫名抽了一下，酸疼酸疼。生蕭澈的時候，她疼了兩天兩夜。產婆說是難產，還問起蕭祺是要保大還是要保小，小鄭氏那時心中十分酸澀，在肚子裡安了十個月家的小傢伙，要是沒了，她也捨不得，何況那時的自己急需要一個孩子傍身，穩固地位。

她拚著一口氣將蕭澈生下來，眼睛很漂亮，嘴唇紅紅的，跟自己長得很像。小鄭氏先確定了是個男孩，便長長鬆口氣，倒頭睡去。
給他取名為澈，是願他滌盡浮華，心如明鏡。開頭幾年，她對待蕭澈確實是無微不至，可隨著蕭澈漸漸長大，她越來越發現蕭澈的智力有點跟不上，三歲的孩童連一句話都說不清楚，將將才學會走路。
請了晏仲來看，晏仲只說，是當初在肚子裡憋久了，憋壞了腦袋。
小鄭氏如遭雷劈，這才意識到，自己居然生了個傻子！報應，這是上天對她的報應！
她開始疏遠蕭澈，不願見到這個孩子，哪怕蕭澈好不容易學會了喚娘親，小鄭氏也只甩給他一個背影。
至今看著這個孩子，眼神一如既往的澄澈。也是，心智只有孩提的人，目光能夠複雜到哪裡去？
在鎮國公面前，小鄭氏表現得對蕭澈十分關懷愛護。
大概血緣真的是種很奇特的東西，即便小鄭氏平時淡漠，但親緣之間本能的牽引，讓蕭澈不由自主地靠近小鄭氏，滿嘴的油膩擦在她鮮亮名貴的衣服上，小鄭氏容色僵了僵，又溫柔地拿絹帕擦拭蕭澈的嘴角。
鎮國公心中有數，這時候卻也不拆穿，溫馨又和樂的畫面，就算是粉飾太平，也總比劍拔弩張來得好看。他笑了笑，便舉杯恭賀蕭瀝凱旋。
蕭祺心裡就有些不大舒服。三個多月，不費一兵一卒，完美解決，用最和平的方式將那群農民軍招安……呵，響馬盜賊，什麼時候也這麼講道理了？

蕭祺飲下一杯清酒，滿臉欣慰。「令先越來越能幹，繼承了你祖父的衣缽，將來蕭家就要靠你光耀門楣了。」

金氏聽到這話，心裡就陡然不舒服，蕭若琳在桌下悄悄握住金氏的手。

蕭泓還在思過，未曾參與此次家宴，可他們二房還有人在，聽到這種話，哪能沒有丁點兒想法？二房式微，大房比二房本就占了個「長」字。蕭泓平庸，前頭又出了這種事，更被人瞧不上眼，鎮國公府如今只有靠蕭瀝才能出頭。雖是事實，但真的堂而皇之說出來，讓人如何作想？

鎮國公輕咳兩聲。「國公府也不需要令先做什麼豐功偉績，現在這樣很好。」

金氏的臉色終於好看了些，蕭祺吶吶應是。

蕭瀝始終沈默寡言，蕭若伊悄悄斜睨他一眼，也悶聲不響地吃東西。

好好的一頓家宴，氣氛卻有些凝重。唯有在飯後到隔間花廳飲茶時，蕭祺按捺不住，詢問起關中賊匪之事。

蕭瀝淡淡看了他一眼。「沒什麼，就是普通的劫掠。旱情嚴重，顆粒無收，朝廷餉銀不到位，當然把人逼上了絕路。」

「這群尸位素餐的東西！」蕭祺氣怒地拍案，又問道：「那你怎麼解決的？被吞了的銀子都教他們吐出來了？」

蕭瀝默然喝了口茶。不知道是不是因為喝過顧妍烹煮的，這時御賜的雲霧茶含在嘴裡，根本索然無味。

「吞下去的東西，再吐出來有什麼意思？再說，能吐得乾淨？」

蕭祺聞言更急切了。「那你是怎麼做的？」

蕭瀝淡淡睨過去，蕭祺咳了聲說：「為父這也是關心你。」又轉向鎮國公道：「父親，令先能解決這件事，您難道一點也不好奇？」

鎮國公老神在在。「他自有他的法子。」

蕭祺不由就被噎了下。

蕭瀝默然了一會兒才說：「當然是先抓了幾個以儆效尤，吐了點東西出來，後來便要當地官府組織募捐……某些豪強當然做做樣子，不過總有鐵公雞一毛不拔還哭窮。」

既然哭窮，那就把人家出帳進帳挖出來給人瞧瞧，若是還要臉，就別擱那兒裝孫子。

蕭祺目瞪口呆。「這……這不是耍無賴嗎？」

鎮國公卻哈哈大笑。「遇上厚顏無恥之人，就只能夠比他更加厚顏無恥。」

蕭祺不敢苟同，這還叫做能屈能伸？設身處地，若是他處在相同境地，他絕做不出這種事來。

附和著鎮國公笑了一陣，蕭祺隱晦地瞅了眼自己兒子。他安然坐在那處，別人問什麼，他就答什麼，看似恭順，循規蹈矩，實則句句沒有說在點上，好像就是在敷衍他！

大概是從小就不在自己身邊，蕭祺越來越看不懂他了，蕭瀝今兒個一回來就先往宮裡跑了趟，一摺子遞到龍案前，全是這次賑災貪污的名單，成定帝給他面子，竟然親自審理，魏都臉色都不好看了，千方百計差人來問他，蕭瀝還留了什麼後招。

蕭祺這才後知後覺地猜到，原來此次貪污受益最大的，是魏都這個閹人！只怕那張名單上，有一大部分都是他的黨羽……

蕭祺與魏都也算是有某些利益上的牽扯，何況魏都心誠，送了東市好幾家收益可觀的鋪子契紙，只為打探個消息。他倒是盡心地來問了，可自己兒子這張嘴，死活都撬不開！

蕭瀝喝了盅茶，就往自己院裡去。幾個美婢簇擁上來，全是他沒有見過的新面孔，豐滿、膚白、秀美，帶來香風陣陣，他頓時蹙眉。

「誰教妳們來的？」

側身避開她們，蕭瀝神色冷硬如冰，其中一個身穿青碧色馬甲的婢子走上前，低眉順眼道：「世子多日未歸，夫人吩咐這寧古堂上上下下，都交由奴婢們整理，如今您回來了，自是由奴婢們來伺候。」

又是那個女人。

「我的事教她少管，先管好自己吧。」蕭瀝冷聲說，大步往屋裡走，身後的人還想跟上，被他瞪了回去。

「砰」的一聲甩上門，只餘屋外一干美婢面面相覷，她們只好往小鄭氏的院子回報。

屋內的光明明滅滅不斷，跳動著，雀躍著。

小鄭氏問著那個身穿青色比甲的婢子，尾音微顫。「他這麼說的？」

「奴婢不敢胡說。」

小鄭氏便深深吸口氣，按捺住心底湧上來的怒氣，揮手讓人退下。一瞬像是脫了力，癱坐在紅木圈椅裡。

「你到底要什麼……她有什麼好？」

她看向妝檯上的水銀鏡。裡頭的婦人明豔妖嬈，眉眼含俏，像是一朵開到極致怒放的海棠，女人最美麗的時刻，遠不是青澀豆蔻，而是花信過後，風韻猶存，姿容絕麗。就像是一顆熟透的黃梅子，香甜、誘人。

可這樣子的她，他卻看不上。也是，這份禁忌的感情，根本於世俗難容，全不過是她癡人說夢……

可她這樣百般求而不得，為何有人就能不費吹灰之力，輕易收入囊中？

人比人，從來都是氣死人。她原先妒羨自己嫡姊，能夠入宮為妃，得聖上專寵，可最後落得千刀萬剮的結局。她仗著自己家族勢大，耀武揚威，現在卻得像鬥敗公雞，夾著尾巴做人。

小鄭氏閉眼沈吟，能聽到有遠遠的啼哭聲，雜亂的腳步聲響起，有人叩響房門說：「三少爺要找夫人……」

「找什麼找！把他嘴堵上不會嗎？」小鄭氏煩不勝煩。

這個傻兒子，也是她的剋星！從懷上他時就注定了，她的一生都要被這個傻兒子牽絆，就沒有一件事是順利的！

她的好運氣，早在十多年前就用完了……

第四十九章

顧妍這一晚難得地沒有睡好，莫名其妙地，腦子裡晃過許多畫面——十里長亭處煢煢孑立的玄衣少年；棋室對弈鏖戰正酣的淡漠男子；梨花紛飛中單槍匹馬的末路英雄……

不知為何心底突地泛酸，有很多話想說、想問，但支離破碎的片段，卻完全拼湊不到一塊兒。

翻來覆去在錦被中輾轉幾回，眼睜睜瞧著槅扇外的天色漸漸變亮，顧妍想起很久之前作過的一場夢。從方武帝時太子東宮的賞花宴上回來，印象最深刻的不是梨園美景，也不是而今成定帝表演的那一齣傀儡戲，而是在馬車上時，作過的那個似真似假的夢。

身著玄色鎧甲的男子騎了匹高頭大馬，獨自應對著周遭數以百計的騎兵，那些人被他逼得節節敗退，而他身上也早已插上幾根長槍。

亮堂堂的大刀揮下，他毫無抵抗，從容赴死，一顆漂亮的人頭滾落在滿地梨花瓣裡。

滿頭大汗地睜開眼時，天色已然大亮，顧妍伸手抹了把面頰，掌心汗津津的，一片濕膩。回憶起方才的夢境，依舊覺得心有餘悸。

許久之前的那個夢早已變淺變淡忘了大半，根本無從想起。她隱約還記得自己想要過去瞧瞧那顆頭顱究竟是長得什麼模樣，可惜並沒有機會……

但她現在看得清清楚楚，那張面孔她絕對不會認錯，是蕭瀝！

昭德四年，金軍犯邊。大金秦王斛律成瑾率領十萬騎兵自喜峰口攻入長城，深入京畿，短短一月之內，攻昌平、轉良鄉、奪寶坻、下定興、入房山……勢如破竹，大小戰役五十餘場，大夏連陷十二城，損失慘重，至鉅鹿一戰，蕭瀝寡不敵眾，力戰而亡。

直到部下事後為其收殮屍體，才發現他重甲之下，還穿著麻衣，被血染得通紅。

鎮國公駕鶴西去，那時正是蕭瀝的孝期……

他生前凶名在外，為人凶狠，人人都道他是有皇蔭庇佑在身，無法無天，但誰都無法剝奪或否認他的勞苦功高，這些顧妍不是不曉得，那時她以魂魄狀態，遊走四方，聆聽著各個角落裡的聲音。

她還記得那個揮刀砍下蕭瀝頭顱的人……分明，就是二哥啊！可惜這麼多年，某些細節一點一點地被她下意識避開。

有許多事，不能光靠眼睛看，卻需要用心去感受。有多少東西被她忽略、遺忘，現在想要一一撿起來。可真當血淋淋的事實擺在眼前，她要用何種心態去面對接受？

她捨不得……站在今生的角度去看待前世，她一點都捨不得。

顧妍臉色憔悴蒼白，明氏一早過來看她的時候還嚇了一跳。「這是昨晚沒睡好？」

柳建文見她狀態好了許多，顧婼婚期又近了，姊妹兩個該有許多話講，便讓她今早就回去西德王府，明氏是來幫忙看著有沒有什麼好收拾的。

明氏愛憐地撫了撫顧妍的頭頂，吩咐人再加一碗紅棗薏米粥。「補血益氣，多喝點。」又問衛嬤嬤。「東西收拾好了沒？有什麼缺的、漏的都點一點，馬上添齊了。天氣轉涼，阿妍畏冷，先頭用雪狐皮子做的大氅，都帶過去。」

衛嬤嬤連連點頭。「都差不多了，箱籠歸整出來，抬上馬車便是，王府什麼都有，其餘不用擔心。」

明氏愣了愣，失笑道：「是啊，瞧我這都糊塗了。」

顧妍小口小口喝粥，乖巧又聽話，仰起頭笑道：「舅母，好甜啊。」

「知道妳喜歡，特意多加了兩塊冰糖。」明氏捏了捏她的小鼻子，然後就在她對面坐下來，目光柔和又溫暖。

顧妍常常見舅母如此，無論前世或是今生，都是這樣愛憐的、溫和地望著自己。舅舅、舅母沒有自己的孩子，據說是因為舅母自小先天不足，壞了根基，不易受孕。所幸舅舅不是家中長子，不需要承擔傳宗接代的義務，而他自己本身也不是十分看重這個，後來收了紀師兄當義子，也算是後繼有人。但於舅母而言，始終都是心裡的一個遺憾疙瘩，也因此對丈夫心懷愧疚。

前世舅母便對她視如己出，無微不至，現在也是不捨吧。

顧妍把一碗粥喝得乾乾淨淨，接過青禾遞來的漱口水。明氏則給她拿了件水紅色的披風，彎下身子為她繫上。

「清晨霧氣重，秋意濃涼，車裡給妳墊了厚褥子，妳就瞇一會兒，醒來就到了。」明氏見顧妍似乎有點不習慣穿這樣豔麗的顏色，便道：「小姑娘家朝氣蓬勃的，穿亮色顯得人也精神，何況喜事近了，也該喜慶些。」

顧妍想想也是，不做多想。

衛嬤嬤說都已經準備好了，明氏就牽著顧妍往外走，短短的一條道上絮絮叨叨的。

顧妍看了看府中張燈結綵，仰頭問道：「已經開始準備成親的事宜了嗎？」

「早備著了，子平和婼兒的婚事臨近，還有得忙呢。」

「有舅母在，一定沒問題的。」

明氏就不由狐疑。「妳怎麼知道？」

顧妍一本正經地篤定說：「我就是知道！」

明氏呵呵直笑，拉著顧妍，似是有感而發。「過了年，妳就越發往笄年裡去了，日子還真是一晃就過去，從襁褓裡那麼丁點兒大的嬰孩，到現在也算大姑娘了。我還記得剛和妳舅舅回京那會兒，妳急匆匆地跑出門來拉著我的手，甜甜地叫舅母。」

想起小丫頭睜著烏黑濕潤的眼睛，圓溜溜的，一點兒也不怕生，讓人沒來由地歡喜親近，明氏就覺得很好笑，寵溺地點了點顧妍的鼻子。「還以為和妳娘一樣，會是個嬌嬌柔柔的小娘子，沒想到這脾氣，有時候那麼倔，連妳舅舅都沒法子。」

顧妍吶吶道：「舅母不是說，做女子，既不能太硬，也不能太軟……」

人善被人欺，太過軟弱了，便任人搓圓捏扁。然木過強則折，脾氣硬的女人不好相處，更容易鑽牛角尖。母親柳氏就是前者，前半輩子受的苦難一一印證，現在能脫離苦海，多虧了及時幡然醒悟；大舅母柳陳氏便是屬於後者，性子倔強強硬，不肯低頭，非將自己逼到絕地，自請下堂、懸梁自盡。

明氏點點頭。「還有句話，女人應該是水做的，綿細流長，抽刀不斷，柔軟且堅韌。無孔不入，潤物無聲……」

顧妍就問：「那我是什麼樣的？」

「死水。無源死水，不會流動。」眼看到角門了，明氏給她理了理衣襟。「好好照顧自己。」

顧妍抱了抱明氏，伏在她肩頭點頭道：「舅母也別太操勞，以後姊姊嫁來了，我還會時常過來走動，到時您可千萬別嫌我煩。」

「不會。」

與明氏話別後，顧妍上了馬車。柳宅與王府離得不算遠，半個時辰便到了。只是她昨晚確實沒休息好，顛簸搖晃的馬車讓她昏昏欲睡，青禾瞧見了，特意交代車夫慢一些，於是等顧妍回府的時候，已是巳時初。

許久不見，柳昱拉過她左看右看。小姑娘穿著水紅色織金披風，神色帶著剛睡醒的矇矓，臉色暈紅，面如桃花，比之從前看來精神了不少。

一開始柳建文要接顧妍過去住一段時日的時候，柳昱還是不贊成的，可現在一瞧，又覺得這麼做確實不錯，嘖嘖嘆了幾聲，他點點頭道：「暢元那兒伙食應該不錯，都養胖了。」

確實是養出了一些肉，不至於像從前那般乾癟枯瘦，皮膚嫩白瑩潤，好似能夠掐出水來，臉蛋也從尖細的錐子臉變成了瓜子臉，顯得五官更加精緻立體。遠遠看過去，依舊是纖弱之姿，卻有娉婷婀娜之態。

顧妍左右四顧，問道：「娘親和姊姊呢，怎麼不見人？」

「哦，她們倆今日去普化寺燒香禮佛，說是祈福的。妳也沒事先說要回，這不一大早就出門錯過了。」柳昱說著，拉過顧妍。「別擔心，讓托羅帶著侍衛跟著去的，大概傍晚就會回來了。」

顧妍遂不再想，讓衛嬤嬤帶著箱籠回院子裡收拾。由於院落一直都有人清掃，十分整潔乾淨，只需稍加整飭，顧妍埋進柔軟的錦被裡睡了個回籠覺，直到日上三竿，下午與外祖父下了幾盤棋，又回園圃裡餵了兩隻小刺蝟，眼看著日頭西斜，卻不見柳氏和顧婼歸來。

沒來由的心裡一緊，顧妍跑去問柳昱，柳昱摸了摸下巴，道：「休要草木皆兵……再看看吧，時辰還早，說不定就是路上耽擱了。」

雖是這麼說，柳昱到底還是差人去看看。兩人又等了半個多時辰，酉時都到了，卻沒有半點消息。

顧妍說：「若是要在寺中留宿，娘親定會差人來說一聲，可到這時候了，也沒個人回來，這不對勁！」

「妳別急，我這就去問。」柳昱也心急，深吸口氣，強自鎮定下來，然後匆匆出了二門。

顧妍雙手合十，默默祈願，過了一會兒，景蘭冒冒失失跑進來，急道：「回來了，郡主和大小姐回來了！」

顧妍非但沒有鬆口氣，反倒一顆心提到嗓子眼，景蘭又說：「郡主的馬車在回程半道遇上劫匪，下手又狠又重，托羅總管和侍衛們不敵，都受了點傷。」

顧妍臉色一變，忙問：「娘親和姊姊呢，她們怎麼樣？」

「郡主磕破了頭，大小姐沒事，就是有些受驚。」

顧妍聞言連忙跑出去，正巧撞到從屋裡出來的晏仲。她怔了怔。「娘親怎麼樣了？」

「沒事，皮肉傷，養幾天就好了。」晏仲頓了頓，欲言又止，見顧妍瞪著他，便哈哈大笑。「沒事，沒事，快進去吧。」

顧妍匆匆跑開，晏仲摸著下巴喃喃自語。「倒是忘了問我怎麼在這兒……」

「晏先生怎麼在這裡？」原先跑開的小丫頭突然返回來，問了這麼一句。

晏仲。「……」

見他愣怔，顧妍沒工夫管了，屈膝福身道謝，就留給他一個背影，弄得晏仲哭笑不得。

柳氏頭上已經包紮好，臉色蒼白地躺在床上，顧婼坐於一旁，臉上還驚魂未定。

「姊姊？」顧妍輕喚了聲。

顧婼如受驚的小獸一樣猛地回頭，在看到顧妍的那一刻便崩潰大哭。她抱著顧妍淚如雨下。「阿妍！」

突然竄出來的黑衣人，拿起刀見人就砍，馬兒受了驚，飛速狂奔，有人就跳上車轅砍斷繩索，車廂衝出去，她們在裡頭顛來倒去，險些被甩出車外。柳氏將顧婼護在懷裡，她沒有受傷，但柳氏卻磕到頭。

顧婼斷斷續續說著這些，顧妍聽出了大致梗概。

兩年多前，也是在去普化寺回程的途中，顧妍和顧衡之的馬車受了驚，顧婼眼睜睜看著顧妍掉入懸崖，無能為力。而兩年多後，故地重遊，舊景再現，她心裡承受著如何的壓力和陰影可想而知。

顧婼說：「都是因為我，娘親說要在我成婚前去一趟普化寺，燒香祈福吃素齋，我說換一家寺廟也好，她卻堅持……」

大夏確實有這樣的風俗，在女子出嫁前要去寺廟裡祈禱，保佑婚後生活和諧美滿。普化寺香火鼎盛，一貫被人稱道，哪怕兩年多前出過那樁不開心的事，柳氏還是想著給女兒最好的。

顧妍緊緊抱著顧婼，輕拍她的肩膀。

「婼兒……」柳氏睜開眼呢喃。

顧婼如夢初醒。「娘，您怎樣？」

柳氏只覺得眼前人影幢幢，過了一會兒，看到床前兩雙眼睛盯著自己瞧，不由笑道：「阿妍回來了？」又握了握顧婼的手，嗔道：「娘親沒事，睡一覺就好了。別一驚一乍的，都快嫁人的人了，還跟小孩似的。」

顧婼將臉埋在母親的掌心，搖著頭。「我不嫁了……」

「胡說什麼呢！多大的人了，盡說些孩子氣的話。」

柳氏哄了顧婼，顧婼方才答應回房去休息，卻見顧妍神情凝重，眉頭緊鎖，柳氏就拉住她說：「沒什麼事，妳別擔心，晏先生都來看過了，妳該相信他的醫術。回頭好好謝謝蕭世子，還有……」

見柳氏說到這裡，不由痛苦地扶額，顧妍連忙止住。「娘快別說了，好好休息重要。」

心裡卻納悶，又干蕭瀝什麼事？

柳氏張了張唇，終究是沒再多說，閉上眼睡了。

顧妍便去問唐嬤嬤，唐嬤嬤道：「巧得很，今日在普化寺遇上蕭世子，託他的福，早已不接待外客的一緣大師破格為郡主和縣主講解佛道，一緣大師還贈了縣主一只平安符。那些黑衣人擺明就是衝著郡主和縣主來的，虧得托羅和幾個侍衛，只是到底不敵，是蕭世子出手才堪堪解決，亦捉了兩個活的，晏先生也是他請過來的。」

顧妍看得出唐嬤嬤還有所保留，唐嬤嬤只好道：「馬車壞在半山腰，前不著村，後不著店，最後是搭了顧三爺的車回府的。」

顧三爺……甫一聽聞這個稱呼，竟有種恍如隔世的陌生感。

父親那兩個字，艱澀得無法吐口。她知道，從離開顧家的那一刻起，這兩個字就已經離她遠去了。是死是活，是貧是富，是高華如雲，抑或是低賤如泥，他們都不再是一路人。

顧崇琰也是這麼想的吧，從前沒將他們當回事，甚至恨透了他們，這時候居然也會熱心地伸出援手？不信，她是不會信的。

唐嬤嬤也覺得彆扭。「聽說顧三爺近來沈迷信奉佛道，去寺中燒香祈福是常事，這麼巧遇到，才順帶載了郡主一程……」

他們一行模樣狼狽，又有傷亡，最適宜的方法，無非就是到山上去，向寺中借用馬車。可柳氏額上破了個口子，需要及時就醫，一來二去的還不知要耽誤多少工夫，這才只能與顧三爺共乘。一個是和離前妻，一個是親生女兒，從某些方面來說，確實比起其他外男，沒有過多講究。

顧妍都懂這些道理，但那個人，就像是扎在心裡的一根刺，處處膈應。「怎麼著，咱還要多謝他拔刀相助？天知道他心裡都是打的什麼鬼主意！」

信奉佛道的，不是一心向善，就是心裡有鬼，乞求寬慰的。他顧三爺虧心事做多了，現在背負著罪惡來佛祖面前，想洗去一身髒污，重回光明磊落。可佛祖普渡眾生，觀世間百態，是真是假難道還分辨不出？

骨子裡刻著的東西，你就是摳都摳不出來！用一點小恩小惠，就能將前塵往事一筆勾銷？他顧三爺有這個心胸海納百川，她顧妍可沒這個肚量宰相肚裡能撐船！以前的娘親是看不清，但現在的嘉怡郡主還會任人擺布？

顧妍「嗤」了一聲。

柳昱正為這事苦惱，按說承接了人家一個大人情，不回個謝禮，委實有點說不過去，可對著姓顧的，這個「謝」字就如何都說不出口了。左思右想，到底是讓人備了份厚禮，送去隔壁顧宅。

托羅胳膊脫了臼，那數十人一擁而上，柳氏帶的侍衛完全招架不住，蕭瀝解決了一部分，剩餘的人見情勢不好，逃的逃、竄的竄，生擒的兩個被卸了下巴，才沒有服毒自盡。儘管如此，嘴巴依舊嚴實極了。

柳昱有的是法子逼供，世上多的是讓人求生不能、求死不得的法子。蕭瀝卻覺得這種死士的行事風格十分眼熟，跟上回王府走水，趁亂闖進來的刺客如出一轍，只不過，這次他們的目標，是柳氏和顧婼。

柳昱顯然也想到了，眼睛便是一斜。「怎麼哪兒都有你摻和，風往哪兒颳，你就往哪兒來啊？」

蕭瀝不語。如果說這真的只是巧合，大概西德王不會信……那就隨他怎麼想吧。

托羅吊著手臂急匆匆跑進來。「王爺，人死了！」

「不是說了不要弄死人嗎？」

托羅趕緊搖頭。「他們大約事先服了什麼毒，時辰一到就發作了，屬下還沒怎麼開始拷打，一個個就口吐白沫，轉瞬閉氣。」

不但在牙裡藏了毒，身體裡也先種了毒，若不是蓄意謀害，說出去都沒人信了。

蕭瀝暗嘆，不動聲色地起身。「王府雖不是銅牆鐵壁，等閒之輩想要進來也並非易事，往後要王爺多費些心思。」

柳昱自然曉得。

蕭瀝眼皮輕抬，轉了個身就走，一隻腳剛邁出門檻，眼尾就往裡覷了眼。沒有任何動靜——這是默認了。他趕緊閃人，自然也就沒看到柳昱狠狠甩了一個白眼過去。

這廂，顧妍從托羅口中得知，被抓回來的刺客已經身亡。

蕭瀝跟她說：「這種人多是被豢養的死士，長期被餵食毒物，每隔一段時間會給他們一些解藥，卻無法根除毒素，唯有繼續聽人使喚方能活命。」

這是一種變相約束人的法子。

顧妍氣恨。「他究竟想做什麼！」

不用說她也知道這出自誰的手筆，和西德王府走水一樣的套路，除了那個人，還有誰！先前對付他們是因為和李氏之間的諸多矛盾糾葛，那現在呢？現在都是為了什麼！

蕭瀝沈吟了一下道：「也許是我呈交的那份名冊，魏都的大多勢力都在名冊中，他要對付的不是你們，他是想給我提個醒……是我連累了你們。」

他可以不管不顧，對著魏都開炮，鎮國公府的底蘊可以由著他妄為，可他和顧妍訂了親，魏都的手伸不到他這兒，就伸到西德王府。

顧妍也想到了，見他攢著眉自責，搖頭道：「無所謂什麼連不連累，即便沒有你，我們也早就把他得罪死了，那個人心眼小得很，總有天要討回來的。」

不是現在，也是以後。憑什麼？就憑他是皇帝身邊的九千歲！成定帝不處置他，他就可以一直為所欲為！

沈默了好一陣，蕭瀝終是搖搖頭，淡然道：「我先回去了，還有許多事未做。」

顧妍怔怔地窒在原地，盯著自己的鞋尖，心裡無端起了一股失落。明明是昨天才回京畿，過兩日又要趕著上衙，不趁著這期間好好歇息，反倒圍著她跑前跑後，他明明已經做得夠好了……

「這個笨蛋。」她輕聲喃喃。

眼前驀地一暗，身前多了一個人，擋住光亮。顧妍看到有一只鮮紅的絡子在眼前晃動不已，猛地抬起頭。連她自己都沒有意識到，此刻眼裡的欣喜和期待。

「怎麼又回來了？」

蕭瀝不大自在地掏出一只平安符遞過去。「一緣大師加持的，可保平安，剛忘了給妳。」又說：「不管有沒有用，妳帶著再說。」

顧妍愣愣地接過。明黃色符咒上用朱砂繪著符文，疊成三角形後封上口，看著再普通不過了，若說唯一的不同，大約就是它出自一緣大師之手。

蕭瀝似乎和一緣大師十分熟稔，多少人求都求不來的東西，她卻能接二連三地收到，驀地想起了一件事，她抬頭問道：「上次那一個是不是你託伊人送來的？」

兩年多前的那個冬季，她纏綿病榻近兩月，病情沒有起色。晏仲過來給她請脈，伊人則將一緣大師的平安符送來。那平安符，至今還在她床頭的香囊裡放著……

那時伊人的神情就很不自然，她不曾多想，可而今回憶起，又覺十分奇怪，伊人是不信這個的。在太皇太后薨逝以前，她從不曾聽過伊人對禪門有所偏好，直到阿白找出巫蠱偶，伊人才懵懵懂懂開始信佛，可這都是最近的事了，那個時候，伊人哪會給她要什麼平安符去？

蕭瀝的神色更加不自在，清了清嗓子道：「沒什麼事，我先走了。」

「蕭令先！」顧妍叫住他。

有一種酸澀從心底升騰起，彷彿自己就是被珍視、被寵愛的。可時間隔得太長了，她漸漸忘了被喜歡的滋味，也忘了喜歡人的感覺。

「謝謝。」

蕭瀝等了良久，聽到她這麼說，不明白她究竟想要感謝什麼，而過沒多久又聽她加了句。「我送你。」

雖然這麼說，顧妍反倒走到他前頭去了。

蕭瀝微愣，彎了彎唇，快步跟上。

顧崇琰回到顧宅，照例先去陪佪哥兒玩耍一陣。

李氏放下手裡的帳冊，看著兩父子大眼瞪小眼，微微地笑。

自從安氏被放妻，顧家的中饋就交到李氏手上。顧老太太中風後，身體就不大索利，也沒有精力去插手了。顧大爺納了幾房美妾，全是為了給他傳宗接代的，可眼瞧著半年過去，沒一個有動靜，反倒是顧大爺日漸憔悴。二房唯有玉英一個姨娘，身分不夠，她也沒這個資格去和李氏爭搶。如此一來，李氏反倒成了當家太太，上上下下對她只有尊敬的分兒。

李氏由著父子兩個鬧，等佪哥兒累了，才叫乳娘將他抱下去。走近他，還能聞到他身上淡淡的檀香味。顧三爺突然信了佛，每隔一段時日便去寺裡，李氏沒覺得這樣有什麼不好。

拉著顧崇琰坐下，李氏伸手給他按壓太陽穴，柔若無骨的手指微涼，觸碰著皮膚，顧崇琰卻驀地想起柳氏……

那時，馬車翻滾了兩圈，在崖邊圍欄旁堪堪停下，侍衛、丫鬟都跑到車廂邊上去，大聲喊著「郡主」和「縣主」，當時他腦子裡的第一反應，便是柳氏還有顧婼、顧妍。

在人堆裡瞧見了幾張熟面孔，竟還有鎮國公世子在，他幾乎就可以肯定了，本該是幸災樂禍的心情，驀地發緊。

聽說顧婼要成親了，對方是柳建文的義子，又是探花郎，這門親事在顧崇琰看來是虧大了。身為先帝欽封的縣主，居然下嫁！怎麼著也得配上個皇子王孫啊！信王就是個不錯的選擇。把女兒給柳氏養，真真是糟蹋！

至於顧妍，光讓他想到就覺得頭疼不已。在她手裡，他吃了多少虧啊？百善孝為先，身為子女，她就是大逆不道！當初顧家落魄，他上王府示好，就是被那個妖孽似的小丫頭趕走，還讓晏仲指認他是個瘋子。

呵，群眾的眼睛是雪亮的，瞧瞧他現在，有了魏都這個靠山，他還怕誰說事？可這丫頭的命怎恁的好，和鎮國公世子訂親，御賜婚約，羨煞旁人。勛貴裡頭最拔尖的一戶，在沒有蕭泓作妖之前，哪個不會稱道一聲？

他本來還打算著，若婷姊兒沒法入後宮，也得想法子進鎮國公府……倒是被顧妍捷足先登。

轉瞬間，顧崇琰想了許多，回過神來的時候，是聽到顧婼哭喊著娘親。

柳氏？

眉梢一挑，顧崇琰掀了車簾子望出去。柳氏頭上破了個口子，鮮血順著眉骨一路往下滑，看上去十分虛弱可憐，卻還是強撐著睜開眼睛和顧婼說話。

髮髻散亂，神情憔悴，沾了滿臉的血，模樣狼狽，但莫名吸住了他的目光。從前的柳氏，要碰上這種事，只會嚇得直哭，還要女兒想法子撐住場面。這個時候，倒是反過來了。
顧崇琰饒有興致地看了一會兒，柳氏居然就這麼撐著，不肯合上眼皮。
柳氏這種情況，要及時就醫，可他們的馬車已經壞了，眼下能借乘的，無非是他這輛。
顧崇琰忽地有點興奮，很期待見這幾個人低聲下氣求自己的模樣，他已經很久沒有過這種心情了。他老神在在地坐在車廂內，聽見唐嬤嬤跟車夫詢問，車夫可勁兒地刁難，他聽著唐嬤嬤的窘迫，冷冷地勾起唇。
柳氏便道：「嬤嬤，不要麻煩人家了，我撐得住。」
顧崇琰陡然覺得不甘，或是看不得柳氏這種裝模作樣，掀開簾子便道：「讓她們上車。」
外頭一下子安靜了，顧崇琰就朝柳氏和顧婼看過去，顧婼被嚇傻了一樣瞪圓雙眼，柳氏看著卻平靜多了，她比從前更有風韻，然而此時此刻她的眼裡，獨獨沒有他的影子。
以前這雙眸子，是始終圍繞著自己轉的。葡萄架下的少女，見到他時便雙眼明亮，臉頰暈紅，而不是如眼下，淡漠得就像是在看待一個陌生人。
那樣的目光，一瞬敲擊在心上……
「在想什麼？」李氏打斷他的遐思。
顧崇琰微愣，繼而笑道：「在想，婷姊兒怎地還沒回來？」
顧妤成了汝陽公主的伴讀，又怎麼可能會少了顧婷的分兒？

給汝陽公主做伴讀的小娘子必然得是要德才兼備，這三人其實早就選好了，顧婷與沐雪茗身在其中，剩下一個，本該是袁老將軍的小孫女袁九娘。李氏賣了顧四爺一個面子，破格讓魏都將顧好安排到其中，反倒將袁九娘擠了出去，所以顧好現在拿李氏就當作菩薩似的供著。

一家裡頭出了兩個公主伴讀，這名聲說出去還不是響亮亮的？顧好絕對是沾了光。

「婷姊兒先前差人回來傳過信了，汝陽公主留她在宮裡過夜。」李氏笑盈盈地說。

「在宮裡過夜？」顧崇琰眼珠子轉了轉，問：「那沐七和好姊兒呢，也一樣？」

「哪能呢？」李氏橫他一眼。「汝陽公主滿打滿算才十歲，沐七和好姊兒都及笄的人了，唯有婷姊兒年齡與她相近些，汝陽公主自然是和婷姊兒親的。」

說是公主伴讀，其實想想也就知道了，汝陽公主素有眼疾，怎麼可能讀書識字學習，無非就是找幾個玩伴。皇室的公主，被嬌生慣養長大，脾氣性子都傲得很，時常會無理取鬧，如此就更要順著她的意思來。不得不說，顧婷在應付汝陽公主這一類人上是有幾分本事的，將汝陽公主哄得一愣一愣的。

顧崇琰頓感與有榮焉。「婷姊兒會是有出息的。」

他們都有意給顧婷和成定帝牽線搭橋，先頭已經嘗試過多回了，但據說顧婷曾經和成定帝之間有過嫌隙，便耽誤了下來。

李氏不信邪，請了木匠師傅來教顧婷學習木藝，讓她投其所好，令成定帝改觀。如今顧婷留在宮裡，簡直是再好不過的時機。

顧崇琰一臉興奮。「聽說淑妃都有孕了。」

鄭昭昭自平昌侯府被發落之後，在宮裡便一度失勢，幾月前被發現已經懷有身孕，算算月分，竟然是在張皇后大婚前後那段時日。

成定帝大婚之後，帝后琴瑟和鳴，哪還有她鄭淑妃什麼事？如此看來，成定帝在婚前，其實根本沒有少偷腥。

「鄭淑妃自以為藏得深，還想等過三個月後坐穩了胎再廣而告知，可她簡直就當張皇后是死的！」李氏冷笑道：「姜婉容是什麼人，在宮裡伺候了這麼多年，沒點見識還能待得下去？太皇太后的孝期裡，鄭淑妃懷孕的事就遮不住了，本是大喜事，這回卻成了衝撞，就算日後她生下來兒子，那也注定了是個不祥之人！」

何況，鄭淑妃生不生得下來還是個問題。當年為皇長孫選妃，除卻定下張皇后，還有段氏和方氏兩位側妃，如今二人皆已位列妃位，明裡暗裡的爭奪少不得。

大夏的繼承傳統，素來是有嫡立嫡，無嫡立長。無論是成定帝、明啟帝，或是方武帝，哪個是占了「嫡」字的？還不是靠著是長子，才最終榮登大寶？多少人眼紅地盯著這個位置呢！

李氏拍了拍顧崇琰的肩膀道：「別太擔心，有大兄幫忙看著，我們靜候佳音便是。」

顧崇琰點點頭，用過晚膳洗浴之後去了書房睡，李氏也沒放在心上。他今日去普化寺齋戒，就該清心寡慾，好好消化佛理。

晚間又去陪徊哥兒玩了一會兒，徊哥兒拿著顧崇琰給的木風車咯咯地笑，李氏愛憐地撫了撫他的腦袋。

眸光倏然一滯，李氏拿過木風車仔細端詳。在風車葉子的背面，有一塊顏色明顯暗沈，湊近了輕嗅，竟還能聞到一股淡淡的血腥味。

好好的玩具上，怎麼就沾了血？

李氏納悶，她看顧崇琰分明沒有受傷。再想起黃昏時顧崇琰走神的樣子，越來越覺得是有貓膩。

李氏乾脆叫了顧崇琰的車夫過來問話，隨便兩句話就已經讓車夫將來龍去脈複述一遍。「嘉怡郡主和鳳華縣主的馬車在半途中出事，嘉怡郡主受了點傷，三爺讓郡主上車，捎了她們一程。自進了城門，就馬上去備上新馬車，三爺回來的時候，郡主已經不在車上了。」

李氏嗤笑。「裝什麼貞節烈婦，還怕別人不知道她什麼樣！」

高嬤嬤趕緊將車夫趕出去，給了他一只紅封，讓他別亂說話，回來時就見李氏臉色鐵青地坐著。

高嬤嬤躊躇了一下，道：「夫人別多想，三爺沒那個意思。」

李氏手就是一抬。「妳不用說了，他什麼性子，我清楚。」說到這裡，眸光就寸寸變冷。「都說男人是賤的，巴著的時候不珍惜，後來人家不要他了，就跟牛皮糖似的貼上去！」

「也沒有那麼嚴重。」高嬤嬤弱弱地辯解。

「他以前咬牙切齒，恨不得要將柳氏剝皮抽筋，現在看看成什麼樣了？他若還有點恨，能容許那個女人上來髒了他的馬車！所以才說，妻不如妾，妾不如偷，偷得著不如偷不著。」

以前李氏是妾，柳氏是妻，顧崇琰對柳氏厭煩透頂，恨不得就當作沒有這個人，而現在柳氏走了，他是對自己忠貞不二了，這顆心卻也漸漸跑偏了。

當她是石頭做的感受不出來嗎？顧崇琰對她，從一開始的憐愛，到現在已成了敬畏。

呵！這該死的敬畏！

高嬤嬤勸她消氣，李氏揚著下巴道：「我沒生氣，他肯怕我當然是最好，這輩子，他就栽我手心裡休想再走！」

李氏微惱的同時，顧崇琰在外書房酣然入夢。

回想起那時鮮紅的血在絹帕上緩緩暈開，柳氏皺緊眉，淡淡說：「嬤嬤，差人去寺裡找輛馬車回來，都散散吧，給顧三爺讓個道。」

從來都只有他顧崇琰決定柳玉致的去留，究竟這女人是哪兒修練出來的膽色？……也對，她現在不再是那個對他言聽計從的柳氏了，她是西德王唯一的女兒，嘉怡郡主！所以連膽子也大了？

對於顧崇琰這樣虛榮又好面子的人來說，柳氏從原先的弱者，搖身一變壓了他一頭，他定然難以甘心。以前他沒有工夫去計較……自然，他也不會承認是自己計較不起，可現在柳氏站在他面前指手畫腳，是個男人就忍不了，如此一來，反倒激起了顧崇琰的逆反心理。

你越是拒絕，他就越是要勉強。

顧婼眼瞧著柳氏頭上的血一直流，心中再不願，終究還是勸服了柳氏，也讓人早早地奔回城中去尋馬車來接應。

柳氏一直靠在顧婼的肩頭，顧崇琰則坐在另一邊靜靜地看著這兩母女。

都說女大十八變，他許久不見顧婼，而今看來模樣越發長開，盡善盡美。眉眼像了柳氏，嘴唇和鼻子則像了自己。而柳氏，外貌的變化不明顯，但不知為何，氣質卻從裡到外都發生了翻天覆地的變化，缺了他嫌惡的膽怯儒弱，添了一分端莊大氣，成熟穩重，還是一樣的溫和柔軟，完全是朝他喜歡的方向轉變！

顧崇琰甚至懷疑，柳氏如今的蛻變，完全是為了自己。

下山的路搖搖晃晃的，一個顛簸之後，柳氏朝他的方向倒去，顧崇琰伸手扶了一下。

指尖冰涼，十分柔軟，玉色一樣的肌膚，從手背一直到皓腕，讓人很想知道，袖子的盡頭會是怎樣的蝕骨風情。他隱約還記得，柳氏的身子有多麼柔軟，如海洋般容納百川，比李氏軟上數倍。還有鼻尖嗅到的淡淡冷香，聞著便讓人心都酥麻了。

顧崇琰捉住她的腕子，女人處於半昏迷狀態，竟還知道本能地抗拒他。顧婼拉過柳氏，滿是防備。

顧崇琰在夢裡都忍不住喟嘆一聲，似乎還能感受到柳氏肌膚絲滑軟膩的觸感……

第五十章

次日一早，西德王府送上謝禮，經由門房，沒有送到顧三爺手裡，反倒是先到了顧老爺子這兒。

兩家的關係太僵，西德王居然還會送禮上門？黃鼠狼給雞拜年，沒安好心！

然而等到將匣子打開，看清其中物品的貴重時，顧老爺子便叫來門房問道：「是西德王送給三爺的？」

門房納悶極了，連連點頭。「指名道姓說是感謝三爺援助。」

「三爺昨兒個去了哪兒？」

現如今三房的事，顧老爺子即便有心想插上一腳，都無能為力了。

顧家能有今天，李氏在其間扮演的作用可想而知。顧家的崛起還要靠一個女人和一個太監，顧老爺子一方面雖然覺得有些難堪，一方面卻又捨不得眼下唾手可得的一切，因此他給足李氏面子，當然也不會插手，約束管教顧三爺。

門房說：「三爺去了普化寺，聽禪師講道唸經，早上乘馬車走的，一直到日落時分才回來。」

「就三爺一個，沒其他人了？」顧老爺子目光犀利地直視他。

門房仔細想了想，說：「三爺回來時確實是一個人，只不過……昨日似乎西德王府也有人外出，兩批人幾乎一前一後回的，小的當初只當是個巧合，沒放心上，三爺模樣看上去也是諱莫如深。」

「呵！」顧老爺子冷笑。「去把三爺叫書房來。」

等顧崇琰來了，顧老爺子指了指匣子中的青釉洗，也不拐彎抹角，開門見山道：「你昨兒個幹什麼了，這東西，怎麼說？」

顧崇琰看一眼便明白了緣由，似乎無意中鬆了口氣。西德王都上門送謝禮了，看來柳氏的傷沒什麼大礙。

「父親想知道什麼，直接問，兒子知無不言，言無不盡。」顧崇琰在他面前坐下。

「你這是什麼態度！」顧老爺子心頭火起。

對這個兒子，他一直都冷眼觀望。腳踏實地他不肯，投機取巧的本事卻是不小！如今對名利的感受深刻了，簡直就是被沖昏了頭腦！

顧崇琰默然，出於最本分的孝道，他不會和顧老爺子爭辯。無論是在顧老爺子或是顧老太太眼裡，他都不是被看好的孩子。顧老太太看重他二哥，而顧老爺子則更器重四弟……別拿他跟顧大爺那只草包廢物比，被安氏壓得死死的，回頭兒子還不是自己的，往後生不出來了，說不定還要斷子絕孫。

顧老爺子深吸了口氣，擺擺手，沒力氣跟他談。「我只奉勸你一句，你別忘了，顧家是被誰害的！也別忘了，你現在的一切，都是誰給的，別好了傷疤忘了疼！」

顧家是被誰害得奪爵？就是西德王府的那幫人！

顧崇琰是如何絕地逢生身居要職？那是多虧了李氏！

顧老爺子無非是想提醒顧崇琰所謂的本分，要知道，好馬不吃回頭草。

父子倆談話完，算是不歡而散。

顧崇琰不由嗤笑起來。誰是回頭草？誰又是好馬？老爺子恐怕就沒有搞清楚，他是等著柳氏來吃回頭草的，自己幹什麼自降身分？那個女人……那個女人……

顧崇琰不由頓住腳步，腦中反覆浮現的，始終都是那張柔情似水的俏麗容顏，猶記得一開始，他們夫妻也是琴瑟和鳴，那究竟是從什麼時候開始變得不一樣的？是柳建文升職被派往福建任巡撫，他關照了許多同窗，而身為他妹婿的顧崇琰，柳建文卻隻字不提，他便將一腔怨念慢慢傾注到柳氏的身上。

人一旦有了偏見，看待任何事物，都會失去它原有的顏色，而換上主觀的認識，覺得哪兒都是錯，裂痕就是從那時開始的。

顧崇琰不知為何，當他回頭再去想這些事時，只覺得分外清晰，反倒是先前因為柳氏所受的屈辱和痛苦，淺淡了許多。現今的李氏已不似從前小鳥依人了，顧崇琰也沒有這個膽子去要求李氏如何做，正如老爺子說的，現在顧家的一切，都是姓李的給的……

失去了相濡以沫的滋味，也失去了那分悸動，曾經的愛憐變成了可敬可畏，而柳氏的出現，驀地讓人眼前一亮。

這個女人，曾經是屬於他的……

顧崇琰一顆心怦怦直跳，閉了閉眼，斂下心神，又回到外書房去。他旋即想起顧婷昨晚留宿在皇宮，也急於知道結果如何，就差人去問六小姐回了沒。

顧婷能得到汝陽公主的青睞，對她本身當然是極好的，身價地位上去了，未來找婆家的時候，可以將目光放得更長遠些。可顧崇琰左看右看，就沒覺得有哪家適合，恰恰魏都有意要讓顧婷入宮為妃，確實沒有比這個更好的選擇，就算是皇后已經入主中宮，有魏都給顧婷撐腰，跟張皇后媲美不是難事。

天賜良機，怎可錯過？

只等了一會兒，原先派去的小廝便回來了。「六小姐一早便回了，在院裡發了通脾氣，夫人說了六小姐一通，現在已經回房休息。」

短短幾句，顧崇琰就瞭解到事情的不對勁。要是萬無一失，顧婷只會歡歡喜喜地回來，發什麼脾氣？

於是他有點坐不住了，起身回了內院。

李氏正忙著中秋的事宜，放下帳冊，呷了口茶，淡笑道：「婷姊兒已經回房了，她昨晚沒休息好，去補補覺。」

顧崇琰微微一窒，李氏就是這樣，還未待他開口，就已經猜到他想問的是什麼。曾經和幾個要好的同僚喝酒時說起過，女人太精明了，於操持家事而言是福氣，但於自己卻未必是好事。你的一舉一動都落在她的眼裡，做什麼小動作她們心裡都一清二楚。以前他都沒有發現，原來李氏是這樣的女人！

心底驀地有點發寒，顧崇琰低咳了聲，問：「昨晚在宮裡，是發生什麼不愉快的事了？婷姊兒莫不是闖禍了？」

「沒什麼不愉快。」李氏神色淡淡，閉上眼。「大兄本是安排好了，汝陽公主與婷姊兒一道去御花園賞夜景……」

花前月下，人面桃花，成定帝在魏都的牽引下將與顧婷完成一次美妙的邂逅。

顧婷準備了長篇大論，侃侃而談對木藝的見解認知，待成定帝興頭一起，二人自然而然就冰釋前嫌，引為知己。

打算很美好，可惜出了變數。

顧婷正欲藉汝陽公主引出話題，可惜汝陽公主根本沒興趣聽，還大聲說：「木藝就是下等人的玩意兒，一堆爛木頭，死後還能帶進棺材裡去嗎？過沒個幾年，就化作黃土了，虧得有些人還把它當成寶……自降身分！」

這個有些人是誰，雖然沒有明確指出，卻極容易令人對號入座到成定帝身上。不巧的，這番高談闊論就一字不落地入了成定帝的耳，成定帝當場臉色就青了，恨恨地瞪了汝陽公主和顧婷一眼，甩袖就走，幾乎是將顧婷納入了與汝陽公主「同流合污」之列。

魏都十分失望，顧婷還一直向他誇耀自己是如何將汝陽公主捏在手心裡了，魏都是信了她的鬼話才安排這一齣，現在倒好，完全成了反效果。

顧崇琰瞠目結舌，暗罵汝陽公主成事不足，敗事有餘。發生這種事，還不得自認倒楣？往後還能有什麼希望？

顧崇琰惋惜地直搖頭。「婷姊兒這是沒有趕上好時機。」

李氏抿唇不應和。

好時機？時機靠的是天時地利人和，顧婷占了這麼大的優勢，還能如此收場，是要怪誰？汝陽公主不按套路出牌這是一碼事，可婷姊兒自以為是，將一切看得太過簡單，輕敵了又是另一碼事。不做好完全的準備便貿然行動，李氏要是也這樣，不以大局為重，不能屈能伸，顧婷還能有今日風光？

宮裡規矩森嚴，步履維艱，要說，他們一開始就別抱太大希望。若不是魏都幫襯著，說不定顧婷的骨頭都被人吞了，所以在顧婷向李氏哭訴的時候，李氏就將她訓了一頓。

就算顧婷是她的親生女兒，李氏也不會幫她說話，關起門來教訓怎麼都好，不讓她認識到自己的錯誤，她只會一而再、再而三地錯下去。

顧崇琰在屋子裡轉了幾圈。「我去看看婷姊兒，她心裡肯定不好受。」

「你就別跟著添亂了。」李氏涼涼地吐口。

添亂？他關心女兒，還成添亂了？

顧崇琰腳步倏地一頓，心裡頓時極不舒服。他在李氏面前本就處在弱勢，這讓他的男子尊嚴嚴重受損，現在連怎麼做都要人教？

李氏望著他僵直的後背，抬了抬眼皮。「婷姊兒心氣是有了，卻沒有足夠的心機，現在有我、有大兄給她看著，還不明顯，但長此以往，指不定會讓她惹出禍事來……不好好讓她認清現實，她一輩子長不大。」

李氏說了一通，最終落在顧崇琰耳裡的不過就那麼幾個字。

有她、有魏都幫忙看著……呵！他這個做父親的，被這兩兄妹直接排除在外了！婷姊兒能有今天的才藝，這是誰的功勞？還不是他從小手把手教的？

顧崇琰深深感到自己是在給別人作嫁衣。他深吸口氣，壓住心裡的不滿和憤懣，回身彎唇道：「好，都聽妳的。」

角色對換，現在成了顧崇琰對李氏唯命是從，這種巨大的反差，真讓他心下難甘。以前的柳氏多好啊！

顧崇琰數不清是第幾次這麼覺得。

顧婷躺在床上翻來覆去，昨晚因為那件事，她根本沒睡好，迷迷糊糊地睜眼到天明。

汝陽那個傻缺，知道自己闖了禍，就立即倒打一耙，問她好端端的說什麼木藝，讓她的皇帝哥哥聽了去，這下還不知道怎麼收場了。

顧婷冷笑不已，心想——我不提木藝，要怎麼演接下來的戲？怎麼和皇上志趣相投？怎麼博得皇上的青睞？這才剛剛說了半句話呢，妳火燒火燎地打斷，悉數教人聽了去，怪我嘍？要不是妳心裡本來就這麼想的，何至於如此？

可人家占著身分上的優勢，顧婷除卻低眉順耳，還待如何？回來跟李氏訴苦，卻未料，李氏非但不幫她，還責備她……

李氏跟她說的話，顧婷一個字都沒有聽進去，心裡的火就這麼一直燒著，燒得渾身燥熱，受不住地坐起來，就要往外頭去透透氣。

丫鬟水仙趕忙攔下來，苦口婆心說：「六小姐昨兒個累了，還是好好歇著，您想做什麼，和奴婢說，奴婢幫您去。」

顧婷狠狠啐了一口。「誰才是妳的主子？」

水仙怯怯地低頭。她一介婢子，當然不敢管主子的事，可夫人交代了，她也不敢不聽。李氏太瞭解自己的女兒了，她前頭事情忙，空不下來好好和顧婷講道理，也知道顧婷是左耳進、右耳出，說不定待會兒就出去再整出個什麼事。水仙正是聽從李氏的吩咐，看好顧婷。

顧婷氣惱得面頰通紅，又突然放軟了聲音。「水仙，我就在院子裡走走，我心裡難受，想透口氣，要是再這麼下去，我肯定要憋壞的！」

水仙猶豫了一下，顧婷就知道有戲，又打鐵趁熱說了很多軟話，最後保證道：「要不然妳跟著我，我去哪兒，妳去哪兒，娘親問起來也好交代。」

水仙想也知道六小姐要到哪兒去。其實沒什麼，以前又不是沒有過，夫人照樣睜隻眼閉隻眼。

見水仙點頭，顧婷歡喜地便直往外頭奔去。西邊靠近馬房的竹林深處有一間木屋，木門上了鐵鎖，木窗也被釘死，只留下一道寬縫，時常能聽到那裡傳來陣陣哭聲。府裡對此諱莫如深，也沒人膽敢去提裡頭關了什麼人。每日都有丫鬟送來飯菜，放在窗臺處，從那道寬縫推進去，過半個時辰，又過來收拾餐具。

木屋門口養了隻老犬，瘦得只剩骨頭了，懶懶地曬著太陽。

水仙怕狗，哪怕是一隻老狗，也不敢太靠近。顧婷「嗤」一聲笑，淡淡瞥了眼，直接就越過牠來到窗前。已經有人來送過早膳了，黑漆木托盤上放了碗白粥，兩個玉米麵饅頭，還有一些鹹菜肉乾，還沒被動過。

屋裡光線昏暗，顧婷看不真切，可她知道，裡頭那個人，定是蓬頭垢面的邋遢模樣，心裡頓時十分解氣。

「二伯母，不餓啊？怎麼不吃呢？」

顧婷脆脆的聲音響起來，屋裡就有動靜了。

這裡頭關的是賀氏。自從顧媛出嫁之後，賀氏的瘋病更厲害了，顧二爺將她關在廂房裡，什麼瓷器、字畫都不敢放，杯具、茶具換成了木製的，不至於被賀氏弄壞。

可有一天送飯的丫鬟發現，賀氏居然將桌腳咬斷了，賀氏披頭散髮磨著牙，嘴邊還有血跡和木屑，一見丫鬟，就撲過去咬在丫鬟的胳膊上，生生拽下來一塊肉，那丫鬟痛得死去活來，顧二爺不敢置信，曾經的髮妻居然成了這副模樣。

不好將賀氏休回娘家，傳出去對顧家聲譽也不好；想順勢結果了她，顧念著舊情，顧二爺也狠不下心，乾脆在林子裡建了個木屋，將賀氏關在裡頭。

一日三餐，自有人照料，竹林清靜，適合養病，哪怕她發瘋，也不至於影響到別人，顧二爺將照料賀氏的事情交由玉英。一開始或許帶了試探之意，玉英成了他的妾室是個意外，生下信哥兒讓顧二爺後繼有人，顧二爺已然知足。他並不耽於女色，有玉英在身邊伺候就夠了，只是心裡到底還是埋了根刺，不能交心。

玉英倒是親力親為，擔心賀氏又咬木頭，便將木床換成石床，擔心木屋空間狹小，便再沒有準備其他家具，餐飲都照著夫人的標準，還安排婢子給賀氏洗漱擦身，面面俱到。

顧二爺滿意極了，漸漸對玉英更加器重信任，慢慢就沒去管賀氏。剩下的，便也由著玉英為所欲為。

顧婷早早地就發現玉英苛待賀氏了，三餐缺斤少兩，或者拿剩菜剩飯應付過去，或者乾脆沒有，伺候的人早不見了蹤影，顧婷在旁邊站著，都能聞到木屋裡傳出的酸臭味。

也對，當初玉英因著賀氏吃了多少苦，受了多少委屈？

其實也不能完全怪賀氏，玉英心大，只可惜，這眼神不大好使，想爬上她父親的床，誤打誤撞卻上了顧二爺的……賀氏還能由著一個婢女騎到她頭上來撒野？玉英遭的罪，都是她自作自受！現在賀氏可不就遭報應了……

不過顧婷一點都不可憐她，當自己被顧媛欺負，送往清涼庵，都是賀氏的手筆，她恨還來不及呢，怎麼會浪費自己本就少得可憐的同情心？

到了這裡，顧婷方才覺得心頭一口悶氣消散許多。她拿了個玉米麵饅頭，這種糙食都是下人吃的，像她這樣的小姐，見都難得一見。她笑了笑，隨意扔到老犬面前的碗裡，那老狗聳了聳鼻子，便低頭啃咬。

顧婷「嗤」地笑道：「二伯母，既然妳不吃，也不能浪費了啊！這隻看門狗在這兒陪妳良久了，沒有功勞也有苦勞，給了牠剛剛好，妳說對不對？」

裡頭毫無動靜，顧婷覺得有些無趣，蹲下抓了把土。「二伯母啊，妳這碗粥裡掉了隻大蒼蠅，我幫妳撿起來啊！」說著，把一手的砂石泥土都扔到碗裡，白膩膩的清粥很快變得渾濁。

顧婷拿出手絹擦拭著自己的手，很是驚訝。「哎呀！這碗粥怎麼髒了呢？這麼髒可怎麼吃啊？」說到後來，都忍不住笑出聲。

然而，賀氏就跟聾了啞了似的，聽不見也不說話，顧婷抿緊唇，將帕子狠狠丟在地上。

來得勤快了，賀氏已經習慣顧婷的刁難和冷嘲熱諷，通常都是顧婷一個人在唱獨角戲。虎落平陽被犬欺，反正也不差顧婷一個人，也許賀氏是麻木了。

顧婷如此一想，覺得忒沒意思。她是心裡不舒坦，才來找賀氏發洩的，看到別人不開心，她就開心了。賀氏不配合，她覺得沒勁。

轉了轉眼珠子，顧婷淡淡道：「二伯母許久沒聽過三姊的消息了吧，自從年初三姊嫁去邯鄲賀家，二伯母就沒收過三姊一封信是不是？」

有重物落地的聲音，顧婷好笑地勾起了唇。就知道顧媛是賀氏的軟肋，哪怕瘋了、傻了，某些本能還在，只要提起顧媛，賀氏就按捺不住。

顧婷將手撐在窗臺上，望了眼遠遠站著的水仙。那個笨丫頭因為怕狗，躲在竹子後面，真是沒用！

「她嫁去賀家的時候，就一頂小轎子抬出門，也沒有鑼鼓嗩吶吹拉彈唱，冷清得很，不知道的還以為她是去給哪家做妾的。」顧婷慢悠悠地說，伸手擋住投下來的陽光，十分愜意。「賀家是二伯母的娘家呢，不過賀家實際是什麼樣，想必二伯母最清楚了，就像被蟲子蛀蝕空了的木頭，外強中乾，輕輕颳一陣風，就倒了……三姊這麼個如花似玉的可人兒，嫁給賀大郎，當真委屈了。」

賀氏開始嗚嗚咽咽地哭，顧婷瞬間通體舒暢，決定再加一把火。

「不過二伯母也別覺得不值，三姊都是失了貞的人，至多也就去給個老頭子做繼室，喔，不對，做繼室的要求多著呢，三姊只能做個妾，也就是個玩意兒。二伯母肯定能想到三姊都過的什麼日子啦，賀夫人閔氏難道是個好相與的？賀大郎吃喝嫖賭樣樣精通，回到家裡還喜歡折騰打罵三姊。」

顧婷聽到裡頭聲音小了，像是在聚精會神聽她說話。

這兩母女，從前百般欺侮她和娘親，現在通通遭報應了。

「可憐的三姊啊，才懷孕，就被賀大郎打小產了，大夫還說她以後再也不會有孩子了。賀夫人嫌她這不會那不行，在賀家白吃不做事，小產第二天就讓她下地，身體虛弱支不住便血崩了……血崩妳肯定清楚吧？兩年多前妳小產生了個死嬰之後就有過的，那血，不停地流……」顧婷專挑賀氏的傷心事來講，語調越來越尖細刻薄。

木窗子的寬縫處，慢慢浮現一雙紅腫濕潤的眼睛，布滿了血絲，充斥著陰鷙恨毒，死死盯住顧婷放在窗臺上的那隻手。

水仙遠遠瞥見了，嚇得就要尖叫，然而話音還沒發出來，賀氏便已經一把抓起顧婷的手，狠狠咬下去。

殺豬般的尖叫聲響起，顧婷眼淚直飛，揮手亂舞，手指觸碰到軟彈的東西，狠狠戳進去，賀氏悶哼一聲，鬆了口，顧婷便連連後退，正好就踩到老犬的尾巴。老犬跳起來直吠，本能地一口咬在顧婷腳上，顧婷疼得腿軟，摔倒在地。

水仙這時什麼都顧不得了，奮不顧身忍著懼意將狗趕走，回頭見顧婷捂著手蜷著腳縮在地上，疼得叫都叫不出來。

有汩汩鮮血從指縫間湧出來，木屋裡的賀氏又哭又笑，當真瘋子一樣。

李氏「啪」地一耳光掃在水仙臉上，鮮紅的指甲在她臉上留下長長的口子。

「我叫妳做什麼的？讓妳看著她，就是不讓她去那裡，妳耳朵被狗吃了？」李氏真的氣急了，親自動手責罰下人。

水仙一聲不吭，跪著不敢言語。六小姐出事，她負最大責任，是她沒有看好六小姐，讓六小姐被賀氏那個賤婦偷襲，也是她沒有做好奴婢的責任，沒有護住小主子。

賀氏下口真夠狠的，狠狠咬在顧婷小指下方的掌骨處，牙印深可見骨，那塊肉搖搖欲墜，又因為踩到老狗的尾巴，惹怒了老狗，腳上也被咬了口。老狗老了，牙齒鬆動，還有一顆深深地嵌在顧婷的血肉裡，慘不忍睹。

也難怪李氏發這麼大火，任誰瞧見自己女兒這副樣子，還能淡定下來？

李氏深深吸口氣。「既然耳朵沒有用，那也用不著了！」

高嬤嬤目光森冷，讓人將水仙拖下去，水仙怎麼呼叫饒命都沒用。

先頭請來的大夫抹著汗走出來。「怎麼傷成這個樣子？什麼東西咬的，這麼狠！」

李氏臉色鐵青，顧崇琰接道：「大夫，你就說我女兒怎麼樣了吧，這隻手該不會就這麼廢了？」

李氏一眼瞪過去，顧崇琰就沒了聲音。

大夫便說：「血是止住了，不過那塊肉都險些咬下來，就連著這麼一點點，即便痊癒，也恢復不了從前。」

大夫直搖頭，李氏沈默了一會兒，讓人送大夫出門。

高嬤嬤道：「已經讓人拿了帖子去請郭太醫了，郭太醫是太醫院院判，醫術高超，等他來了，定然就會沒事的。」

李氏只好坐下靜等，誰知過了一會兒，沒等來郭太醫，倒是等來了顧二爺和玉英。李氏冷冷看過去，顧二爺微滯，先問起了顧婷傷勢如何。

顧崇琰哼道：「死不了，多謝二哥關心了。」

顧二爺倏地沈默，玉英就道：「三爺，二爺只是關心，六小姐出事，誰都不好受，您不用說話還夾槍帶棒地傷人……」

玉英這些年養尊處優，看上去真有幾分好模樣。

這個女人，當初還對自己癡心以待呢，每每有他出現的地方，玉英一雙眼睛總離不開，當他不知道嗎？他只是懶得理會而已。可是看看，現在居然還護起二哥來了！

就好像本來理所當然是他的東西，現在被顧二爺搶了去，這種事自小就多了去。

顧崇琰怨念已深，冷冷道：「我們說話，妳有什麼資格插嘴？」

玉英張了張唇，垂頭不語。

顧二爺抿了抿唇說：「當下最重要的還是婷姊兒的身子，三弟，你也別太在意這些細節。」

「不在意？」顧崇琰猛地拔高聲音。「你老婆把我女兒的手都要咬下一塊肉來了，你讓我別在意？顧崇琬，受傷的又不是你女兒，你當然不心疼了！」

至於顧二爺的女兒……呵，顧媛這個蠢物，不提也罷。

顧二爺窒了窒，道：「就事論事，我沒說這個。」

顧崇琰難道真的這般心疼女兒？顧二爺太清楚自己弟弟的德行了，恐怕其中有一大半是為了做給李氏看的。至於剩下的一小半，那是擔心顧婷以後找不到好婆家。

然而顧崇琰得理不饒人，拉著顧二爺非要討個說法，顧二爺煩不勝煩。

「三弟！真要討個說法，那好！賀氏被關在竹林木屋裡，離三房遠著吧？婷姊兒怎麼會去那裡？而且據下人所說，這可不是一、兩次了。婷姊兒被賀氏咬了，但她也摳了賀氏的一隻眼珠子……她已經瘋了，你還要她瞎了才夠？」

顧崇琰頓時說不出話來。顧婷怎麼會出現在那裡？而且還不是第一次，他這個做父親的可一點都不知情。

他悄悄看了眼李氏，自動忽略掉顧二爺前半句話，只說：「賀氏已經瘋了，她這輩子也就這樣了，婷姊兒還小，以後的日子長著，你要她以後怎麼辦？」

對牛彈琴，真是有理說不清！

見顧二爺無話可說，顧崇琰還為此沾沾自喜。

等到郭太醫來了，他一看顧婷的手就「嘖」一聲。「怎麼就成這樣了？」

骨肉處就只相連那麼一點點，搖搖欲墜。若是創口不大，撒上藥粉包紮起來還能等它自動痊癒，不過是留點傷疤，可都成這樣了，那裡只會變成一塊死肉。

郭太醫當即搖搖頭，他又去看顧婷的腳。所幸老狗牙口不好，咬得不深，創口處的牙齒也被先前的大夫取出來了，上過藥不是什麼大問題。

「不曉得那條狗有沒有瘋狗病，要是這兩天有發熱狂躁、意識紊亂，那就麻煩了……」郭太醫喃喃地說。

李氏深深吸了口氣。「太醫，沒法子了嗎？婷姊兒的手，就只能這樣了？」

郭太醫長嘆著搖頭。「還是請晏先生來一趟吧。」

李氏的心就像是被扔到雪地裡滾了一遭。可是能怎麼辦？

送了郭太醫出門，李氏看向臉色慘白的顧婷，扶額長嘆。「妳為何不肯聽我一句話？」

西德王府這裡，明氏聽說柳氏和顧婼出事，特意上門來看望，楊夫人也一道來了，送了一大堆補品。

柳氏喝過藥休息了一晚，臉色比起先前好了許多，顧婼服了帖安神湯，精神也跟著恢復，唯獨看上去有些憔悴。

明氏便對顧婼說：「事情都過去了，什麼都別想，最重要的還是好好養身子。」又看向柳氏。「妳這樣子也不好，要不還是把婚期挪一挪，等妳痊癒了？」

柳氏打起精神，正色道：「都差不多了，請人挑的黃道吉日，再挪下去，還不知要等到什麼時候。嫂嫂，您就只管去準備，我這兒不成問題。」

她這是血光之災，不好跟喜事衝撞了。好在還有段時日，調理得好，一點小傷不在話下。

見柳氏堅持，明氏便不再多勸，和楊夫人一道跟柳氏說了幾句話，便讓人好好休息。

顧妍則代替母親送她們出門。

楊夫人十分喜歡顧妍，還曾經想過為自己兒子合個姻緣，不過人家小姑娘既然和蕭世子訂了親，楊夫人也不會強求，只道是沒有這個緣分，但這不妨礙她對顧妍的憐愛。

「都好久沒見妳了，有空了去伯母那裡玩。」楊夫人笑容滿面地跟顧妍說道。

顧妍自是應下，嫩白的小手點了點自己的唇角。「伯母是人逢喜事精神爽嗎？歡喜都快藏不住了。」

楊夫人一怔，摸了摸自己臉頰問：「有這麼明顯嗎？」

明氏「噗哧」一聲笑。「妳啊，有什麼事都寫在臉上了，這不在腦門上明明白白寫著嗎？」

多年的好姊妹，開得起玩笑，楊夫人嗔了句，便拉起她說：「二郎的親事已經定下來了，對方是袁老將軍的小孫女袁九娘，我這是了卻一樁心事。」

「袁老將軍？」明氏瞇眼想了想。

袁將軍原先一直都在西北，也是出了名的剛正不阿，前頭遼東蠢蠢欲動，袁將軍被派遣去寧遠駐紮，安撫軍民，整備邊防。說起來，這位袁將軍還是蕭瀝的授業恩師呢！

明氏饒有興趣起來。「袁九娘……」

她對袁九娘並沒什麼印象。一來是因為袁家最近才從西北遷來燕京，二來是她覺得大概是自己有幾年不在京都了，這才不大清楚。

顧妍乍一聽聞怔了怔。袁九娘，要是沒記錯的話，應該就是那個人吧。

昭德四年，袁將軍蒙冤受屈，鋃鐺入獄，彼時閹黨已除，夏侯毅鬆了口氣，一心一意對付金兵。那時袁將軍抗金有功，卻被誣陷與金人勾結，滿朝願意站出來為他說話的寥寥無幾，袁九娘揹上訴狀滾釘板，越級上訴，為祖父鳴冤叫屈，人人都說袁九娘孝感動天。

夏侯毅多疑猜忌，不會允許有一點點的不安分因素影響到他，寧可錯殺一百，斷不會放過一個，袁將軍還是被處決了，之後再沒有聽說過有關袁九娘的消息。有人說她遠走他鄉了，也有人說她重傷死了。

楊夫人說：「老爺和袁將軍有些交情，袁老夫人是個健談的，也帶著將門的爽利，九娘與阿妍年歲差不多，是個活潑開朗的好孩子。」

值得一提的是，先前為汝陽公主挑選伴讀，本來應該有袁九娘的一份，卻因為顧妤莫名的插足，丟失了這個機會。

當時袁九娘僅笑笑說：「命裡無時莫強求。公主伴讀有什麼好，我才來京都多久，這麼搶風頭做什麼？她們既然喜歡，就留給那些世家貴女唄！」

輕描淡寫的語調，漫不經心，楊夫人卻覺得有點意思。

顧妍莞爾。「真有趣，若有機會，真想認識一下。」

「下次，我給妳們引見。」楊夫人熱情相邀。

晏仲和顧家沒什麼交集，他只和西德王府有些交情，李氏走投無路，只好讓人給魏都遞了帖子，讓他幫忙請晏仲來一趟。

顧妤聽聞顧婷出了點狀況，急急地趕過來，還未進門便問：「三伯母，婷姊兒怎麼樣了，有沒有事？」眼眶迅速紅了一圈，哽咽道：「怎麼就出了這種事。」

李氏現在根本沒有心情去應付顧妤，顧妤討了個沒趣，訕訕地閉了嘴。

高嬤嬤便道：「多謝四小姐關心了，六小姐的情況有點不大樂觀，太醫說，還得去國公府看看，夫人正為此一籌莫展呢！」

高嬤嬤不大願意談論這個話題，李氏沈了臉，又進內室去了。

顧妤對鎮國公府的情況尤為關心，見狀心裡就跟貓抓撓似的，生怕自己錯過所關心的一點一滴，她拉著高嬤嬤說了許多好話，又道：「鎮國公府的二小姐蕭若琳與我是好姊妹，在鎮國公面前說得上話的，有什麼需要幫忙的，我與若琳說一聲便好。」

高嬤嬤看不起顧妤這自命不凡的模樣，說得自己好像有多麼了不起。和蕭若琳是好姊妹？若是以前，高嬤嬤或許還會信上幾成，現在可是一分都不信了。

她以為自己這公主伴讀是怎麼來的？先頭是誰多此一舉，挖了坑自己跳進去？要不是有夫人幫著擔待，顧妤現在早已名聲掃地，成了和地痞無賴蛇鼠一窩的官家小姐！幫著牽線搭橋的活兒還是高嬤嬤來做的呢！

顧妤前頭活生生把金氏得罪了個徹底，蕭若琳的心能有多寬，還去搭理她？舒坦幾天，尾巴就翹起來。哎喲，快別往自己臉上貼金了！要逞能，好歹還得有點真本事啊，跑她這兒顯擺！

高嬤嬤不動聲色，笑容諱莫如深。「那可真是太好了，四小姐與蕭二小姐這般熟稔，若能幫忙傳個話，蕭二夫人看在您的面子上，定然樂意請晏先生來的。」

顧妤的臉色驀地有些發僵。她不過是想從高嬤嬤這裡打聽些事情，隨意客套客套的。李氏都一籌莫展的事，她能做什麼呀！何況，金氏都恨不得弄死她……誰吃飽了撐著還往人跟前湊？

看高嬤嬤的目光，顧妤硬著頭皮說：「若琳先前忙，有些日子沒聯繫我了，我先去給她寫封信，問問情況？」

呵！這就是好姊妹？

高嬤嬤淡笑道：「多謝。」

看見高嬤嬤嘴邊譏誚的弧度，顧妤羞憤得很，悻悻地轉了身，終究什麼東西也沒有問到。

高嬤嬤冷笑一聲，便著手差人去催促結果。

負責為李氏和魏都牽線的人是王嘉，他現在是魏都手下第一得力人，魏都卻讓他負責李氏一個深宅婦人身邊的瑣碎日常，可見魏都對這個妹子有多麼看重。為此，王嘉不敢有丁點兒怠慢，趕緊遣人給鎮國公府遞帖子，順帶又親自去給魏都報備。

而此時的魏都正在宮外的宅子裡，聽著絲竹管弦，品著美酒佳餚，身邊坐著的是奉聖夫人靳氏。魏都既坐到了這個位置，除卻那群老頑固，有的是人想與他攀親，連成定帝都要聽他的話，在宮裡他完全可以橫著走。

宅子還是當初成定帝賞給靳氏的，二人是對食這一點也不是秘密，魏都絲毫不用忌諱。

「前幾日小子是不是忍不住了，又讓妳進宮？」一雙桃花眼微瞇，魏都挑眉揮手，原先熱鬧的廳堂頓時安靜下來，舞姬與樂師紛紛退下。

靳氏見狀窒了窒，小子指的是誰，不言而喻。

「他是我乳大的，對我最是依賴，也極聽我的話，叫我進宮有什麼大不了的？」靳氏聳聳肩。她分明年紀不小了，看起來卻風韻猶存。

魏都沈默下來，靳氏笑道：「張皇后是他喜歡的，新婚燕爾，黏著、膩著在一起，還能想起我來，你該慶幸他這麼看重我。」

靳氏是成定帝的乳娘，成定帝從小跟在她身邊，養成了習慣，連長大了都幾乎離不開她。

魏都知道這是好事，靳氏越得寵，他的機會和底牌就會越大。「鄭淑妃有孕差不多三個月了，胎坐得穩，張皇后管得勤……那女人防我如蛇蠍，處處在小子面前給我上眼藥。」

張皇后不喜歡魏都，從還未進宮起便已如此，現在成了中宮皇后，本事就越發大了。

「前幾日小子去坤寧宮找她，她正在讀一本傳記，小子問了句是什麼，她就說是《趙高傳》。」魏都嗤笑不已。「這是拿我和趙高相提並論呢，還一副慨然大義的模樣，引經據典，數說我的不是……」

先有趙高蝕害大秦基業，今有魏都危害大夏江山，大夏的百年基業，不可毀在閹人的手裡，不可毀在皇上的手裡！

張皇后義正詞嚴，慷慨激昂，成定帝一時無暇應接。

與他說江山，談社稷，那是白費力氣！笨女人還看不明白自己嫁了個什麼人，還作著輔佐明君的美夢呢！成定帝，腹中草莽，無能第一！

「難怪他跟我說話的時候這麼奇怪。」靳氏喃喃低吟，卻又笑了。「那正好，她越是這樣，就越將人往外推。鄭淑妃肚子裡那個你就別操心了，段氏、方氏才入宮，不會這麼早動手，張皇后要做她的賢能人就讓她做，這個惡人，我來便是。」

話中的篤定讓魏都一怔，旋即問道：「妳要回宮了？」

靳氏掐指算了算。「好幾個月了，是時候該回了……」

魏都喜上眉梢，親自給她斟酒，二人一同共飲。

等王嘉來通稟時，靳氏已經微醺，魏都讓人將她扶下去休息。

他喝了酒，眼睛卻格外明亮，王嘉又說了顧婷的事，魏都大罵「蠢貨」。

「她娘是個明事理的，怎麼就生了這麼個女兒！處處闖禍不說，盡給人添麻煩！我難道成天這麼空，要跟在她後面擦屁股？」

藉著酒意，有些情緒化的發洩，王嘉不好評價其間是非，然而私心裡對這位顧六小姐，同樣十分不屑。千歲這是倒了幾輩子的楣，攤上這樣一個外甥女……上一世也是虧得千歲，這位顧六小姐成了成定帝的顧德妃。大概是天生缺心眼，不想著怎麼博帝寵，卻成天在宮裡打著九千歲的名號耀武揚威。

要不是李氏只有這麼一個女兒，千歲都想送她上路了。給她收拾了多少爛攤子，可還數得過來？與其浪費這些閒工夫去培養一個注定不成器的棋子，倒不如多花些精力在別的東西上。

「千歲，有些話是屬下僭越了，但屬下不得不說！」王嘉忍不住道。「以顧六小姐的心智，擱在宮中恐怕是不合適的，以後這種情況定然比比皆是，礙於顧三夫人那兒，您又不好推脫，倒不如直接了斷。」

兩世在他手下，王嘉自認比其他人都要理解魏都。因為對李氏有愧，想著給李氏補償，所以愛屋及烏，對這個只會惹禍的小外甥女格外包容，處處護著。對方若是個明白事理的，那也就罷了，可人家將千歲的保護當作是理所當然，哪一天千歲要是不管她了，說不定還要指責他一句薄情寡義。不幫是本分，幫了是情分。掏出去的真心都被狗吃了，餵不熟的白眼狼，棄了正好。

魏都淡淡道：「以後再說。」

王嘉頓感失望。再厲害的功夫都有罩門，再強悍的人也有弱點，而李氏，恰恰便是千歲的軟肋。

王嘉只好道：「已經讓人去請了，晏先生恐怕不會應，鎮國公那裡也沒有說法。」

「合該的。」魏都笑笑。「晏仲那個匹夫，就是頭牛，他不喝水，你能強按著他低頭？」

可顧婷的情況又不得不管……

「我就不信了，除了晏仲，舉國還尋不出個名醫來！」

到了中秋佳節，一應人情往來過後，無非就是聚在一起吃頓飯。這是顧婼在家過的最後一個節日，之後她也要為人妻、為人婦，那便顯得更加彌足珍貴。

中秋過後就是顧婼與紀可凡的婚期，而在婚前男女雙方不能見面，因此這回柳建文、明氏和紀可凡都沒有來。

人月兩圓的日子，柳昱的興致看起來卻不高。

晚宴是設在庭院裡的聽風亭，這裡地勢高，視野廣闊。顧衡之貪嘴，偷偷嚐了一口桂花酒，然而他的那點酒量，其實也就是一杯倒的，酒品居然還不怎麼樣，醉了之後，就拉著顧妍說要摘天上的星星，還伸出手丈量了一下，說要做一個那麼大的月餅，一定要蛋黃蓮蓉餡的，裡頭的蛋黃和天上的月亮一樣等等。

顧妍哭笑不得，趕緊讓人準備醒酒湯給他喝下，帶回去休息。

柳昱讓兩個孩子都先回房，卻是打定主意要和柳氏好好談談。這種嚴肅的神情，顧妍直覺是有什麼事，而顧婼看起來也恍恍惚惚的心不在焉。

柳氏額上的傷在精心調理下恢復得很快，結了痂，塗上晏仲調配的藥膏，漸漸變淺、變淡。

等顧妍和顧婼離開了，柳昱才瞧了眼柳氏，隨手拿上一個月餅。「這是什麼餡的？」

柳氏沈默了一下，才道：「纏枝金桂的是五仁餡，丹鳳合桃的是蛋黃蓮蓉，雲開明月的是棗泥豆沙……還有金華香腿，湘蓮桂子。」

柳氏的廚藝好，做些月餅也不在話下，面前擺著的都是柳氏命人做的，餡料還是她親自調的。

柳昱張嘴咬了一口，甘香可口，風味純正，可嚼著嚼著，又覺得嘴裡百般不是滋味。他忍了許久，終究還是沒忍住。「他喜歡什麼餡的？」

柳氏微滯，柳昱便恨恨道：「玉致，妳究竟是怎麼想的？別告訴我，妳好了傷疤忘了疼，以前的事都忘了！要是記不起來，妳就去問問婼兒、問問阿妍，再不行就我來幫妳想！別裝作什麼都沒發生過要重新開始！」

他怒得拍案，真想撬開她的腦子，看看裡面都裝了些什麼。都說做父母的，皆是上輩子欠了兒女的，這輩子來為他們做牛做馬操不完心。柳氏這個女兒，他就從來沒放心過。錯過了她的成長，是柳昱的遺憾，柳氏遇人不淑，也是他的心病。女子最美好的韶華給了一個渣滓，柳昱怎麼想怎麼憤懣不甘。好在苦海無涯，回頭是岸，能帶女兒脫離顧家，是柳昱覺得這殘生裡最有意義的一件事。可是看看吧，這個笨女兒！

柳昱直搖頭，起身負手站在亭角，晚風吹得他衣袂飄飛。聽見柳氏低喚「父親」，他不理會。

這些時日柳氏受傷，一切都是顧婼在幫著忙前忙後，可她一個待嫁新娘，哪能面面俱到，柳氏便讓唐嬤嬤去協助她。若只是協助倒也罷了，她卻透過這個便利，給顧家送去中秋節禮，作為往來，他們當然也要還禮，上門來的竟還是顧崇琰身邊的長隨，順道帶來顧婼的添妝。

柳昱還記得那一匣子紅寶石蝴蝶頭面，鴿子血紅鮮豔極了。作為父親，給自己女兒添妝當然無可厚非，可顧崇琰也不想想，自己現在是個什麼身分，顧婼早就不是顧家的人，顧崇琰做這些還有什麼意義？無非就是為了哄騙柳氏，想藉此機會死灰復燃。

若顧崇琰是個君子，那就當他柳昱是小人之心！但他一點都不想冒險去嘗試。十多年夫妻，顧崇琰當然知道柳氏是如何容易心軟。哪怕是萬一的機會，柳昱也絕不容許！

「世上好男兒都絕種了？還是只剩這麼一個了？」柳昱痛心疾首。「妳可真是給我長臉，非要吊死在一棵歪脖子樹上！玉致，妳不要糊塗！」

柳氏低下頭，道：「父親，他救了我，也救了婼兒，我感激他……」

「那又如何？我已經替妳還了，謝禮送上門還不夠嗎？非要妳多此一舉？」柳昱冷嘲。「感激和心悅是兩碼事，感激代替不了怨懟，也抹平不了曾經。」

「我都知道！」柳氏疾聲打斷，抬起頭，望進父親一雙憤怒的眸子裡。「父親替我做的，我都理解，我應當怎麼辦，心裡自然有數。我雖然是個弱質女流，基本的尊嚴和骨氣尚有，該有的理智也都有。我十分明白自己在做什麼。父親，我們之間，總要有一個交代。」

當年不明不白，讓顧崇琰吞下啞巴虧，柳氏甩手走人，自此以後老死不相往來。

先前顧崇琰是出於什麼原因相助，柳氏並不清楚，但她至少很理智、很清晰，並不曾迷失。

柳昱替她送去的謝禮是柳昱的分，她送上節禮只是要與他做個了斷。柳氏並不是個知曉大道理的，她一根筋，只求坦蕩磊落，無愧於心，對的就是對的，錯的便是錯的。

顧崇琰幫了她和顧婼，這是不爭的事實，顧崇琰棄了他們母子三人，這也是曾經的過往。有句話叫往事隨風，從大理寺判下義絕書起，她就決定好了，從此與他再無瓜葛，她不想要欠了顧崇琰的人情。何況她若真想首尾苟合，何必光明正大地走大門路子？

顧三爺現在的妻子，是魏都的胞妹，顧家現有的輝煌，李氏功不可沒。顧崇琰什麼人，柳氏都看明白了，他不會捨得李氏給他帶來的好處，而她自認自己也還沒有那麼賤，非要巴著一個人不放。她有女兒，有兒子，有父親，有兄長，往後的日子，不是非要有人相伴。

顧崇琰送上顧婼的添妝，柳氏雖然驚訝，倒也沒有多少觸動，無論如何，婼兒都是他的女兒，合該如此。

柳氏幽幽看向柳昱。「父親，我有分寸……」

另一廂，顧妍挽著顧婼，漫步踱回院子，十五的圓月格外明亮，周邊一圈光暈明朗，層層遮推，她感慨道：「以後再要有這樣的機會恐怕少了。」

顧婼拍拍她的手背，緘默不言。

「姊姊怎麼了？」顧妍停下來看她。

顧婼看起來煩惱又糾結，像是立在一個十字路口，茫然無措，不知該選擇哪條路。她握緊顧妍的手，指尖卻是顫的。

「他給我添妝……阿妍，他竟然差人給我添妝！」顧婼微紅的眼眶裡，那雙明眸隱含觸動。

有沒有這樣一種人，你分明下定決心要恨、要厭，以為自己已經足夠鐵石心腸，卻發現其實恨意根本沒有你所想像的濃烈；有沒有這樣一種人，你明明十分瞭解他的秉性，反反覆覆對自己暗示警戒著，要小心謹慎，莫要掉入圈套陷阱，卻還是抱著最後一絲希望，興許人家已經改過自新；有沒有這樣的人，讓你既恨又敬……

顧妍不知道，兩輩子下來，她已經無感了。或許她骨子裡像了顧崇琰，能硬得下心腸，寡淡薄情。可顧婼不一樣，她隨了柳氏，足夠心軟。

緩緩放開顧婼的手，顧妍淡淡地笑。「所以呢？他給姊姊添妝，那又如何？妳喊了他十多年父親，這一點難道不是應該的嗎？不給妳添妝，妳會覺得理所當然，記得捎上妳一份了，便要感激涕零？姊姊，妳是這麼想的嗎？」

「我……我不知道。」顧婼如實說，懊惱地撫上前額。「那天我嚇壞了，娘親一直在流血，我六神無主，是他安慰我，叫我不要怕。」

顧婼自小懂事，很少讓人操心，顧崇琰大概是知道長女的乖順，通常不如何教導或關照她，起碼在顧婼有限的記憶裡，這樣來自父親關懷的話語少得可憐。乍一聽聞，就覺得鼻頭發酸，眼淚流得更急了。

她沒說話，顧崇琰也沒說，她只聽到他長長喟嘆了一聲，既無奈又感傷。顧婼的心裡就霎時酸疼得難受。

顧妍大致能想像出顧崇琰那副滿懷愧疚又心疼不已的樣子……近在眼前的真實，也不可避免的虛偽。

頭頂著清輝，月華如水。

「我們離開顧家的那天晚上，月色可沒有這麼好。」顧妍仰起頭看。「那晚，天上都陰沈沈的，一點兒亮光都沒有……」

聲兒淡淡，如憶往昔，顧婼渾身一震，明白顧妍說的是他們被驅逐出家門的那一天。

椎心蝕骨的痛，她也不是沒體會過。被自小尊敬愛戴的父親利用、背叛，被生活教養的家族拋躲放棄，再眼睜睜看著親人受苦受難，哪怕沒有一點點自尊自我，顧婼也無法無動於衷。

當時恨透怨透，心如止水，可為什麼現在被翻出來，她卻隱隱帶了一種寬恕鬆動？她會想，父親為什麼不要我們？也會想他是不是後悔了？

直到那匣子送到自己面前，某些被埋得極深的情感，霎時傾洩而出。

「是什麼？」顧妍突地問起。「他給妳送什麼東西來了？」

「一套鴿子血紅寶石頭面。」顧婼吶吶地說。

話音才剛落，就聽到了低笑聲。

「鴿血紅啊，手筆確實不小了。」顧妍扳著手指細算。「前頭顧家落魄到那種地步，現在一個戶部寶泉局的司事，竟也能拿得出鴿血紅了？這得是多少年的俸祿總和啊！對姊姊，他確實是有心了。」

顧婼臉色倏然慘白。顧家家道中落，復又平地而起，是靠著誰才有如今的風光繁華？那套鴿血紅的頭面，足需上千兩，顧崇琰一個司事，如何擔得起？他真能什麼都不管，只將積蓄拿出來給顧婼添妝？

夜風陣陣，顧婼直覺有一股寒意從腳底慢慢升騰起，噁心陣陣上湧。

顧崇琰，居然拿李氏的東西，給她添妝！她眼裡所謂的誠意和關懷，都帶上了李氏的影子！

由愛故生恨，由愛故生怖。愛和恨之間難分界線，但如果從一開始，就是一種純粹的厭憎呢？

因為那個人是父親，因為他們之間有那樣一份磨滅不了的血緣親情，所以顧婼會心軟，會糾結矛盾，會疑惑苦惱自己該用何種態度去面對他，但如果對方是李氏的話，一切就簡單容易多了。這個半道殺出的女人，給他們帶來的一切都難以磨滅。相較起來，其實恨比愛更加難忘，顧婼沒辦法接受一個她討厭的人，這是她的驕傲和任性。

顧崇琰拿李氏的東西給顧婼添妝，這就是他的心意？若是這種心意，不要也罷！

「姊姊，一切都已經變了。」顧妍輕聲說道。

她們不再是顧家的小姐，他不再是她們的父親，他是顧家的三爺，是李氏的丈夫！

身邊的人沒有回應，顧妍也不再多言，忽然伸手抱住顧婼，緊緊地抱著，雙手收得很緊。

顧婼僵直著身子。上一回顧妍這樣抱著自己，是她發現顧崇琰想藉她給母親下毒。她被欺騙、被利用，她痛不欲生。而這個小姑娘，伸開她的雙臂，緊緊地抱著自己，跟她說：「姊姊，妳還有我們的……」

還有阿妍，還有衡之，還有母親……她並非一無所有，並非除了父親，她就再沒有敬仰和依靠。

顧婼潸然淚下，許久，這才低聲輕喚。「阿妍，我們都已經回不去了，對不對？」

過眼雲煙，說得輕巧，又有幾個人能夠做到？顧妍學了兩輩子，依舊還是不合格。

顧妍回到房裡不久，景蘭便過來悄聲與她耳語。「伴月姊姊說，大小姐將那只榆木匣子收進庫房了，原先十分珍視的寶貝，這時候卻連碰都不願碰一下。」

顧妍沈默了一會兒，悵然地點頭。

第五十一章

西德王府的中秋過得不盡興，隔壁的顧家同樣也沒好到哪兒去。

顧婷先前被老狗咬了口，一連幾日高燒不醒，神志不清，甚至被郭太醫診斷可能是染上了瘋狗病。李氏再沒工夫去管別的，就守在顧婷身邊看著，一連過了好幾日，燒才算退下來，郭太醫這才說往後已經無礙。

顧婷的手掌缺了一塊肉，雖然慢慢癒合中，然而凹陷的一塊卻補不上了。顧婷醒來後日日以淚洗面，揚言要將賀氏碎屍萬段。

李氏雖氣悶，這時候也懶得勸她——她必須讓顧婷好好反省，改一改這個急躁的壞毛病。

反倒是顧崇琰順勢扮演起了好父親的角色，耐心哄起女兒，並且保證會給賀氏好看。顧崇琰為此和顧二爺爭執過幾回，在顧婷面前可算狠狠長了一回臉。

李氏充耳不聞，她現在只關心顧婷的手該如何痊癒，左等右等，鎮國公府那兒沒消息，晏仲不肯出診，乾脆直接跑了不見蹤影，魏都也只說先將養著，以後看有沒有機會修補。

李氏暗恨，環胸立在窗前若有所思。銀輝在她身上鍍了一層光，高貴而聖潔。

現在每每看著李氏，顧崇琰都覺得不認識似的。對他百依百順的嫵媚小女人，有一天是這樣出塵絕豔……美則美矣，卻高貴得令人望而卻步。

顧崇琰頓住腳步，不知在想些什麼。

李氏轉過頭來看他。「嘉怡郡主送來的月餅好吃嗎？」

顧崇琰心裡突地一跳，不自在地別過頭。「說什麼呢，妳別想多了，她送節禮來就是為了感激我上回救了她。」

如此說著，不由有些心虛，李氏把持裡外，對這些事一清二楚，那他給顧婼添妝……他是怕了這個女人，什麼都要看她的臉色，沒有一點點隱私。

「我也沒多想啊。」李氏不在意地笑了笑，突然問起來。「對了，三爺前不久向帳房支了筆銀子，是為何？」

顧崇琰答不上來，心裡突地一跳。她以前可沒管這些，怎地突然這麼說？

「還能為何，都是同僚之間的應酬往來，若是妳不喜歡……」

「三爺！」李氏冷聲打斷。「三爺若是為了應酬，我無話可說，可你要拿了銀子做別的用途……」她突然笑了。「寶泉局這個肥差，可不知多少人盯著呢！」

顧崇琰緊緊咬住後槽牙，臉色煞白。他扯著嘴角乾笑兩聲。「我當然知道，妳放心好了。」

女人，到底是太聰明了不好。太自主了，也不好。

第二日一早，西德王府的門房遞進一張帖子，是顧崇琰送來的。好歹父女一場，女兒要出嫁了，做父親的想要再見上一面，更提到若是柳氏不放心，也可一道前來。

柳氏捏著這張燙金的帖子，翻來覆去了好一陣，讓唐嬤嬤給顧婼送過去。

雖然柳氏自認自己與顧崇琰無話可說，但事實上，顧崇琰作為顧婼的生父，想要為女兒做些事、出點力原是無可厚非，先前還為顧婼送來添妝……女兒怎麼想的，柳氏起碼看得出一點。

然而片刻的工夫，唐嬤嬤回來報信。「大小姐說，顧三爺的好意她心領了，出嫁在即，她不便出門，就不勞顧三爺費心了。」又捧了只榆木匣子過來，交給柳氏。「大小姐還說，這些太貴重，她無福消受，請顧三爺收回。」

柳氏微愣，打開匣子看了眼，是一整套的鴿血紅頭面，顆顆飽滿晶瑩，以她的眼光，自能知曉這套頭面的價值。當時顧崇琰遣人送來時，柳氏驚了許久，給顧婼送去後，顧婼的神色亦十分複雜，唏噓無奈有之，感觸動容亦有之，可短短數日，怎麼態度就發生了翻天覆地的變化？

柳氏又問：「都是婼兒吩咐的？她都想明白了？」

「大小姐比任何時候都要清醒。」唐嬤嬤肯定地點點頭，頓了頓道：「郡主，照老奴說，既然已經了斷了，有些不必要的聯繫牽扯也就算了吧，我們不需要為了這份淺薄的關係，而把從前的僵局打破，這樣任誰心裡都會不自在。」

「我明白，若不是近來出了點意外……孩子心裡是怎麼想的，我能左右？他們還不是在遷就我？」她合上榆木盒蓋，慢慢地笑起來。「婼兒既是想清楚了，我便也放心了。」

柳氏將匣子交給唐嬤嬤，入手很沈，分量不輕。「將它還給顧三爺吧，怎麼說的就怎麼回，不用顧及旁的。」

唐嬤嬤微微翹起唇。「是，老奴這就去辦。」

等唐嬤嬤把話帶到了，顧崇琰看著眼前這只榆木匣子，心裡頗有些不是滋味。連添妝禮都如數退還回來，這是擺明了跟他撇清關係啊！昨晚李氏還問他那筆銀錢用去哪兒了，今兒顧婼就把頭面還回來！在李氏面前，他連個屁都不敢放，還得搖著尾巴湊上去討好賣乖，男人做到他這個分兒上，簡直窩囊！

本想著在顧婼和柳氏面前揚眉吐氣一回，這兩個不識好歹的！恨恨地吸口氣，顧崇琰想將這只匣子扔地上，想了想，這一盒子頭面首飾也值不少錢，只好作罷，又拿去給了顧婷，只說是特意買給她的。

李氏聽聞後冷笑了聲。「他可真會做人！」

日子過得極快，八月末的秋風輕拂，韶光正好，顧婼早早地起身，由著喜婆給她洗漱、絞面，抹上脂粉，穿戴上大紅喜服。粉妝黛抹，明豔逼人。

蕭若伊歡喜地說：「婼姊姊今兒真漂亮，都說女子一生中最美便是出嫁時，一點也不假！」

柳氏在旁瞧著熱淚盈眶，楊夫人也頗有些動容，輕拍著柳氏的手道：「大喜的日子，可不要再哭了。」

柳氏這才笑著應是。

顧婼神色有些驚惶，顧妍拉著她的手，在她耳邊笑道：「姊姊和姊夫一定可以白頭偕老，百子千孫。」

顧婼好笑地睨她一眼，眼眶不由又濕了。昨晚姊妹兩個已經哭過一場，等以後嫁了人，被冠上夫姓，再不能任意妄為地流淚，而是要學著堅韌堅強，那就趁著還是姑娘的時候，再任性地哭上一回。

顧婼長長吸了口氣，忍住淚意，笑顏以對。

很快吉時到了，喜婆唱喏著吉祥話，楊夫人給顧婼梳了頭，戴上鳳冠，蓋上紅蓋頭。拜堂的時間在黃昏，此時太陽已經西斜，門外噼哩啪啦響起鞭炮及鑼鼓的聲音，更多親眷來到房裡見證新娘子的出嫁，無一不是在誇讚、祝福。

外頭的動靜越來越大，有人扯著嗓子喊。「花轎來了！」

蕭若伊眼睛微亮，就要出去看熱鬧，自然也有許多女眷跟著一道去了。顧婼跟著喜婆站起身，去花廳辭別母親跟外祖父。

姑蘇柳家的人來了燕京，揹顧婼上花轎的是柳家家主柳建明的長子，顧衡之噘著嘴一路看過去，酸溜溜地道：「姊姊就該再等兩年，等我長高了、壯實了，親自揹姊姊上花轎。」

蕭若伊聽得呵呵直笑。「就你這小身板，三、四年也不一定長多高，你還想婼姊姊為此一直等下去啊？」

顧婼都十六了，再不嫁人，就真要成老姑娘了。

顧衡之不服氣，揮了揮拳頭，道：「等我二姊出嫁，我一定親自揹她上轎！」

歡鬧喜慶裡，顧婼上了轎子，紀可凡穿一身大紅色衣袍，對眾人拱手，謙和有禮。哄鬧聲中，紀可凡帶著顧婼往柳府去，看熱鬧的人漸漸散去，無人注意到顧宅角門處站著一個纖瘦的人影，始終定定地瞧著一個方向，又不自主地撫了撫自己裹著厚紗的右掌。

等花轎停下，顧婼在紅綢牽引下，到喜堂與紀可凡拜天地，然而本該坐在上首的柳建文和明氏卻立在一邊，而原先上首的位置，卻坐著成定帝和張皇后，隨行前來的，自然還有魏都，舉著拂塵侍立在成定帝身邊。

小娘子們都在隔間的花廳裡，花廳正對著大堂。鏤空的窗戶上糊了層紗紙，有喜鬧的小姑娘在上頭戳了個小洞，就透過這個洞看外頭的情形。

大喜的日子，當然沒有人計較這麼多，蕭若伊自是一馬當先，拉著顧妍一道來看，而那邊沐雪茗也和蕭若琳就著另一個小洞看得不亦樂乎。

「師兄也來了！」

沐雪茗會叫師兄的，不過就只有夏侯毅一個。

顧妍和蕭若伊同時一怔，轉了轉眼珠子，果然就見夏侯毅穿了身真紫色箭袖蟒袍，立於人群中，目光環視著周遭，神情十分怪異。

蕭若伊頓時興致缺缺，快快地縮回腦袋。她悶悶不樂地扯著衣角上的孄邊。「怎麼皇上和皇后娘娘都來了？本來不是說好了只有皇后一人嗎？」

顧婼成婚，張皇后早先便說過要來觀禮，也是給顧婼做面子，可現在成定帝跟著來了，魏都總不能落單，連信王都一道隨行。顧妍想成定帝也是好玩的，哪兒有熱鬧往哪兒來，張皇后既然來觀禮，他一道前來不足為奇，只是九五至尊出現在婚禮上，觀禮者難免都戰戰兢兢。

紀可凡正要和顧婼一道給成定帝、張皇后見禮，成定帝忙擺手道：「不用不用，朕這是微服私訪，你們原先怎麼著便怎麼著。」

成定帝既然這般說了，其他人自然照辦。在禮官的主持下，一對新人順利拜完了天地。

夏侯毅目光有些渙散迷惘。他這是頭一回來柳府，卻有一種似曾相識之感，好像在夢裡曾經出現過……又想勛貴家的陳設建構都差不多，覺得眼熟不足為奇。

可當視線落到對面花廳那面槅扇上明晃晃的幾個人影時，腦中突地被刺了一下，疼得他冷汗直冒。

「舅舅經常和人在那裡議事，有時候我好奇他們在說什麼，就會跑到花廳去，用手指戳一個小洞，躲在那兒光明正大地看。」

都躲起來了，怎地還光明正大？女孩兒卻理直氣壯極了。

夏侯毅又好笑，又感到心底有一股難言的酸澀緩緩湧出來。

那個喚他師兄的女孩，他想，他大約是找到了。從在大理寺門前聽到她那聲「紀師兄」起，他就確定了。獨一無二的語調，帶了幾分慵懶，幾分嬌柔，那是沐雪茗無論如何也學不來的！

雖然他覺得萬分不可思議，而那個女孩也根本不願意承認。

夏侯毅在槅扇後的人影幢幢裡辨別，他想知道，他心心念念的女孩是哪一個，他想，他一定會認出來的。然而剛剛定睛片刻，便有人站到他面前擋住他的視線。

「表叔？」夏侯毅一怔。

自皇宮「巫蠱之亂」過後，無論是蕭若伊還是蕭瀝，對待夏侯毅皆都是不冷不熱的態度。他心知自己做得不厚道，無法責怪他們，也只能說命中注定如此。

蕭瀝摩挲了一下手裡的杯盞，看著一大半跟著新郎、新娘去鬧洞房的人群，緩緩問道：「你怎麼不跟著去？」

夏侯毅垂眸說：「與紀探花不過泛泛之交，還是不了。」正想要反問一句「表叔怎麼也不跟去熱鬧一下」，又想他的性子，其實根本不屑於此。

蕭瀝的腰間別著一只紅色穗子，晃晃蕩蕩的。他穿了身石青色的團花直裰，紅配綠，此時看起來異常的滑稽，他卻好像毫無所察。

在夏侯毅印象裡，表叔極少佩戴掛飾，至多便是隨身攜帶上一只翠綠扳指，方便拉弓射箭，要不便是在腰間斜挎上一把匕首，以備不時之需。

這樣的絡子，分明是女兒家的手藝！可又是誰送給他的，能讓他成日都不離身？此般又憶起蕭瀝與顧妍的婚事。等再過年餘，顧妍就及笄了，笄禮過後，便要主持她和表叔的婚事。他剛剛承認看清自己的心，又要接受這種事實，夏侯毅一時嘴裡發苦。

「若沒什麼事，我先去坐席了。」夏侯毅匆匆道別，逃也似的離開喜堂，猶記得回身去望一眼槅扇，原先熙熙攘攘的人影已經散去了。

蕭瀝望著夏侯毅離去的背影，又轉頭望了眼槅扇後空蕩蕩的一片，驀地將杯盞中的酒水一飲而盡。

天色漸漸暗下來，廳堂裡的酒席方才吃到酣暢時，推杯換盞的好不歡騰。

成定帝和張皇后不過就是來走個過場，儀式一結束，他們便也回去了，實在沒必要還來一個官員的府邸討口喜酒喝。至多就是再讓夏侯毅留下來代表皇家，給新郎官敬上一輪酒水。

女眷這兒的宴席處，有姑娘們玩起了行酒令，正是熱鬧，顧妍多喝了幾盞果子酒，覺得有些熱，便對身旁的蕭若伊耳語道：「我去更衣，順道在外頭透口氣。」

蕭若伊雖沒有參與她們的遊戲，但此時正看到興頭上，擺擺手道：「那妳早去早回。」

明月高懸，大紅色的燈籠掛滿了整座遊廊，紅綢滿目，十分喜慶。兩主僕一路前往招待女眷的花廳，沿著遊廊一路走，穿過月洞門，就有梅蘭竹菊四座花廳，這時收拾出來給女客們坐席。

每隔一段距離掛著一盞宮燈，紅彤彤的光暈投下簇簇明彩。青禾老遠就瞧見有一個高銚的人影緩緩走過來，看裝束打扮絕非是小廝、家丁，然而若是男客，又怎麼會越過垂花門到了這處？

青禾驀地一驚，拉住顧妍正欲迴避，然而這條迴廊不過是一條道，除卻迎面而上，根本避無可避，顧妍立即就認出來人是夏侯毅，同樣一怔。

他穿了身真紫色的蟒袍，身形高眺卻也顯得瘦弱，慢悠悠地在迴廊上走著，環顧四周，手指輕輕劃過廊壁，眸色幽深。

若繼續往前走，勢必會和夏侯毅打上照面。儘管心裡再如何不願意，在如此近的距離下卻掉頭就走，才會顯得此地無銀。顧妍定了定心神，她心中坦蕩，根本就沒什麼可逃避的。

輕拍青禾的手背，顧妍端著恰到好處的儀容，瞧見夏侯毅時也露出適時的驚訝，不慌不忙地撿衽行禮。「信王殿下。」

顧妍沒有失儀，反倒是夏侯毅被嚇了一跳，不由自主地後退一步。再見小姑娘亭亭玉立地站在自己面前時，心中又驀地湧起一股欣悅。

「妳……」

方才開口，顧妍便出聲打斷。「這兒是女眷宴請地，男賓的在外院，信王殿下怕是走錯地了。」

夏侯毅頓時默然，旋即便是苦笑。這樣的淡諷，他還是聽得出來的。

在前院喝了點酒，夏侯毅的面頰微紅，顧妍嗅覺靈敏，離得近了，都能聞到他身上的酒味，是經年的花雕。顧妍不喜歡這個味兒，不由自主地皺起眉。

夏侯毅便往一側挪開兩步，倚靠到落地紅漆柱上，深遠地望著庭院。今晚月光明亮，又點上了許多燈，院中的景象一覽無遺，他眸光怔怔地定在牆角的一棵石榴樹上。

顧妍見他讓出道來，微微行了一禮，便越過他去。

「垂花門旁有棵梅樹，經年了，長得十分粗壯，每到冬天就會開滿樹的紅梅，一片一片落下來，落到雪地裡……」

夏侯毅自個兒喃喃自語，顧妍不由停下腳步，心起狐疑。

他怎麼知道？旋即想到他剛剛從垂花門進來的內院，看見了也並不稀奇。

夏侯毅依舊遙遙地看向某個方向。「妳常常收集那棵梅樹上的雪水，用小竹篾子將梅花瓣上的積雪撣下來，說那樣的雪水沾了梅香。個子不夠高，就搭了梯子爬上去，分明是畏高的，還讓人在下頭扶著，硬著頭皮上，腿腳都在一個勁兒地抖。」

顧妍驀地睜大雙眼。

他卻笑得更舒朗了。「有一次不慎摔下來崴了腳，卻立刻拍拍身上的碎雪站起來，說雪厚，沒事兒，過了好一陣才開始喊疼，那時候腳踝都腫起來了，大夫看過後說要休養一個月。春天的時候要採桃花瓣煮桃花粥；夏日裡就要人去採蓮蓬、挖蓮藕，蓮心拿出來泡茶，還要加上兩塊冰糖；暮秋就摘桂花釀酒，定要埋到那棵老梅樹底下，妳說那梅樹有靈性……」

夏侯毅每說一句，顧妍的手就收緊一分，宮燈暖融融的光照在她的臉上，依舊擋不住她剎那慘白的面色。

青禾悄悄扶住顧妍，竟發現她的手心是冰涼的、顫抖的。顧妍就像被定住了一般久久不動，連呼吸聲都格外輕淺。

夏侯毅轉過頭來看她。纖弱的小娘子只留給他一個單薄的背影，風一颸就要吹走似的。他動了動垂在身側的手臂，他很想扳過她的肩膀看看她的神情……終究是忍住了。

「我說得對不對，配瑛？」夏侯毅緊緊鎖著她的背影。

一滴冷汗從額角順著眉骨緩緩滑下。

他知道！他居然都知道！他想起了前世的事！難道夏侯毅也是重生的？

顧妍死死咬住牙關，這才止住幾近脫口而出的驚呼。聽他說話的口氣，她又覺得十分奇怪。

配瑛？他怎地還這樣稱呼她？真的帶著上輩子的記憶歸來，他怎會想不明白自己對他的敵意與冷漠是為何故？這時候含蓄內斂地緬懷這些早已不復存在的曾經，算是什麼意思！

他可是做了皇帝的人哪！哪裡用得著如此低聲下氣地對一個人……

顧妍深深吸一口氣，又莫名地鬆懈下來。其實仔細想想，這一世夏侯毅對她的態度一直都很奇怪。

「我們是不是認識？」

顧妍記得他曾經這樣問過自己。

是了，那時候她就察覺出不同來了。夏侯毅，確實是有一部分上一世的記憶。他甚至之後還問過她是不是稱呼他為師兄，目光神情卻那樣的迷惘而不確定，他只是在試探吧？

顧妍忽地低笑起來，肩膀笑得一聳一聳的。「殿下，您說這些做什麼呢？」

顧妍回過頭來，面上帶著微笑，但看起來冷漠極了。「不錯，您說的大多都是對的，當然出入之處也有……我從未因為摔下梯子而崴到腳，反倒因為汝陽公主而不幸命中了那麼一次。」

夏侯毅臉色開始有點不大好看。

顧妍微頓，便狠狠皺起了眉。「信王打聽得可真是夠清楚的，您這麼關心我的一舉一動，不知是為了什麼。」

此般說道，已經拉開了和他之間的距離。

夏侯毅張口便是否認。「我沒有打聽！」

「那您是從何而知？」

夏侯毅說不出來，他只是知道……他就是知道！

兩人又陷入了沈默的僵局。

顧妍聽到花廳那裡似乎響起了一陣更熱烈的歡鬧聲，輕嘆口氣道：「信王，您喝多了，快些回去吧，這裡到底是內院，您不該來……今兒在這兒的是我便也罷了，被別的人看到了，對您的名聲不好。」

「那對妳呢？」夏侯毅忽地笑了笑，站直了身子。「被人看到我與妳共處一地，對妳又是如何？」

世人對女子總是不寬容的，男女大防仍要講究，何況還是顧妍這種已經訂了親的女子。

他邁近幾步，青禾趕忙擋到顧妍面前，警惕道：「信王殿下，請您自重！」

自重？一個小丫鬟也敢跟他說起自重來了……

顧妍示意青禾不要與夏侯毅硬碰硬。現在看起來再如何謙潤有禮的佳公子，骨子裡都隱藏著一頭蟄伏的野獸。這個人可是未來的昭德帝，是那個剛愎自用、目空一切的亡國之君！有些驕傲，並不是青禾可以任意拂逆的。

「無故出現在內院的是您而不是我，需要解釋的也是您不是我，縱然於我而言有些麻煩，但於您來說，恐怕也不好收拾。」顧妍不願與之多談，指了指抄手遊廊道：「垂花門就在那處，信王殿下不要再走錯了。」又吩咐青禾道：「送一送殿下，再去看看二門的守衛是不是都醉了，雖是大喜的日子，可別因為貪杯誤了事。」

青禾應是，便要為夏侯毅領路。

夏侯毅深深看向顧妍，眸色是一如既往的溫潤。「妳的伶牙俐齒，為何總要用在我身上？」

他笑得無力極了，別過臉扶額，吹了一會兒風，又慢慢放下手攏起袖子。「顧妍，妳可以說我是在作夢。究竟是不是夢，我自個兒很清楚，妳不願意解釋，那我就不問，我一個人想，總有一天，我會完全想起來的。」

他篤定地說，嘴角抿緊，有一種別樣的堅毅決絕。這個過程或許遙遙無期，可找不到答案，他一輩子都不會甘心。

夏侯毅跟著青禾回前院，廊下一陣風吹過來，顧妍頭頂的宮燈忽明忽滅，映照得她臉色也昏暗不明。她靠在廊壁上，這才後知後覺，自己背心竟然發了一層薄汗。

他果然還是想起什麼來了……可就算想起來了又能怎樣？她早已不是從前的顧妍，而他們，也注定和前世不一樣了。她恨他、怨他，儘管這種怨憎，在歲月流逝的過程中慢慢變淡，她也能夠理解他的難處和苦衷。

周邊的親人、朋友猶在人世，尚且安康，她沒必要沈溺在前世的痛苦裡，從此一蹶不振，這樣對不起的只有她自己。她嘗試著寬恕，嘗試著原諒，她嘗試自我救贖……但這並不代表她能將從前那顆純真的心再次傾注於夏侯毅。

真的已經回不去了。

抬頭望了眼廊外濃濃夜色，顧妍閉上眼輕聲嘆息。這一嘆，是對前世種種過往的捨棄與放下，是對曾經桎梏枷鎖的解開與擺脫，是對自己新生的重新認識和改觀。

唇畔笑意漸濃，那種釋然輕鬆令她的小臉在燭火下熠熠生輝。

顧妍嗅到一股清冽寡淡的薄荷香氣，混雜著淡淡的桂花酒香。她猛地睜開雙眼，就見蕭瀝神色鬱鬱地站在跟前。

她笑道：「聽了這麼久，你終於捨得出來了？」

「妳知道我在？」

顧妍抬手抓住他腰間那只鮮紅色的蝙蝠絡子，色澤依然鮮紅若血，搖搖晃晃的。

「你就坐在梁柱上，藏得是隱蔽，不過這絡子的影子照到牆上了，我一直看到它晃來晃去……」

話音戛然而止，蕭瀝忽然將她抵到廊壁上，左手撐在她腦側，右掌則撫上她的臉頰，緩緩摩挲。

整個人都被他圈住，宮燈的光影搖擺不定，顧妍抬頭也只能瞧見他勻稱光潔的下巴，反倒鼻尖充斥著清冽的薄荷酒香。

「顧妍。」

低啞的輕喚響在耳側，顧妍頭皮一麻，只覺得剛剛喝的果子酒勁頭上來了，臉頰發熱，甚至能聽到自己急促的心跳聲。

蕭瀝神情難辨，只顧將她圈到懷裡，剛剛好將下巴抵上她的頭頂。

「你做什麼呢？」

顧妍推他，蕭瀝卻只管圈得更緊，心中隱隱有股酸澀悶痛。若一開始只是察覺夏侯毅對顧妍有某些心思，今日一番話，他卻又察覺出許多不同來。細想想，其實阿妍對夏侯毅，從來都是能避則避的。能有什麼原因，讓她對一個從來都是謙謙公子的人視若蛇蠍？她並不是無的放矢的人，或許真如老人們常說的，淵源頗深。

蕭瀝撫了撫她柔順如綢子一般的烏髮，心中微動。藉著酒氣氤氳，慢慢低下頭，將唇輕輕印在她光潔的額上。

晚風拂面，針落可聞。

蕭瀝久久不曾挪開唇瓣，好一會兒才沿著她的眉骨細細描摹，覆上她的雙眼，熾熱又纏綿。她生了兩彎極好看的黛眉，眉骨微高，便顯得眼窩輕陷，眼珠子黑白分明，深邃清亮，他一直很想說，最喜歡她的眉眼，那是她最有靈氣的地方。

顧妍如同傻了一樣，愣愣地由著他為所欲為，好不容易回過神來了，終於想起要退開，可身後就是廊壁，而他的手掌又按住她的腰，根本無法閃躲。全身的熱度都集中到臉上，她臉紅得似能夠滴出血來。

「你……你發什麼瘋！」

她伸手捶打蕭瀝的胸膛，那點力道，對他而言根本微不足道，而原本該氣勢凌人的語氣，此時由她說出來，也軟綿綿的沒有一絲威力，反而多了幾縷嫵媚嬌嗔，像是一隻慵懶的波斯貓。

方才對待夏侯毅時的淡漠果決呢？她的冷硬固執呢？

蕭瀝低聲悶笑，將額頭抵上她的，望進那雙如水的眸子裡。「我沒瘋，很清醒。」

兩人離得這樣近，呼吸可聞。

顧妍被他身上的酒氣醺得都有點醉了，目眩神迷，心跳如擂鼓。

玫瑰花瓣般嬌豔的朱唇飽滿紅潤，引人想要低頭攫住那抹粉嫩，蕭瀝微有些遲疑，忽地聽到「砰」的聲響，是從不遠處的花廳裡傳出來的。

顧妍如夢初醒，迅速側過臉，躲避他的氣息，朝聲音來處望去。

原本曖昧的氣氛消失殆盡，蕭瀝似有些遺憾，不過倒也直起身子，放了她自由。

嬌小的姑娘從他和牆壁圍成的縫隙裡滑出去，臉頰上緋紅一片，絞著衣角吶吶說道：「我……我去看看怎麼了。」

她說著轉了個身就要走過去，卻腿腳虛軟，險些一個踉蹌，蕭瀝連忙拉住她。

顧妍期期艾艾地道謝，卻又不敢去看他的雙眼，只道：「你先回去吧，被人瞧見了不好……」

分明是想一本正經，結果說出來的聲音卻嬌嬌軟軟，好像在撒嬌，她頓覺窘迫，趕緊鬆開手，逃也似的跑開了。

蕭瀝覺得有趣又好笑，握拳抵唇輕笑了聲，覺得今晚的月光似乎格外明亮惑人。

顧妍趕緊拍了拍灼熱的臉頰，讓自己看上去清醒些，小步跑過去，迎著夜風驅散掉臉上的滾燙。離得近了，就能聽到廳堂裡有些嘈雜紛亂，有小丫鬟來來回回進出。

門口的丫鬟撩起珠簾，顧妍連忙進去，正想瞧一瞧究竟發生何事，迎面便撞上來一個十三、四歲，端著盤子的青衣婢子。那婢子看著瘦弱，體格竟然強健，二人撞在一起，她僅僅退後了兩步，顧妍卻腳下不穩，直直地往一側摔去。

「阿妍！」

顧妍聽到蕭若伊在喊，也有許多人驚呼，然而已經來不及了，離得太遠，根本就拉不到。

地上不知何時撒落了許多碎瓷，顧妍這一摔，恰好便對著這堆碎瓷，還剛剛好是臉面著地。

顧妍心道了聲糟糕，閉上眼，腦袋一瞬空白，然而疼痛卻沒有如期而至，有人拉住她的手，用力一帶，隨著旋了幾圈，穩穩地站到一邊。

明氏和楊夫人大驚失色，皆圍過來關切。

顧妍這才睜眼看清了方才拉自己一把的人，是個和她差不多高的小娘子，長眉入鬢，眉宇間還頗有幾分英朗，睜著雙黑白分明的眼睛定定地瞧著她。「妳怎麼樣，有沒有事？」

小娘子伸手在顧妍面前晃了晃，說話聲音並不嬌柔清脆，而是低低悶悶的，卻讓人聽來十分舒適。

目光不由落到她晃動的手上，若沒有記錯，剛剛她抓著自己的時候，還能感到她手心薄薄的繭子，似乎是長年練武留下來的。今兒來這裡參加婚宴的小娘子們，非富即貴，皆是十指不沾陽春水的小姐，平時最是注重保養了，怎麼還會在手上留下這種印記？

和她相撞的婢女趕緊跪下來請罪，明氏忙問顧妍有沒有哪裡受傷，蕭若伊急著跑過來，幾人幾乎將顧妍團團圍在中間。

沐雪茗和蕭若琳遙遙望了過去，神色皆顯得有些微妙，扯扯嘴角似是不屑。

顧妍喘了口氣，對明氏、楊夫人笑了笑，道：「我沒事，多謝這位姑娘了。」說完，顧妍對那位小娘子深深福了一禮。

那姑娘有些無措地連連擺手，不好意思地道：「妳太客氣了，舉手之勞。」她笑的時候眼睛如月牙彎彎，可愛極了。

楊夫人笑道：「她就是我跟妳說的袁家九娘，本是在旁邊竹廳的，妳上次說想認識她一下，我便帶了過來。」

顧妍當即恍然，原來她就是袁九娘啊！

「還是要感謝妳。」顧妍友善笑道。「妳的身手真好，剛剛我以為自己真的要摔倒了。」

袁九娘朗笑著撓了撓頭。「我也是一時情急才如此的，爹娘讓我不要隨便就動手動腳。」

後邊的話有些低了，顧妍還是隱隱能夠聽見。

袁九娘先前一直都在西北，那兒民風開放，遠沒有京都的講究，女子不用束手束腳，舞刀弄劍都不算什麼，只是既然來了燕京，還是得入鄉隨俗，以免成了異類。

袁九娘的祖父袁將軍是蕭瀝的恩師，蕭若伊將才也與袁九娘認識過一番了，這時誇讚道：「將門虎女，自然是巾幗不讓鬚眉。」

袁九娘眼睛笑得更彎了。

明氏也跟著謝過她，又看向了正跪著的婢子。大喜的日子不好發火，她只道：「還愣著做什麼，快收拾了東西去啊。」又趕緊去招呼安撫諸位受驚的女眷。

顧妍悄悄問起蕭若伊。「我不過出去了一會兒，發生什麼事了？」

蕭若伊搖搖頭。「也沒什麼，就是上菜的婢子不小心跌了跤，盤子摔在地上，湯汁又濺到另一個小娘子身上……」

顧妍看了眼地上那處碎瓷，還有一大灘的蔥燒海參，確實是剛剛摔碎了無疑，已經有人來清理碎瓷片了。

蕭若伊拉了拉她。「幸好九娘剛剛拉住妳了，不然妳就這麼倒下去，出不出醜還是其次，萬一被那尖銳的瓷片刮傷了臉，這就麻煩了。」

刮傷臉見了血光，衝撞了大喜的日子這還算小的，萬一在阿妍臉上留下個傷疤什麼的，以後可要她怎麼見人？

顧妍冷笑了笑，總有些人，看不得他們好。所幸這之後再沒有發生什麼，顧妍也與袁九娘相談甚歡。

三日後，顧婼回門時是和紀可凡一道來的。她梳起了婦人髻，看上去氣色極好，容光煥發，整個人的感覺氣質都有些不同了。紀可凡依舊是那樣溫文淡雅，一雙眼睛時不時會看向妻子，目光柔情似水，而顧婼則不好意思地羞紅了臉。

顧衡之拉著紀可凡，一口一個「大姊夫」，顧妍也仰頭喚「姊夫」，紀可凡喜笑顏開，給了他們一人一個大紅封。

顧衡之瞧見他衣襟處還有紅封一角露出來，便得寸進尺。「我大姊端重持家，又只有我一個弟弟，姊夫你要對我好一些。」

紀可凡低笑著點頭，又掏出兩個紅封給了他和顧妍。

柳昱看到這裡都覺得尷尬，不由嗔道：「你這隻皮猴子！」

顧衡之嘿嘿直笑。「姊夫才不會介意呢！」

柳氏失笑，拉著顧婼進屋裡去說體己話，顧婼就小聲地紅著臉說自己很好，柳氏長吁了口氣。

最初為顧婼和紀可凡訂下婚約，除卻兩個孩子各自屬意，也是考慮到未來的成分居多。紀可凡雖是無父無母，但柳建文是他師長，相處了十幾年，又認了他做義子，其實與一家人沒多大差別。

紀可凡年紀輕輕就高中探花，入仕為官，兩家知根知底，顧婼不用擔心婆媳關係，中間也沒有妯娌、小姑困擾，人口簡單，只需跟著明氏一道打理操持家事。

顧婼這門親事是好的，柳氏放下心中一塊大石。

因著先前顧婼成婚，姑蘇柳家的人也來了燕京，柳昱曾將柳建明、柳建文叫過去密談了一晚，他們談了什麼顧妍不得而知，然而也能猜到是關於柳家急流勇退之事。

昆都倫汗在遼東稱王，暫時雖沒有威脅到大夏，但大金的存在無疑就是一顆毒瘤，時時刻刻都有侵蝕大夏的危險。柳昱敏銳地感知未來將會十分不太平，既是亂世，那在安然太平的最後一段時間裡，他們必須做好全身而退的準備，以將損失降至最低。

顧婷的手已經可以解開綁縛的厚紗，然而她始終不肯取下。她暗地裡曾偷偷看過，原本的如玉小手，掌側缺了一塊，醜得不忍直視。

但近來她的心情還算不錯，因為邯鄲賀家這幾天出了點事。賀大郎和賀二郎都是喜好尋歡作樂的紈袴，顧媛自小產血崩後身子就一直虛著，沒法伺候賀大郎，賀大郎便去了秦樓楚館眠花宿柳，有一日回來得早了，竟發現自己弟弟賀二郎和顧媛滾在一張床上。

賀大郎雖然不喜歡顧媛，可顧媛既然嫁了他，他又怎麼容許顧媛紅杏出牆，何況這姦夫還是自家親弟弟，賀大郎如何能忍，當下便說要休了顧媛，只是又被閔氏攔住。

顧媛至少還是顧家人，顧二爺還認這個女兒，顧家二房、三房到底還沒有分家，賀家將顧媛休了，顧家就丟了面子，一榮俱榮，一損俱損的事，他們還打算和李氏、魏都套近乎呢，怎麼敢休？

到底閔氏想出了個法子，她顧媛不是小產血崩嗎？那就讓她一直崩下去！

一碗藥灌下去，顧媛就沒了聲息。外頭只知道，賀家的大奶奶顧氏因為血崩歿了，賀家遍尋名醫，依舊沒法治好她的病，折騰了月餘，就這麼去了。眾人紛紛感慨紅顏薄命，也有說賀家有情有義等等不一而足。

顧崇琰到顧婷面前挑眉笑道：「怎麼樣，這一下可還滿意？」

顧婷心裡滿意極了，卻還是嘟著嘴嗔怨道：「爹爹說什麼呢？什麼滿不滿意的？三姊紅顏薄命，我是惋惜還來不及呢，說得好似我幸災樂禍似的……」

顧崇琰笑道：「是是是，婷姊兒最心善了。」

顧婷微微一笑，又惋惜地嘆道：「三姊命比紙薄，我聽了這消息都覺得難過，也不知二伯母曉得了，會怎麼樣？」

這是暗示顧崇琰，將這個消息透露給賀氏。賀氏現在活著唯一的寄託，無非就是顧媛了，若是顧媛都死了，那她真不如也去死了算了！

顧崇琰挑著眉，寵溺地拍了拍顧婷的頭頂。「這個是自然的，不然爹爹這般大費周章是為何意？」

父女二人相視而笑，盡在不言中。

顧媛身死的訃告，總是要傳回顧家的，顧二爺聽聞後一時感慨萬分，雖然對這個女兒失望透頂，可顧二爺真能狠得下心來不管不顧？他倒是有這樣想過，但最後終究都心軟了。

顧媛先前小產血崩，他還請了人去給顧媛送過補品。好歹知道點閔氏的性子，他要是不給閔氏一點好處，顧媛真不知是要怎麼被折磨死。

這是顧二爺做出的最大退讓了。然而，也終究是顧媛太過福薄。

顧二爺一時有些哀嘆，玉英便勸慰道：「二爺，玉英不會說什麼好聽的話，但還請二爺節哀順變，不要傷了身子。」

顧二爺閉了閉眼。「生死有命，富貴在天，若是她真的命定如此，我也不好說什麼。」

玉英心裡突地一跳。「二爺的意思是……」

「賀氏知道了沒？」

玉英搖搖頭。「交代過了都瞞著呢，沒人去夫人面前嚼舌根。」

顧二爺淡淡嗯了聲，正欲開口說些什麼，突然一個婢子跑進來，「撲通」一聲就跪在地上說不好了。「給二夫人送飯的丫頭突然腹痛，叫了個小廝給二夫人送午膳去，可誰知，那小廝嘴上沒安個把，一不小心漏嘴，將三姑奶奶去世的事給說了……」

顧二爺臉色倏地一變，玉英急道：「怎麼做事的？現在怎麼樣了？」

「二夫人說什麼也不信，在木屋裡大喊大叫，奴婢們勸不住，只能來稟報玉姨娘。」

玉英臉都黑了，顧二爺拍案而起。「是誰告訴她的？那個送飯的小廝呢？」

「那小廝自知闖了禍，投……投井自盡了。」

玉英目瞪口呆，顧二爺也愣怔了好一會兒，忽然哈哈大笑起來。「好啊，好啊！可真是好手段啊！」

顧崇琰，將後路都斷了，你以為別人就不知道你都做了些什麼骯髒事嗎？這家裡，是誰半點容不得賀氏？又是誰，非要賀氏死了才能夠甘心？

見顧二爺惱怒地揮手讓那婢子退下，玉英大概也料到了，顧婷先前被賀氏咬得手掌掉了一塊肉，現在也沒說怎麼治，為此顧三爺早不知討過多少次說法，二爺好不容易才為賀氏規避掉這些麻煩，可保不齊人家從別的地方下手啊！

想起方才顧二爺說的那句話，若真的是顧媛命定如此……

玉英狠狠打了個冷戰，莫不是顧媛的身死，還是顧三爺在背後操控的？

她瞅準顧二爺的臉色，急急道：「都是妾身不好，妾身應該去給二夫人送膳食、送湯藥的，如此，也不會被人鑽了空子。」

顧二爺擺擺手。「這怪不得妳，不是今日，也會是明日，防不勝防……」

他大感悲哀。本是同根生，相煎何太急？這些年，老三將心狠學了個十足十，反倒是他優柔寡斷起來。本來還顧念著和賀氏之間淺薄的夫妻情義，再怎麼說，除卻二十載夫妻情緣，他們怎麼也是自小相識的青梅竹馬，就算沒了感情基礎，也還有親人的成分。

顧二爺沒想過要賀氏去死，從沒想過……

顧二爺惋嘆著去了竹林木屋，老遠就能聽到賀氏瘋狂的叫喊，嘶啞、激烈，像是失去孩子的母獸在悲傷哀啼。他突然覺得有些心酸湧上來，命人將木屋的門打開，賀氏披頭散髮地衝出來，顧二爺伸手將她攔住，用力箍緊她的身體。

「蕙娘……」

時隔多久，才又一次這麼稱呼她？陌生的吐字讓他都覺得艱澀無比。

賀氏掙扎的動作慢慢停下來，定定地辨認面前的人。

她很瘦，瘦得只剩皮包骨，皮膚枯皺，頭髮花白，臉上只餘一隻眼睛。這一年多來，賀氏被折磨得不成人形。

「媛兒，媛兒，我的媛兒……」賀氏哀哀啼哭，扯著顧二爺的袖子，直愣愣地盯著他。

他別過頭，有些陌生地拍拍賀氏的肩膀。「媛兒去了，妳……節哀。」

那最後兩個字的話音才剛落下，顧二爺就吃痛地悶哼一聲，原來是賀氏一口咬在顧二爺的手臂上，顧二爺不得不鬆開，撩起袖子一看，一個鮮明的牙印子赫然入目。咬得很重，還有血絲沁出來。

「二爺！」玉英連忙奔過來將帕子覆在上頭，回身冷道：「夫人，您連二爺都不認識了嗎？您同床共枕二十年的丈夫都不識得了？」

丈夫這兩個字刺激到賀氏，她木訥的眼珠子微微一轉，就見貴婦打扮的玉英俏立在顧二爺身邊，風華絕代，而顧二爺英俊瀟灑，兩人儼然就是一對璧人，灼得她雙眼火熱，眼淚就跟著撲簌簌地落下來。

賀氏這輩子，高傲、跋扈、囂張，同時也卑劣、陰險，可她什麼事都直接放到明面上來，也從不知道忍耐。她想，她這輩子最大的錯，就是對一個男人傾注所有感情，所以容不得一粒砂子；最大的悔，就是對女兒太過驕寵放縱，所以將她變成了第二個自己，連最後一面也沒有見著。

這一刻，賀氏腦子裡竟是少有的清明，反反覆覆迴盪著的，是顧二爺將才那句話。「媛兒去了。」

她的女兒，她唯一的孩子，她活著的希望，這個從她身上掉下來的肉，就這麼去了！從此，在這蒼茫人世間，只餘她一人，孤立無依。

賀氏站起身來，身子搖搖欲墜，眼神卻是難得的堅毅。

顧二爺剛覺得有些不對勁，就見賀氏忽地快速跑開，「砰」一聲撞在木屋門板上。

「蕙娘！」顧二爺大喊，玉英驚得捂住了嘴。

賀氏癱坐在地，鮮紅的血沿著額頭滴落，她忽地笑起來。「媛兒，等等娘，娘來了……」

顧二爺在她一尺開外停下了腳步，見賀氏倚在門板旁，一動不動，神情溫暖而柔和。

有小丫頭上前探了賀氏的鼻息，一下便跪倒在地上，顧二爺知道，賀氏已經沒氣了。

先頭剛剛才知曉女兒身亡，轉瞬間，賀氏也跟著死了，顧二爺心頭的衝擊，一點兒也不小。他慢慢踱步到賀氏身邊，緩緩合上她的雙眼。

血沾了滿手，還是溫熱的。

顧二爺沈默許久，驀地站起身。

當他氣勢洶洶出現在外書房時，顧崇琰正在逗鳥，回身便見顧二爺已經停在他面前，抬手就給了他一拳。

顧崇琰悶哼一聲，倒退幾步，用手一抹，竟是斑斑血痕。他驀地一驚，以為自己破相了，可當看到顧二爺天青色直裰上沾了點點血跡，手掌上也全是鮮紅時，頓時安定下來。

賀氏一頭撞死了，他當然清楚，不僅如此，這還是他一手促成的，對此他樂見其成，只是在顧二爺面前，少不得要裝個瘋賣個傻。

「二哥這是何意，我是哪裡得罪你了？」顧崇琰裝作十分不解。

顧二爺冷冷一笑。「老三，你難道會不懂嗎？」

顧崇琰佯裝細思片刻，還是搖搖頭。「二哥說這話，我是真不懂了，今日好不容易休沐，我這正在逗八哥呢，二哥不由分說，上來就給我一拳，弟弟這心裡也是奇怪得很。」

顧二爺直直盯緊他。「賀氏死了。她死了，你是不是滿意了？」

「怎麼突然間……媛姊兒不是才……怎麼連二嫂也……」顧崇琰表現出十分驚訝的模樣，狠狠地攢眉。「二哥，二嫂沒了，你別太難過，什麼滿不滿意的，這可真是冤枉我了。二嫂不只是嫂子，還好歹是我表姊呢，親人過世，死者為大，我哪有幸災樂禍的道理？」

死者為大？他原來也知道死者為大！

顧二爺頓覺悲哀。「老三，現在說這些有意思嗎？她們都死了，你的目的達到了。」

顧崇琰想為自己辯解，顧二爺抬手叫他住嘴。「你不用說什麼冤枉、什麼誤會，究竟是什麼樣的，你我心裡都有數。你敢做，就想好了退路……其實也不用什麼退路，拿你是九千歲妹夫的身分，誰能說你一句，誰能動你一分？」

顧二爺哈哈大笑，笑得眼淚都快流出來了。「你要做什麼，隨你，可為什麼要她們的命？她們再如何不堪，我又能看著她們去死而無動於衷？好歹，她們與你還有那麼一分淺薄的親緣！」

顧二爺幾乎用盡全力對著顧崇琰嘶吼。「老三，人在做，天在看！我以前一直不信報應，但現在，我信了。」他忽然渾身頹軟下來。「壞事做多了，老天早晚是要收拾的，你不信，抬頭看看，看看蒼天，祂究竟會饒過誰！」

顧二爺深知多說無益，他確實沒有這個本事能夠動老三，顧媛跟賀氏的死因，誰能深究出個真假？別說顧崇琰都把手腳做乾淨了，就算不乾不淨，他也沒法拿他怎麼樣。人家可有個了不起的大舅兄！是啊，多了不起啊，連皇上都聽人家的！

顧二爺頹喪著走出顧崇琰的書房，架子上的八哥忽然學著他的語調說起話來。「人在做，天在看！人在做，天在看！人在做，天在看！」

顧崇琰煩悶不堪，伸手掐住八哥的脖子用力折斷。

顧二爺回頭就開始著手準備賀氏的喪儀。可在這之前，他卻先做了件事，請顧老爺子開了祠堂，將二房分出去單過，如四房一般。

賀家大奶奶顧氏前頭剛走，顧家二夫人賀氏就因悲痛欲絕而猝逝，在這個關頭，顧二爺居然還想著分家？

顧二爺也不給人解釋，執意如此，顧老爺子想了想，倒也同意。

顧大爺現在緊巴著顧崇琰，對顧二爺分不分家無所謂。顧崇琰巴不得這個二哥早點走，當然不出聲，唯一不樂意的就是顧老太太。

顧二爺是她最喜歡的兒子，她捨不得顧二爺。現在一提到顧家，想起的都是顧三夫人李氏，從不說她顧老太太，她就覺得心裡不舒服。又想著，李氏的兄長是個太監，再怎麼位高權重，那也是個不男不女，就更是打心底瞧不起李氏，也不怎麼給好臉色。

以後在顧家，肯定是要靠著三房的，可顧老太太不願意去貼三房的臉色，就要跟著顧二爺一道出去過。顧老太太想跟二兒子一道分出去單過，最不能同意的當然是顧大爺。

長幼有序，各房分家之後，侍奉雙親的責任自是落在長房身上，哪有跟著二兒子去過日子的？被人知道了，他還不得被罵不孝？

顧大爺是說什麼也不准，搬出綱紀倫常，曉之以理，動之以情，顧老太太依舊堅決，不肯退讓。

最後僵持得沒法子了，顧老爺子只好說：「我將隔壁的宅子給老二，兩家之間就隔了堵花牆，開個月洞門出來，老二帶著你母親就住東宅，外人也不會清楚怎麼回事。」

不過顧婷這回是高興了，可高興歸高興，她的手這個樣子，不還是沒有法子治好？

顧妤過來看她的時候，顧婷依然悶悶不樂的樣子，她不動聲色地看了眼顧婷的手，將竊喜掩藏得恰到好處，面上卻是一副關心的模樣。「現在怎麼樣了？公主前些日子還跟我唸叨起妳呢，說過幾日皇上要去秋獮，她求了信王，可以一道跟著去。」

顧婷微怔，旋即雙眼大亮。

成定帝不擅騎射，但耐不住人家在宮中閒得發慌，拐著彎去尋樂子。皇家確實有一年一度秋獮的規矩，但從方武帝開始就已經不注重了，等到成定帝這時候，根本就沒人提起，不用說也知道，這是魏都想出來的。

她的手若是無恙，定會在此次出行之列，這可是和成定帝接觸的大好時機啊！

顧婷看著顧妤。「公主跟著去，那妳呢？」

顧妤頓了頓，抿唇笑道：「公主出行自然得講究陣仗，她特許我和沐姊姊一道跟著去，還問起了妳的身體情況……同行的還有幾位勛貴家的小娘子，新遷來都城的袁將軍家的袁九娘，鎮國公府二小姐蕭若琳，當然伊人縣主也會跟著去。」

顧妤一一數過來，顧婷聽得眼睛都紅了，突然問了句。「顧妍、顧婼呢，她們是不是也會跟著去？」

顧妤沈默一瞬，道：「鳳華縣主才成親，新婚燕爾，還不至於得了空閒隨行秋獮，倒是張皇后隨皇上一道出行，其實也是她和閨中好友小聚的機會……配瑛縣主，怎麼會不去呢？」

只要想起顧妍和蕭瀝訂了親，顧妤心裡總是有口氣吐不出嚥不下。

蕭瀝作為錦衣衛僉事，這次當然也會跟著一道同行，保衛成定帝的安全，顧妤對這次秋獮抱有極大的希望。這或許是她僅有的，也是最後的機會，就算往後身敗名裂，但若是能給她一個機會，成為蕭瀝的女人，她就不信自己沒有出路！

顧婷聞言絞著手帕，恨得咬牙切齒。

顧婼新婚燕爾，和誰呢？紀可凡……這個溫雅俊逸的男人，為何就要便宜了顧婼？

顧婷發著悶氣，忽地撫了撫自己的手，目光堅定下來。「四姊，煩勞妳去跟公主說一聲，我的身子好得差不多了，明日就能進宮去陪她。」

「六妹？」顧妤看起來茫然無措。

顧婷冷笑道：「那兩個小賤人蹦躂太久了，不收拾她們，難消我心頭之恨！」

所有對不起她的人，她都要一個個討回來！剛剛收拾完顧媛，顧婷正覺得躍躍欲試。

李氏給她尋了雙特製的白綃手套，由白金絲織成，戴上後可以遮掩住她手的創傷部位，看上去也不難看。

汝陽公主對顧妍積怨已深，最是垂涎她的一雙眼睛了，有好機會收拾她，汝陽公主怎會放過？

顧妤微微彎著唇。「好，我這就幫妳傳達。」

顧婷與顧妤都跟汝陽公主商議了什麼不得而知，只是顧婷也很快確認了會隨行，一道去承德秋獮。

第五十二章

蕭若伊拉著顧妍去了鎮國公府。

既然是秋獮，自然得學騎馬。鎮國公府有專門的馬場，各種名駒任其挑選，顧衡之聽得眼睛都發光了，屁顛屁顛就跟著一道過來，於是兩個半吊子只敢坐在馬上由人牽著走。

蕭瀝很早之前就說過要教顧妍騎馬，只苦於沒尋到機會。這次能光明正大教她，連西德王都尋不到拒絕的理由，簡直千載難逢。

看她在馬鞍上坐立難安的模樣，蕭瀝不由好笑道：「放鬆點，牠不會咬妳的。我幫妳牽著牠，讓你們先熟悉一下……」

顧妍伸出手，摸了摸身下馬匹的鬃毛。這是蕭瀝給她選的，通體棗紅色，十分漂亮。他說這匹馬的名字叫山彤，漫山遍野的蒼翠山林間，牠就是唯一一點紅色。

「山彤的性子溫和，而且認人，等妳和牠熟悉了，牠就會很聽妳的話。」蕭瀝看著她微微地笑。

顧妍被看得不大自在。「山彤是一匹牝馬吧？」

「嗯。」他有點納悶，顧妍明明不怎麼懂馬，就能輕易從外形上分辨公母？

顧妍指著山彤笑道：「你看，牠明顯和你更親近些。」

蕭瀝這才發現，山形的腦袋幾乎在他手臂上一蹭一蹭的，十分依賴的模樣，不由別過臉，輕咳了聲。

那邊蕭若伊指著顧衡之哈哈笑道：「小子，你的腿在抖呢！」

顧衡之抱著馬脖子不肯鬆手，見蕭若伊穩穩坐在馬鞍上，賭氣地直起身子，只是那腿抖得更厲害了，白皙的臉上不由浮起兩抹紅暈。

蕭若伊駕著馬走近道：「唉，你也別覺得不好意思，我剛開始學騎馬的時候，比你還不如呢！非要我哥拉著才肯放心。」

顧衡之狐疑地看向她。穿了大紅色騎裝的少女笑靨如花，逆著光，顧衡之只能看到她雙頰邊兩個淺淺的酒窩，還有潔白的牙齒。

蕭若伊伸手遮擋住前額，極目遠眺。「當初在元宵燈會遇上你和阿妍，你知道我為何非要你手裡的哪吒鬧海燈籠嗎？」

顧衡之微愣，幾年前的事了，他已經記不大清了。

蕭若伊捂著嘴笑道：「因為大哥答應了我，只要我在燈會上找齊《封神榜》裡所有的人物，就教我騎馬，我尋了很久，就你那盞葫蘆燈上畫了哪吒鬧海……不過，我猜不到謎底。」

那時顧妍就是一個小孩子，比她還要小兩歲，居然張口就猜對謎底，把燈籠拿下了，她感到好奇又覺得有趣，只是想著沒了燈籠，蕭瀝就不會教她騎馬，不得不對他們頤指氣使。

那時候的顧衡之還躲在顧妍的身後，探出個小腦袋指控她。「明明是我們猜中的，為什麼要搶？」

想起這些事，難免還是會想起夏侯毅……曾經無法無天在一道胡鬧的親人玩伴，到現在，也都各自散了，所以說天下無不散之筵席。

大約秋季真的是傷悲哀愁的季節，蕭若伊自認沒心沒肺，這時候居然也會感慨。

顧衡之愣愣的，有些不明所以。

「不過，大哥後來還是請人教我，一開始上馬時，腿肚子都在抖。」蕭若伊指著顧衡之說：「喏，就跟你現在一樣。」

顧衡之不買帳。「我比妳可厲害多了！」

他盡力坐直身子，手指卻緊緊拉著韁繩，一副英勇就義的模樣，蕭若伊都笑得直不起腰來。

顧妍下了馬，牽著山形去馬棚，抓了把草料餵牠。馬房的氣味有些難聞，不過蕭瀝說，這也是一種相互熟悉的過程。

山形確實很溫和，對於顧妍餵食的草料照單全收，還伸出濕漉漉的舌頭舔著她的掌心。她想了想，摸出一塊桂花糕來，湊到山形嘴邊，山形毫不客氣地捲到嘴裡，然後就親暱地蹭著顧妍，鼻孔裡呼出來的熱氣癢得她呵呵直笑。

一人一馬玩得正高興，蕭瀝在旁看著，輕抿的薄唇勾起一絲淡淡的弧度，周遭的下人瞧見了都駭然。

他們當然知道這個小娘子是誰，西德王的小外孫女，先帝欽封的配瑛縣主，還是他們世子爺的未婚妻，將來就是他們的世子夫人了。而且現在看起來，世子爺對配瑛縣主格外尊重，那種看來寵溺溫和的目光都能溢出來了，眾人不由對顧妍高看了幾分。

顧妍側過頭，挑眉看他，蕭瀝不解釋，她便回過頭，又掏出一塊桂花糕餵山形，蕭瀝都看不下去了。「妳這些東西都藏哪兒的？」

簡直難以置信，她身上居然藏了這麼多吃的！

顧妍乾脆從懷裡拿出一只桑皮紙包，鼓鼓囊囊的一包，裡頭放著各種糕點、蜜餞。「零嘴，備著以防萬一。」

「……」蕭瀝目瞪口呆。

需要以防什麼萬一？防餓著嗎？

目光又順著她的臉往下移了移，先前玲瓏有致的身形，隨著她拿出這包東西後，霎時又回歸平坦，他還以為這些日子她突然發育長大了呢……

突然覺得好氣又好笑。不過她這種孩子氣，恰恰讓他覺得十分有趣。以前她除卻生氣嗔怒的時候，瞪圓了眼珠子，看上去有活力外，平時總跟個小大人似的，說話都一本正經，這個樣子讓人覺得穩重，還不由為她心疼。所以他拐著法子要她釋放天性，想她多一點喜怒哀樂，現在這樣看起來就好多了。

蕭瀝安安靜靜看著她餵馬，直到不遠處傳來一點騷動。

「三少爺，這兒是馬房，您別過去。」那是馬夫低聲勸誡的聲音。

然後就聽到一個孩子咿咿呀呀含糊不清地說著話。「馬，馬……娘親。」

蕭瀝面色微沈。不用問也知道，是蕭澈闖到這裡來了。

「三少爺，您要什麼？跟小的說，小的這就給您去找，這兒髒亂，您留心些。」

「馬……馬……」蕭澈罔顧身邊人的勸阻，一意孤行。他好像認準了什麼東西，直直地朝著馬棚來。

「伺候三少爺的人呢？怎麼任由他亂走？」蕭瀝聲音微沈，看著茫然四顧的幼弟。

沒有人回話。

蕭澈過來的時候，身邊都沒瞧見有人。

蕭夫人對三少爺時好時壞，也不能說壞吧，只不過會顯得比較冷淡。三少爺癡癡傻傻的，想也知道以後不會成器，鎮國公府的未來，還是要交到世子的手裡。那下頭的人當然能緊巴著世子就儘量去，對三少爺這裡，難免疏忽了些。

「大、大哥……」蕭澈像是見到了熟人，跌跌撞撞就往蕭瀝面前跑過去。他快要十歲了，模樣長得周正，倒是繼承了蕭祺的高大，在同齡人中也顯得高䠷，只是目光呆滯，看上去便覺有股傻氣。

顧妍還是幾年前見過這個孩子一回，那時候的蕭澈落了水，滿身濕透地從水裡被撈出來，渾身狼狽，右手還攥著蕭瀝的印章。

上輩子的蕭澈，在那個時候就已經死了，蕭瀝因此被冠以殺弟的罪名，遭眾言官彈劾，被遣回西北。

「你怎麼來這裡？」蕭瀝終於出聲。

蕭澈眨眨眼睛，指著山形說：「馬，馬……娘親，馬……」

斷斷續續的，很難讓人理解他在說些什麼。

山形正用舌頭舔著顧妍手心裡的桂花糕，眼睛半眯起，動著耳朵，很愜意享受的模樣，蕭澈看著、看著，眼睛撲閃閃地發出亮光。

顧妍會意，從紙包裡拿了塊桂花糕給他。「你也要試試？」

蕭澈怕生地瑟縮了一下，但看見山形，又好奇地接過。他比顧妍矮了一個頭，努力地伸長手臂到山形的高度，山形嗅到糕點香香甜甜的味道，高興地舔蕭澈的手，將糕點捲到嘴裡。

蕭澈一下子瞪圓了雙眼，有顯而易見的喜悅和歡快湧出來，又轉身盯著顧妍。

顧妍微微一笑，將手裡的紙包都給了他，蕭澈依葫蘆畫瓢，繼續餵山形，咯咯直笑。

「他學得很快。」顧妍說。

蕭瀝默然，神色極淡。

伺候蕭澈的婆子終於尋過來了，見蕭瀝也在，「撲通」就跪到了地上。「世子爺，是老奴沒有看好三少爺。」

她說得戰戰兢兢，生怕一不留神，世子就讓她滾蛋。伺候在三少爺身邊的人早就換了一撥又一撥，她是僅留下來的最初那一批，還是大夫人說了，她才能留在三少爺身邊的。

「三少爺怎麼會來這裡，妳就是這麼看著的？」蕭瀝語氣極淡，但他越是淡然，卻越讓人心驚。

婆子硬著頭皮道：「是夫人有一件唐三彩的黃釉馬不見了，上上下下地尋，三少爺說要幫夫人找，夫人不許，三少爺就想自己找……」

找著、找著，結果就找來了馬房。

難怪剛剛蕭澈嘴裡說著馬，又喊著娘親。鄭氏是閒得發慌了吧，一天到晚做些無趣之事。

蕭瀝冷冷地看向地上的婆子，回身對蕭澈道：「澈兒，該回去了。」

蕭澈手一抖，抓著的糕點險些掉下來。他好像有點怕蕭瀝，悄悄斜過頭，覷了顧妍一眼，呆滯的眸子裡隱隱透露出不捨，過了一會兒，他將紙包重新塞回顧妍手中，又解了塊琅環碧玉珮遞到她面前。

「給我的？」顧妍指了指自己。

蕭澈用力點頭，目光執拗又堅持，顧妍笑了笑，便也收下。「謝謝。」

跪在地上的婆子不由自主地抬頭看過去。

那塊琅環珮三少爺很喜歡，一直戴著，從沒說要給誰，這次居然捨得割愛？纖瘦的小娘子看起來才十三、四歲，有些眼熟……婆子仔細想了想，恍然記起來，這是大夫人看過許多次的畫卷裡的那個人——西德王府的配瑛縣主，世子的未婚妻啊！

婆子整個人都如同僵了一般，渾渾噩噩地起身，領著蕭澈回去。蕭澈居然還會回身向顧妍招手，婆子頓時覺得牙疼。

根本不用人言明，婆子知道大夫人對這個未來的兒媳婦是千般萬般不滿意的，三少爺和配瑛縣主這樣親近，大夫人能高興？本來大夫人就不怎麼喜歡三少爺。

婆子想著還是隱瞞著吧，免得大夫人冷落三少爺，自己也跟著遭殃。

蕭瀝淡淡看著顧妍把玩手裡的琅環珮，伸手奪了過來，顧妍一驚。「這是我的。」

「我替妳保管。」蕭瀝正色說，將琅環珮收起來，看了看被夕陽染得紅彤彤的天際。

「不早了，我送妳回去。」

他領著顧妍往外走，顧妍撇過頭，看了看他，突然問道：「你不喜歡他？」

這個他，當然指的是蕭澈。

蕭瀝抿唇，沈默了一陣子。「沒有。」

「那就是喜歡。」

他頓下腳步，十分好笑。「妳還沒嫁過來呢，就考慮我喜不喜歡的問題？」

顧妍面頰倏地微紅，別過頭吶吶地道：「我不是這個意思。」

「嗯，那就是先打聽清楚了，免得到時候手忙腳亂。」

顧妍不由扶額。「蕭令先。」

「怎麼？」

「你真的……」她陡然詞窮。「我是知道你跟外界傳言的有點不一樣，可我以前怎麼不覺得，你這麼無賴？」還自以為是！

「我可以將之理解為誇讚。」蕭瀝不以為意，忽地湊近她，勾唇輕聲地笑。「以後妳會慢慢知道的。」

一輩子的時間，還很長……

顧妍面頰通紅。

日子十分平靜，到了秋獮那日，成定帝偕同張皇后，浩浩蕩蕩地前往承德皇家木蘭圍場。

因離京都並不十分遠，該有的儀仗做得都很足，鄭淑妃說她的胎已經坐穩了，在宮中憋悶得慌，居然央求成定帝，要一道隨行，成定帝竟也就真的同意了，反倒留著新封的段妃、方妃在宮中。

狩獵的主角當然是那些年輕英武的少年郎，也有小娘子跟著出來一道見見世面。

顧妍和蕭若伊坐了一輛馬車，顧妍趺坐著烹茶，蕭若伊就跟她閒扯。「木蘭圍場我還沒去過，據說景色宜人，水草豐美，運氣好的話，還能看見天鵝……不過這個季節，大雁都南飛了，天鵝大概也看不見了。」

顧妍笑道：「若能瞧見，妳還準備要人打來給妳燉了？」

「當然不會！」蕭若伊連連搖頭，話音裡帶著濃濃的嚮往與憧憬。「天鵝是忠貞之鳥，一生一世都只會有一個伴侶，若一方死了，另一方則不眠不食，一意殉情……我哪裡捨得拆散牠們？」

一生一世一雙人嗎？

顧妍最先是在舅母那裡聽到這句話，她說舅舅說過最動聽的情話就是這句，時隔多年依舊難忘。不只是人與人之間有這種忠貞感情的，動物間同樣存在——不，牠們比人與人之間的感情更純粹，更真實。

紅泥小暖爐裡的水滾了，茶香陣陣飄出來，恰好隊伍行至一片空地，暫時駐留，這股淡而悠遠的茶香隨風而送，就更為濃郁。

「是誰在烹茶？」成定帝抽著鼻子，尋茶香來源。

張皇后隨著從鳳輦上下來，帝后的規格行頭定然不能差，猩紅的氈毯鋪在草地上，四周布滿護衛，一應內侍、宮女隨侍在旁。

張皇后由姜婉容扶著，立到成定帝身邊，微笑道：「從宮裡帶出的宮娥可煮不出這種茶香，我聞這香味，與配瑛烹煮的倒有異曲同工。」

成定帝眼睛一亮，揮手道：「去將配瑛縣主請過來，朕也想嚐嚐她的手藝。」

信王夏侯毅將才下了馬車，乍一聽聞這話，微微有些恍惚。

配瑛烹煮的茶嗎？從前就聽祖父方武帝說過，配瑛烹的茶，賽過宮中諸多名師，可他似乎一次都沒有喝過……

等顧妍和蕭若伊一道被請過來的時候，夏侯毅已經和成定帝對坐閒聊，魏都立在一旁隨侍，而張皇后和鄭淑妃則坐在另一頭。

顧妍不由自主地往魏都那裡瞥了眼，張皇后招手道：「配瑛、伊人，來我這兒坐坐。」

顧妍恭恭敬敬地行禮，和蕭若伊一道去張皇后處。

身後的婢子將茶具一一擺放整齊，張皇后聞著味兒便道：「許久不見妳烹茶了，今兒總算有這個口福。」

「娘娘想喝什麼樣的沒有，配瑛煮的，不過爾爾。」顧妍趺坐下，繼續烘烤茶餅。

身分擺在那兒，無論是張皇后或是顧妍，都不能再如從前一般放肆。

張皇后只顧微笑。她姿容絕麗，紅唇嫵媚，髮飾高頂，細長的彎眉用眉筆描摹，眉梢高高抬起，有一種劍鋒的凌厲。自貴為皇后伊始，張皇后的儀容都要求盡善盡美，哪怕而今只是暫時歇腳，坐姿也都挺直腰桿，氣勢凌人。相較而言，鄭淑妃整個人都癱軟地倚在美人榻上，顯得十分慵懶又虛軟。

張皇后斜睨了她一眼。「淑妃，妳若是不適，就尋太醫來瞧瞧。」

鄭淑妃搖搖頭。「妾身無礙，只是有些受不住馬車的顛簸。」說著捂了捂胸口，壓抑了一下，又看向顧妍道：「聞著配瑛煮的茶，覺得似乎神清氣爽了不少，待會兒可否求上一杯？」

顧妍不答話，張皇后先笑起來了。「淑妃，妳是有孕在身的人，茶香聞聞便好，飲用恐怕不合適。」

「太醫說過了頭三個月便已無大礙，且妾身如今這嘴裡著實寡淡無味……」

張皇后似笑非笑。「所以說，淑妃何必跟著來。宮裡頭好吃好喝伺候著妳，也短不得妳一星半點，出來一趟，可不遭罪？」

鄭淑妃不予作答，抿著唇，看上去似逆來順受慣了，淚眼矇矓地朝成定帝那兒看過去，可成定帝正顧著和夏侯毅說話，哪有工夫看顧這裡，鄭淑妃的臉一瞬白了。

蕭若伊瞧見鄭昭昭吃癟，心情陡然大好，看向張皇后的眼神都閃閃發光。從前張祖娥看上去文文靜靜的，原來收拾起人來也不含糊。

顧妍淡然而笑。既然做了皇后，該硬氣的時候自然得跟著硬氣，該得體的地方也必須得要得體。這些姜婉容最清楚，也是朝著這個方向一直在教導培養張皇后。

鄭淑妃的依仗無非就是肚子裡那塊肉，她防著張皇后和段妃、方妃，簡直如同防狼。可她也不想想，即便自己生得下成定帝的長子，張皇后可還占了個「嫡」字呢，用得著跟她一個妃子計較？若不是張皇后私下裡護著，鄭淑妃恐怕連三個月的胎都坐不穩！

茶香撲鼻，已經煮好了，顧妍給成定帝那裡送過去，又斟了一杯遞給張皇后和蕭若伊。如張皇后所言，並沒有給鄭淑妃備上，鄭淑妃的臉色變得極不好看。

魏都找了小太監要給成定帝試毒，成定帝擺擺手道：「配瑛做的，這個就不必了。」

魏都很堅持。「皇上，還是以防萬一。」

他的好日子都要仰仗成定帝，成定帝要是死了，魏都大致就做到頭了，他冒不起這個險。

夏侯毅心裡頓時有些不舒服，顧妍不會是那樣的人，雖然皇帝的吃穿都有一套規矩，但這時候魏都的作為，分明就是在懷疑顧妍的動機和清白，於是他攔住試毒的小太監。「皇兄，我來吧。」

她煮的茶給太監試毒，那就是糟蹋！

夏侯毅端過茶盞，湊到鼻尖嗅了嗅，微微抿一口。入口無味，轉瞬微苦，繼而回甘。像是一瞬攫住了味蕾，又像是陡然擊中了腦中的某根琴弦，勾起無數回憶。

記憶裡的味道，合該如此，遠不是其他任何人能夠比得上的。

夏侯毅的眸光陡然變得柔和悠遠，不由自主朝顧妍那兒看過去，見她正和張皇后說著話，一點兒都沒有顧念留心自己。

成定帝見他神色異樣，伸手在他面前晃了晃。「阿毅，怎麼了？」

夏侯毅垂眸淡笑。「沒什麼，配瑛的茶藝很好，皇兄安心吧。」

成定帝遂不放心上，執杯而飲。他其實也不懂品茶，只是這口感與尋常相比，確實略勝一籌，便大手一揮。「賞！」

張皇后聞聲便道：「去將本宮的那對羊脂玉藍寶金累絲簪拿來。」

當宮娥取了那對簪子過來時，恰好汝陽公主也在宮人引導下過來了。她本是來尋夏侯毅的，一路到了這裡，與她同來的還有顧妤、顧婷和沐雪茗。

顧婷遙遙就看見顧妍接過什麼東西，對著張皇后、成定帝拜謝，心裡極不舒服，便細聲細氣地道：「配瑛縣主也在呢，皇上是賞賜了她什麼寶貝呀？」

汝陽公主臉色微變，鼻子裡哼了一聲，直直就走了過去。對著成定帝行過禮，立刻就將矛頭對準顧妍。「配瑛姊姊這是得了什麼好東西，也讓我開開眼界好不好？」

張皇后淡聲道：「汝陽，不過就是一對簪子，妳的妝奩匣子裡，想必多得是，何必去看別人的？」

汝陽公主癟癟嘴。「皇嫂賞賜的，當然是好的。」

「妳是在埋怨本宮賞賜妳的東西少了？」

這個汝陽公主可不敢應下，夏侯毅沈聲道：「汝陽，休得胡鬧。」

汝陽公主不滿，沐雪茗拉了她說：「公主，您坐了半天馬車也累了，去坐坐吧。」又附耳低聲道：「公主，現在還不是時候。」

汝陽公主癟癟嘴，想想也對，便教人擺了桌椅坐下。

顧妤一雙眼睛四處轉，沒見到蕭瀝的影子，微微有些失望，這時候突然冒出來一個聲音。「皇上，歇息整頓一陣，再行半日，就能在日落之前到達圍場行宮。」

顧妤頓時雙眼發亮，目光膠著在蕭瀝身上難以移開。

成定帝連連點頭，招呼道：「表叔辛苦了，配瑛新煮的茶，你也嚐嚐。」

蕭瀝微怔，見顧妍正安安靜靜地坐在張皇后身邊吃茶，唇角不由彎起。「謝皇上。」

顧妍抬了抬眼皮去看他，卻不經意撞上他正巧看過來的目光，她不由臉熱地別過頭，蕭瀝微不可察地挑眉暗笑。

這樣的眼神交流，落在顧妤眼裡，刺得她都要嘔血三升不止。

成定帝見蕭瀝面色如常地飲完一杯茶，拍著額，恍然道：「配瑛定然常給表叔烹茶吧，表叔的口福可真不淺。」

常常倒沒有，不過有那麼一次。但瞧見夏侯毅投過來的晦澀目光，蕭瀝勾唇說道：「確實是微臣的福氣。」

眼裡有某些光亮的東西倏然滅了，又像是有某些虛妄暗生，夏侯毅恍惚間記起來，總有人雙手奉上茶盞，然後睜著一雙水靈靈的眼睛，企盼地望著自己。

在企盼什麼呢？是不是很想要聽到他誇讚褒揚一句？

杯盞放下了，那雙眼睛也慢慢合上，將失落很好地掩藏到羽睫之後。有種悶痛襲上心頭，他不由伸手按住胸膛。

汝陽公主不屑道：「烹茶，沐七姊姊也會，我宮裡隨便拉一個婢子出來都行！」

沐雪茗微紅著臉說：「公主抬舉我了。」

成定帝都懶得理她，夏侯毅嘆息了聲，也沒有應和，張皇后淡淡一瞥，不曾搭話，就顯得是汝陽公主一個人在唱獨角戲。

汝陽公主大怒，顧妤就拉了拉她的衣角，千叮萬囑道：「公主，小不忍則亂大謀。」

汝陽公主深深吸了口氣，可算是暫時按壓住怒氣。

「真奇怪，汝陽今天居然還能忍得住。」蕭若伊湊到顧妍耳前低喃。「反常有妖，我看汝陽來者不善。」

顧妍無奈道：「她為何總是針對我？想我與她也沒結什麼深仇大恨。」

蕭若伊不由笑了。「有些人呢，就是心眼比針尖還小，把不好的全記著，好的都餵了狗，汝陽心胸狹隘，這個是天性，改不了……」

何況她身邊有那幾隻魑魅魍魎攛掇教唆，汝陽公主就是個耳根子軟的，聽人家說點好話就信以為真，隨隨便便輕易教人當了槍使。再有就是汝陽那些見不得光的小心思，雖然是表叔，隔著輩分，不過桃花來了，擋都擋不住。

顧妍這下就覺得，汝陽和夏侯毅真不愧是親兄妹，不過一個表現得太過明顯，一個則將劣根性隱藏得極深。

蕭若伊說：「小心駛得萬年船，總之，別與她們往來便是。」

等到了黃昏，一行隊伍就進了圍場內的行宮。

比起京都的景物繁盛，圍場一眼望過去都是綠油油的一片，空氣裡還有十分濃厚的水氣。行宮依山而建，朱瓦高牆，有了群山蒼翠映襯點綴，就顯得多了幾分鍾靈毓秀之美。

天色晚了，此時當然不可能去狩獵，做一番休整之後，明天再行出發。

蕭若伊跟顧妍共住一個院子，隔間住的就是袁九娘，蕭若伊讓人去將袁九娘請過來一道用晚膳，幾個小娘子就在一塊兒談笑。

袁九娘剛搬來京都沒多久，西北飯菜口味重，燕京城閨閣小娘子們的口味都偏好清淡，袁九娘還以為顧妍與蕭若伊也是一樣，誰知道滿桌子紅辣菜，她看著驚得都說不出話來。

「這是醉仙樓的菜式啊！」袁九娘怔了一會兒才說。

顧妍與蕭若伊對視一眼，各自噗哧一笑。

蕭若伊指著顧妍道：「醉仙樓是西德王府的產業，這些紅辣菜，就是從那兒開始興起的。」

袁九娘又一次震驚，她出自將門，性格也爽利，幾人談得來，湊在一塊兒喝了幾盞果子酒，便拍著胸脯道：「等明日狩獵，妳們想要什麼，跟我說，若是不太困難，我親自獵了給妳們。」

顧妍和蕭若伊齊齊道謝。

等到了第二日，是個秋高氣爽的好日子，顧妍換上騎裝，騎著山形在平地上漫步。大約是這兒開闊，又是青山綠水，惹得山彤也有些興奮地小跑起來。顧妍尚不大能夠控制，不過山彤還算照顧她，速度不會太快。蕭瀝說牠通人性，真的不是誇大。

蕭若伊和袁九娘跑了一圈下來，兩個人都十分酣暢，袁九娘揚了揚馬鞭。「很久沒這樣痛快了！我們去西面的湖邊看看，那兒草叢茂盛，應該會有山雞和野兔，還可以停下來釣兩條魚。」

於是三人便往湖邊的方向而去。

成定帝並不擅長騎射，他更精通的其實是木藝，只不過出來圍場狩獵，總比在皇宮裡待著，時不時還要被王公大臣央求著做實事好得多。

皇家木蘭圍場的安全無庸置疑，何況成定帝身邊護衛高手如林，錦衣衛與東廠齊齊出動，絕對保證安全。兒郎們策馬奔騰，圍堵驅趕，拉弓射箭，成定帝瞧著歡暢大笑。

蕭瀝騎馬走在成定帝身旁，目光若有似無地環視了一圈。

魏都緊跟在後，其周圍是一眾東廠與錦衣衛能手，信王夏侯毅騎著馬慢悠悠地尾隨，前方由英武的兒郎們開路。

一切都井然有序，可是，怎麼沒看見王嘉？

蕭瀝目光微凜，緊緊盯著優哉游哉的魏都，故意放慢下來，與魏都毗鄰。

「蕭世子有何指教？」魏都不緊不慢地挑起眉。

他著實是當得上美男子的，平素裡亦十分注重保養，皮膚白皙細膩堪比女子，毫無瑕疵，所以奉聖夫人靳氏會拋棄魏庭那個老東西，而選擇和魏都做對食。

蕭瀝淡淡笑道：「指教不敢，督主這裡裡外外一把抓的，事無鉅細，連狩獵也安排得這樣周到妥貼，當真是辛苦了，回頭應該向皇上討個獎賞。」

魏都配合著打起哈哈。「辛苦不敢當，能為皇上分憂解難，這是奴婢的本分，也是福氣。都是盡忠於君上的，不敢要什麼獎賞。」

蕭瀝但笑不語，兩人隨行一陣，漸漸深入到圍場內部，成定帝躍躍欲試，命手下拿來弓箭，要去獵一隻受驚的小梅花鹿。

難得天子有這個興致，眾人紛紛出動，將梅花鹿往成定帝的跟前趕，方便他射獵。

蕭瀝勒馬駐足，這時有人附耳過來低語。「王大人被魏公公指派去了皇后娘娘那處，不在這塊地方。」

女眷那裡當然不可能跟他們一樣，能騎上馬跑幾圈已是極致，張皇后陪同成定帝同行其實是走個過場，而鄭淑妃有孕在身，當然更不可能上馬，那些命婦、小娘子無非是跟著皇后的行跡。

王嘉是魏都的人，張皇后對魏都從來也不曾給過什麼好臉色，他會這麼好心，派遣王嘉去護衛張皇后？

蕭瀝隱隱覺得有些不安。「伊人和配瑛縣主呢，她們都跟著張皇后？」

蕭若伊昨天就尋機會跟他說過，隱隱覺得汝陽公主跟顧家那兩姊妹來者不善。出門在外，總不能面面俱到，惹不起，總也躲得起。

「沒有，伊人縣主特意與張皇后分道，和配瑛縣主、袁九小姐一道在西邊天水湖旁走動。」

天水湖是最靠近行宮的地方，無數守衛就在附近，有什麼事喊一聲便有人過來。這是相當謹慎了。

蕭瀝點點頭。「讓冷簫暗中跟著她們，別出什麼岔子。」

那人應聲退下。

不遠處傳來一聲歡呼，是成定帝的箭矢剛好射在梅花鹿的腿上。小鹿本還能再跑，但已有人一槍刺進牠的胸膛，挑在槍尖跑到成定帝跟前報喜。「恭喜皇上，正中！」

成定帝哈哈大笑，夏侯毅淡淡瞥了眼，覺得著實沒有意思，騎著馬便往回走。

有時候，是真的不得不相信陰魂不散。

蕭若伊本以為汝陽公主定然是要跟著張皇后一道賞景踏青的，因而特意與張皇后分道而馳，避著她們，只在行宮附近遛馬，可就是這麼好死不死地撞上了死對頭。

汝陽公主命人在湖邊搭了個簡易涼棚，舒服地倚在美人榻上，涼棚中正有宮娥跪坐著煮茶。顧妤和顧婷都在，只是不見了沐雪茗的影子。

蕭若伊覺得還是別在這兒打擾人家的雅興了，跟顧妍和袁九娘使了個眼色，就要策馬原路返回，不過已經來不及了。

「表姑、配瑛姊姊，怎麼才剛來就要走啊？」汝陽公主從榻上坐直身子，伸手就對著幾人打招呼。

這時候再要裝看不見，顯然不可能。

蕭若伊暗暗翻了個白眼，回過身道：「難得公主有這個雅興賞景品茶，我們還是識趣些，就不打擾您了。」

汝陽公主咯咯笑道：「瞧表姑說的，賞景當然人多才好，一個人附庸風雅，有什麼意思？」

唷！這種有涵養的話也是汝陽公主說得出口的？誰愛信誰信去，反正蕭若伊是不信。

汝陽公主見她們不為所動，又說道：「我這婢子茶藝也是不錯的，不知道跟配瑛姊姊比起來怎麼樣？妳們不是正好可以切磋切磋？」

聽她還對昨日烹茶之事耿耿於懷，蕭若伊未免覺得可笑。「汝陽，妳拿一個婢子和配瑛比，是太抬高妳宮裡下人的身分呢，還是太看不起先皇欽封的縣主？」

汝陽當然是看不起顧妍了！不過看不起她這個人是一回事，看不起先皇封的縣主，那就又是另一個名頭了。

正在烹茶的婢子手一抖，茶匙都掉進水裡。她誠惶誠恐地跪到汝陽公主面前。「奴婢不敢當，公主折煞奴婢……」

汝陽公主恨不得一腳把她踹開。

袁九娘抿緊唇，低下了頭，京都貴女之間的明爭暗鬥，她還是不太習慣。

「公主雅興正好，我等還是不打攪了。」蕭若伊招呼顧妍和袁九娘，牽著馬往回走。然而將才轉身，就撞上了一行大隊。

張皇后被一眾命婦、小娘子簇擁著過來，正好遇上。

「配瑛、伊人，妳們也來看天鵝？」張皇后愕然問道。

天鵝？哪來的天鵝？

幾人還不明所以，倒是人群中鑽出的沐雪茗解釋道：「方才我們行至此地，剛好看見兩隻天鵝在湖中鳧水，汝陽公主說要請皇后娘娘也來看看，大家都是慕名而來。」

天鵝是忠貞之鳥，在燕京十分少見，何況這個季節了還能再瞧到，眾人都極感興趣，紛紛跟著張皇后一道前來。

顧妍發現沐雪茗今日的穿著打扮和自己很相似。她穿了身煙霞色的修身騎裝，而沐雪茗身上的顏色及款式也都差不多。自從上回在宮裡，出過汝陽公主與蕭若伊因為著裝類似鬧出的烏龍後，顧妍也會時不時留心這點。

本來撞衫應該有些尷尬，可沐雪茗好像渾然不覺。

「我們來這兒有一會兒了，怎麼就沒看到有天鵝？」蕭若伊太瞭解汝陽公主的品行，七成是謊話連篇。

可她撒個謊，連張皇后也敢誆騙，未免太大膽了！

顧婷嫋嫋婷婷走上前，盈盈施了一禮道：「將才是真的有，只是牠們似乎怕生，見了人來，就飛走了。本來想請娘娘觀賞，誰知出了點紕漏。」她悄悄看了張皇后一眼。「臣女再如何膽大包天，也還不至於欺瞞皇后娘娘。」

在場有不少命婦知道，這位嬌小的小娘子是魏公公的外甥女，魏公公是皇上身邊的紅人，她們要為自家相公探聽風聲，當然也不能得罪了顧婷，於是紛紛幫著顧婷說話。「動物畢竟不通人性，咱們也不好苛求。」

顧婷低垂著頭，靦覥地笑。

張皇后一笑置之。「確實如此。」又看向顧婷戴著白綃手套的一雙手，勾起唇。「顧六小姐這手套挺別致的。」

顧婷臉色微變，張皇后不予理會，只轉身對眾人道：「諸位也累了，先在這兒歇歇腳，倦鳥知還，也許天鵝還是會回來的。」

稍後，有內侍、宮娥鋪上氈毯，放上桌椅。

張皇后拉著顧妍說：「跟我一道坐坐。」

顧婷眼睜睜看著顧妍去跟張皇后坐在一塊兒。有張皇后在旁邊，她們想做什麼都受制，不能痛快。她不由自主地捏了捏手掌，白綃手套擋住她醜陋的疤痕，可剛剛連張皇后都提及了……對她而言，戴上手套無疑是欲蓋彌彰。

命婦們三三兩兩聚在一處，目光時不時往張皇后的方向打量，可惜張皇后只留了顧妍與蕭若伊說話，其他人即便想要插足，也都沒有這個機會，說不眼紅，是違心了。

姜婉容提醒道：「娘娘，等量齊觀。」是在提醒她有些偏重了。

張皇后微怔，隨即點點頭，顧妍與蕭若伊起身行禮，躬身告退，有宮娥上前請命婦去皇后那裡小坐，氣氛一下子熱鬧起來。

蕭若伊遠遠看著，不由感慨道：「感覺娘娘挺累的。」要在不同人之間周旋，還要端莊大氣，遊刃有餘，能不累嗎？

顧妍看著張祖娥揚唇與眾命婦攀扯閒談，眼角眉梢都是雍容高華，越來越和印象裡那個母儀天下的張皇后重疊起來，兜兜轉轉還是回來了。

既然在這個位置，那就是這個命。

「去看看九娘做什麼，她在湖邊坐了許久了。」

於是兩人一道來了湖邊。

袁九娘正坐在一塊大石頭上垂釣，有錦鯉游過來，袁九娘回頭對她們二人比了個手勢，顧妍和蕭若伊紛紛放輕動作。

「哪兒來的山獾？」

「快，快圍住那隻麅子！」

「喲，這兒還有雉雞！這東西味道可鮮了！」

吵吵嚷嚷的聲音由遠及近，嚇走了剛要上鈎的錦鯉。

蕭若伊有些失望，不耐地轉過身。「狩獵還狩到這裡來了？」

張皇后也覺得有些不對勁，這裡離圍場有一段距離，按理不會有什麼動物出沒。

派去打聽的人回來說：「前頭打了的獵物正在運送回來，恰好這時候竄出許多野獸山禽，他們正在打獵呢！」

離得這麼近，這裡都是女眷，手無寸鐵的，萬一誤傷了人怎麼辦？

張皇后剛要說讓他們都遠離些，這時一枝冷箭便以凌厲之勢倏地飛過來，直奔在大石塊上的顧妍三人。

——未完，待續，請看文創風505《翻身嫁對郎》5（完結篇）

喜逢好逑　並蒂成歡／半巧

2017年2月出版

貴妻拐進門

既然嫁與不嫁是兩難，又非得選條路走，
要不豁出去……跟那男人賭一把？

文創風 493 1

昏迷醒來竟穿越到古代，家徒四壁，還有弟妹要養？!
佟析秋連抱怨都省了，趕快賺銀子撐起門戶才是正經！
可親爹卻派繼母接他們進京，逼她嫁入鎮國侯府，
既然逃不了，不如交換條件，讓弟妹分府自立吧。
但侯府流言甚多，聽說她要嫁的亓三郎不光丟官還瘸腿毀容？!
這夫家是個坑啊……但為謀得生機，她也只好冒險一搏了！

文創風 494 2

說到成親這件事，亓三郎忍不住要誇自己娶得好，
當初他虎落平陽，差點被那口惡氣憋死，
好不容易相中喜歡的姑娘，當然要想辦法明媒正娶！
佟析秋果然沒讓他失望，雖然是個小財迷，
但智謀與他平分秋色，馭人更勝一籌，他的妻捨她其誰？
他打算日久天長地慢慢寵她，把她的心手到擒來～～

文創風 495 3

後宅危機四伏，朝堂也暗潮洶湧，
家裡小人打不完，奪嫡之火卻熊熊燒上侯府，
佟析秋被誣陷與皇子有染，險些丟了小命，
亓三郎大怒，決定替她討回公道，讓她的心牆瞬間瓦解——
他挺她信她，又堅持不納妾，這樣好的夫君上哪兒找？
她不能讓他獨自犯險，既然是禍躲不過，就一起面對吧！

文創風 496 4 完

自古天家無父子，太子露出狐狸尾巴，率軍逼宮，
亓三郎拚死救駕，保全侯府，陪著佟析秋平安生下龍鳳胎。
孰料日子才平靜不久，壞消息又接二連三地來——
大兒染上急症命在旦夕，隨後又與妻子分別被擄，下落不明！
種種證據指向東宮餘孽及府中內應，豈能原諒，
敢在虎口拔鬚？他一個都不會放過，統統等著見閻王吧！

2017年2月出版

娘子押對寶

文創風 491～492

這個時代的女子過得太拘束，
她想讓她們的生活也能海闊天空，
於是，大燕朝討論度最高的「公瑾女學館」就此開張……

同舟共濟，幸福可期／新綠

張木盼著能嫁個好郎君，不求大富大貴，只求兩廂情願，
只是前夫家一直死纏爛打，大有不弄死她不罷休的意味，
好不容易擇了個好姻緣，卻時不時冒出覬覦自家夫君的小娘子，
她要斬斷前夫這朵爛桃花，又要護住得來不易的家，
沒想到在古代經營婚姻竟這般不容易！
關於夫君吳陵，他是木匠丁二爺的徒弟兼養子，真實身分是個謎，
不過對張木來說，只要夫妻攜手並進，簡單過日子她便心滿意足，
尤其相公寵她護她，看似溫和俊秀，其實閨房之樂也參透不少，
她異想天開想經營女學館，他也把家當雙手奉上。
她本以為兩人風雨同舟，就沒有過不去的風浪，
豈料某天相公離家未歸，她這才明白他其實大有來頭，
他的深藏不露，原來是有一段不堪回首的過去——

2017年1月出版

賢妻不簡單

文創風 488～490

不得已花錢買個女子來管家做妻子，誰知她一回來就撞牆?!
醒來後又像換了個人，雖然淡漠卻聰明厲害，
滿腦子賺錢主意讓他大開眼界，他到底買了個什麼樣的女子啊？

生活事烹出真滋味　平凡間孕育真感情／簡尋歡

家裡窮困又急需有個人照顧孩子，於是他弄了二兩銀子「買」了個妻子，
誰知這個名字很嬌氣的女子，個性卻剛烈，竟然一頭撞牆昏死過去！
還好她醒來後如同換了個人似的，雖然不情願，還是答應留下來；
從此，孩子有人照顧，家裡多了生氣，他越發覺得日子溫馨踏實，
只是妻子特別聰明，行事、說話也不一般，到底是個怎樣身分的女子？

文創風
504

翻身嫁對郎 4

國家圖書館出版品預行編目資料

翻身嫁對郎 / 方以旋著. --
初版. -- 臺北市 : 狗屋, 2017.03
冊 ; 公分. --（文創風）
ISBN 978-986-328-705-6（第4冊：平裝）. --

857.7　　106000360

著作者　方以旋
編輯　黃鈺菁
校對　黃薇霓　林安祺
發行所　狗屋出版社有限公司
地址　台北市104中山區龍江路71巷15號1樓
電話　02-2776-5889～0
發行字號　局版台業字845號
法律顧問　蕭雄淋律師
總經銷　知遠文化事業有限公司
電話　02-2664-8800
初版　2017年3月
國際書碼　ISBN-13　978-986-328-705-6

本著作物由起點中文網（www.qidian.com）授權出版

定價250元
狗屋劃撥帳號：19001626
網址：love.doghouse.com.tw　E-mail：love@doghouse.com.tw